WOLFsMORD

Dirk Breitenbach

EDITION
LEMPERTZ

Impressum

Math. Lempertz GmbH
Hauptstraße 354
53639 Königswinter
Tel.: 02223 / 90 00 36
Fax: 02223 / 90 00 38
info@edition-lempertz.de
www.edition-lempertz.de

1. Auflage – April 2017

Text: Dirk Breitenbach
Umschlaggestaltung: Ralph Handmann
Lektorat: Philipp Gierenstein, Laura Liebeskind
Titelbild: Fotolia

Printed and bound in Germany

ISBN: 978-3-945152-36-2

Lichtgeschichten Photographie
– Nadira Arkoumanis –

Dirk Breitenbach wurde 1967 in Hünfeld geboren und ist seit 1985 Polizeibeamter. Nach zehn Jahren bei der Bundespolizei wechselte er 1995 zur Polizei des Landes Nordrhein-Westfalen.
Nach seinem Studium für die Laufbahn im gehobenen Dienst hat er in Köln und dem Rhein-Sieg-Kreis gearbeitet. Seit 2013 befindet er sich in Folge eines Dienstunfalls als Polizeihauptkommissar im Ruhestand.
Er hat schon in mehreren Anthologien veröffentlicht. Dies ist sein zweiter Krimi, die Fortsetzung seines Debütromans „Körperteile“ (2015).

www.DirkBreitenbach.de
www.facebook.com/Dirk.Breitenbach
www.facebook.com/Dirk.Breitenbach.Lesewelt

WOLFsMORD

Dirk Breitenbach

Vorwort

„Dieser Episoden-Krimi basiert auf Tatsachen und orientiert sich an der Wirklichkeit."

Mit diesen Worten habe ich mein Vorwort für „KÖRPERTEILE" begonnen, und sie treffen für die Fortsetzung ebenso zu.
Auch meinen Worten von damals über die handelnden Personen kann ich nur erneut Nachdruck verleihen. Sie sind nicht frei erfunden, aber soweit verfremdet, dass ihre Persönlichkeitsrechte gewahrt bleiben.
Den Episodenstil habe ich beibehalten, jedoch wird die tragende Rahmenhandlung diesmal etwas anders in das Buch eingebunden.

Es mussten seit „KÖRPERTEILE" einige Kalenderblätter abgerissen werden. „WOLFsMORD" spielt etwa ein Jahr später.
In diesem Jahr hat sich einiges ereignet.
„Olize" hat die Ausbildung beendet und ist jetzt fest in Frank Heiders Dienstgruppe aufgenommen.
„Mutti" ist schwanger geworden und sieht täglich der Geburt ihrer Zwillinge entgegen.
Ihre Lücke muss ersetzt werden. Wer ist der Neue im Team?

Auch dieses Mal gilt: Die Realität schreibt die besten Geschichten.
Die spannenden, vergnüglichen oder auch schockierenden Einsätze, über die Sie in diesem Buch lesen werden, haben sich tatsächlich so, oder so ähnlich, im Rhein-Sieg-Kreis und der Umgebung ereignet.

Und wieder sind Sie mittendrin, statt nur dabei!

Ich wünsche Ihnen gute Unterhaltung!

Dirk Breitenbach

P.S. Sollten Sie trotz intensiven Lektorats noch Fehler in dem Buch finden, gilt der gleiche Grundsatz wie beim letzten Mal: Sie dürfen sie gerne behalten.

„Wenn der Wolf beim Lamme liegt“

(nach: Jesaja 65,25 LUT)

Kapitel 01

„Zeit“ (Spätdienst)

„Pass auf dich auf!“ Meine Frau Anja winkt mir noch kurz, bevor sie die Haustür hinter mir schließt. In ein paar Minuten wird sie ihren ersten Nachmittags-Mandanten empfangen und ich bin, nach drei freien Tagen, wieder bei meinem Team.
Während ich die wenigen Kilometer bis zu meiner Dienststelle fahre, schweifen meine Gedanken von den letzten Tagen, an denen ich mit Anja und unserer Tochter Kathi das schöne Wetter genossen habe, zu dem anstehenden Dienst.
Auf den letzten Metern vor dem Parkplatz der Dienststelle greife ich nach meiner neuen Tasche, einem Geburtstagsgeschenk meiner Frau.
Wie immer werde ich darin nicht nur meine Dienst-Utensilien, sondern auch noch drei Weingummiherzen finden. Ich freue mich jeden Tag über diese kleine Liebesbotschaft Anjas.

Summend öffnet sich die codegesicherte Tür zur Wache und ich blicke in den gebohnerten Flur mit den fleckig weißen Wänden. Die Zargen rechter und linker Hand waren vor einigen Jahren sicher noch strahlend weiß. Heute ist ihr Lack angegraut und von den vielen, wenig rücksichtsvollen Berührungen völlig verkratzt.
Pistolenholster haben zusammen mit Möbelstücken, die verschoben wurden, und Asservaten, die ihren Weg auf die Wache gefunden haben, für Streifen, Striemen und abgeplatzte Stellen gesorgt.
Erst neulich ist bei einer Rangelei mit einem Festgenommenen Blut auf einer von ihnen verschmiert worden. Nicht viel, aber der Kollege hat ziemlich geflucht, als sein Fingernagel aus dem Nagelbett gerissen wurde. Kaum hatten wir dem Ladendieb, der bereits gegen den Kaufhausdetektiv sehr aggressiv vorgegangen war, die Handschellen abgenommen, hatte er auch schon losgelegt.
Ein Straßenschläger, der sich nicht an Regeln hält. Am Ende waren wir zu viele und seine Schmerzen zu groß, sodass er irgendwann Ruhe gab.

„Hallo Frank!" Unsere ehemalige Azubine Nicole umarmt mich überschwänglich. „Ich bin so froh, dass es geklappt hat!"
„Ich auch. Vorausgesetzt, du lässt mich am Leben." Grinsend drücke ich sie ebenfalls und schiebe sie dann langsam auf Armeslänge von mir weg. „Lass dich ansehen. Unsere kleine ‚Olize'. Groß bist du geworden. Wie lange ist dein Praktikum bei uns her? Ziemlich genau ein Jahr, stimmt's?"
Nicole schubst mich scherzhaft. „Ich will nicht mehr ‚Olize' genannt werden. Ich bin in dem Jahr groß und stark geworden – quasi erwachsen."
„Sind deine Schultern breiter geworden? Kann man das ‚P' und das ‚i' von ‚Polizei' bei dir auf der Rückenpartie deiner Dienstjacke mittlerweile lesen?"
Nicole schüttelt den Kopf. „Aber …"
„Dann wird es wohl bei ‚Olize' bleiben. Komm, das passt zu dir und du hättest es schlechter treffen können. Weißt du, wie sie mich manchmal nennen?"
Olize zieht die Augenbrauen belustigt zusammen. „Klar weiß ich das – ‚Giotto'. Ich weiß aber nicht, warum man dich so nennt."
„Ach, komm, tu nicht so … na ja, vielleicht bist du tatsächlich noch zu jung mit deinen einundzwanzig Jahren. Es gab früher eine Fernsehwerbung für ‚Giottos'. Du weißt schon, die kleinen Gebäckkugeln."
Sie sieht mich gespannt an. „Ja, klar kenne ich die. Die sind lecker."
„Genau, das fand Mike, der Kollege der Leitstelle, offensichtlich auch. Er gab über Funk im ganzen Rhein-Sieg-Kreis bekannt: Ich wäre total süß, so wie die Giottos. Aber – kleiner dürfte ich nun wirklich nicht sein. Ganz so, wie sie es in der Werbung damals gesagt haben."
„Das ist doch ein Kompliment." Das breite Grinsen in ihrem Gesicht macht es mir schwer zu erkennen, ob sie es ironisch meint oder nicht.
„Na ja, schon irgendwie. Allerdings passt Mike nicht in mein Beuteschema. Ich bevorzuge das andere Geschlecht, das wir Männer kennen, und mal ehrlich – kennst du einen Mann, der süß sein will?" Ich setze mein enttäuschtestes Gesicht auf. „Groß, stark, heldenhaft – so will man als Mann beschrieben werden!"

„Du bist süß." Noch bevor ich antworten kann, ist sie in der Damenumkleide verschwunden und ich stehe allein im Flur.
Schön, dass sie wieder da ist. Sie hat allen im letzten Jahr gefehlt. Bin gespannt, ob sie sich gut eingliedert, jetzt wo sie fest in meine Dienstgruppe versetzt wurde.
Hinter mir wird es zum Schichtwechsel voller. „Hallo" und „Tschüss" klingt überall mit leichtem Nachhall durch den kahlen Flur.
Schau'n wir mal, wo der andere „Neue" bleibt.
Kein Teppich schluckt den Schall; nur eine schief hängende Magnetwand mit den aktuellen Dienstplänen und Gewerkschaftsinfos ziert die eine Wandseite, ein paar Bilder der ehemaligen Bundespräsidenten hängen auf der anderen.
Irgendwann scheint jemand damit aufgehört zu haben, von seinem eigenen Geld Rahmen zu kaufen, um die fehlenden Präsidenten aufzuhängen. Vielleicht wurde der Kollege auch einfach nur versetzt. So sieht es jedenfalls auf der Wand aus, als hätten wir seit mindestens fünfzehn Jahren kein politisches Oberhaupt mehr gehabt.

„Frank, was stehst du da so unmotiviert rum? Ich möchte dir den Dienst übergeben und ab nach Hause." Hans, der Dienstgruppenleiter des Frühdienstes, steht in der Tür zu unserem Büro und wedelt aufgeregt mit der Hand.
„Was gibt es?" Ich folge ihm in sein Büro.
„Die mittlerweile üblichen Wohnungs- und Geschäftseinbrüche, zwei kleine Verkehrsunfälle mit Sachschaden, und wir haben einen Fahrraddieb auf frischer Tat gefasst."
„Super! Wieder einer weniger auf der Straße. Bleiben bloß noch die Einbrecher. Kaum hast du einen geschnappt, kommen zwei neue nach. Die scheinen irgendwo nachzuwachsen."
Hans nickt. „Irgendwo muss es ein Nest geben. Ich habe auch eine Idee, wo."
Mein Nicken fällt etwas grimmiger aus als gewollt. „Lass uns das Thema wechseln. Müssen wir wegen des Fahrraddiebes noch etwas erledigen?"
„Nein, das übernimmt die Kripo. Die werden heute noch bei ihm durchsuchen."
„Wenn es weiter nichts gibt, wünsche ich dir einen schönen

Nachmittag." Ich schließe hinter Hans die Tür, nachdem er seine große Hand kurz zum Gruß gehoben hat.

***

Es sieht nicht besonders gut aus, wenn man einen neuen Mitarbeiter nicht gleich zu Beginn begrüßt. Ich sortiere noch schnell die Einsatzbefehle, Faxe, Infos, Erlasse und einen riesigen Haufen Post-its auf meinem Schreibtisch, bevor ich mich auf den Weg mache.
Mein Magen drückt. Ich wollte zwar eine Verstärkung für mein Team, aber nicht ausgerechnet Karl. So einen will man eher loswerden. Zumindest ist das der Ruf, der ihm vorauseilt.
Ich brauchte aber dringend Nachersatz für Susi, die jetzt im Geschäftszimmer beim Verkehrsdienst arbeitet, da sie aufgrund ihrer Schwangerschaft keinen Außendienst mehr machen darf. Und es kam, wie es immer kommt, à la „plötzlich und überraschend ist wieder Weihnachten". In meinem Fall hieß das, dass trotz intensivem Schriftwechsel kein Nachersatz für Susi vorgeplant wurde. Dann musste plötzlich alles ganz schnell gehen und für mich blieb nur Karl übrig. Wenn das mal keine Absicht war; es gibt sicher einen Grund, warum er nur „das Mufflon" genannt wird.
Das Mufflon wurde mir von der Führungsstelle aufs Auge gedrückt. Sein alter Chef war heilfroh, nichts mehr mit ihm zu tun haben zu müssen, und als ich nachfragte, warum ausgerechnet ich mich mit Karl rumärgern soll, bekam ich zur Antwort: „Das wirst du doch hinbekommen, oder etwa nicht? Nicht dass wir uns Gedanken machen müssen, ob du der Richtige bist für deinen Job."
Wütend und ungläubig starrte ich ihn an. „Sagt der, der selbst an Karl gescheitert ist?"
Er hielt mir die Tür auf. „Ich habe noch Termine. Du kannst das!"
Und schon stand ich draußen.
Meinen Wachleiter wollte ich nicht bitten, zu intervenieren. Das hätte sehr nach Bequemlichkeit oder Unvermögen ausgesehen. Der „Chef", wie wir ihn wegen seiner charismatischen Aus-

strahlung nennen, hätte sicher etwas erreichen können, aber das fühlte sich falsch an. Wahrscheinlich würde es sowieso sein, wie es meistens war – allen Gerüchten zum Trotz war Karl bestimmt ein super Typ, der missverstanden wurde.
Ich finde ihn etwas abseits vorne im Wachraum. „Hallo, Karl! Schön, dich begrüßen zu dürfen. Entschuldige bitte meine Verspätung, aber Hans musste mir noch ein paar Einsätze aus dem Frühdienst übergeben." Wir reichen uns die Hand.
Karl ist ein großer beleibter Mann, der etwas bärbeißig wirkt. Er lächelt selten, raucht dafür viel, was man unschwer an der Asche erkennen kann, die sich oben auf seinem Bauch sammelt. Ich habe ihn vor vielen Jahren kennengelernt, aber selten mit ihm zu tun gehabt.
„Konntest du dich mit den anderen bereits bekannt machen?"
„Warum hätte ich das machen sollen? Ich habe doch alle schon mal gesehen. Irgendwann läuft sich in diesem Job jeder über den Weg! Außerdem habt ihr euch wahrscheinlich in den letzten Tagen genug das Maul über mich zerrissen."
Damit hat er den Nagel auf den Kopf getroffen. Tatsächlich haben wir in der Dienstgruppe sehr kontrovers über das „Mufflon" gesprochen. Ich habe zwar versucht, ihn in Schutz zu nehmen, aber aufgrund meiner eigenen Vorbehalte bin ich sicher nicht sehr überzeugend gewesen.
„Klar kennst du die meisten, aber eben nicht alle. Komm, ich stelle dich kurz vor. Kai, unser Wachdienstführer und mein Stellvertreter, steht neben mir."
Die beiden Männer nicken sich zu.
Ich schiebe Karl sachte in Richtung Tür zum Flur. An Kai gewendet fahre ich fort: „Kannst du bitte Karl mit in den Aufenthaltsraum nehmen? Ich trommle in der Zeit die anderen zusammen."
„Klar, mache ich."
Ich muss unwillkürlich grinsen. *Armer Karl – jetzt wird er zu seinem Glück gezwungen.*
Nachdem ich aus den Schreibräumen und den Umkleiden alle Kollegen zusammengesammelt habe, sitzen wir um den Tisch im Aufenthaltsraum.
Unterschiedlich große Tische stehen dort lieblos zusammengestellt. Kaffeetassen haben verkrustete Ränder auf ihnen hinter-

lassen. Der eine oder andere Brandfleck zeugt von Zigarettenkonsum und fehlenden Untersetzern für Töpfe und Pfannen. Seit Susi nicht mehr da ist, geht es bei uns mit der Reinlichkeit ziemlich bergab. Nicht mal mehr eine Tischdecke haben wir. Da werde ich über kurz oder lang intervenieren müssen, aber jetzt gilt es, Karl vorzustellen.

„So, ihr Lieben, die meisten kennen ihn bereits, aber ich möchte unseren neuen Kollegen trotzdem vorstellen." Ich sehe in Gesichter, die ihr Desinteresse kaum verbergen können. Aber ich will mich nicht davon beeindrucken lassen und mache im gleichen Tonfall weiter. „Karl ist ein alter Hase mit über dreißig Jahren Diensterfahrung. Das stimmt so, oder?"

Karl nickt ohne besonderes Interesse an meinen Ausführungen. „Er hat bereits in fast jeder Dienststelle gearbeitet."

Ich kann beinahe sehen, was die Kollegen denken. *Klar hat er das, weil er überall rausgeflogen ist. Jetzt haben wir ihn an der Backe.*

„Als Letztes hat Karl in der Führungsstelle gearbeitet und sich mit den organisatorischen Aufgaben der Polizei beschäftigt. Ich denke, er kann uns allen noch wertvolle Tipps geben und wird uns als Dienstgruppe bereichern. Ich habe auf jeden Fall vor, dich, lieber Karl, und dein Fachwissen gnadenlos auszunutzen." Ich grinse ihn an. „Von mir noch mal ein herzliches Willkommen!"

Karl nickt.

„Aber jetzt stelle ich dir die Kollegen vor. Ich beginne bei dem jungen Mann mit Pferdeschwanz neben dir. Ich bekomme Kai zu keiner vernünftigen Frisur überredet und auf seine Ohrringe verzichtet er auf keinen Fall. Nachts wirst du ihn selten in Uniform zu sehen bekommen, aber sei dir gewiss – du kannst dich auf ihn verlassen und ihn immer um Rat fragen."

Kai legt Karl die Hand auf die Schulter: „So ist das! Hier werden Sie geholfen!"

„Kommen wir zum nächsten in der Reihe, zu Michael."

Der unterbricht mich geziert: „*Aramis*, bitte, so viel Zeit muss sein!"

„So ist er, unser Aramis, immer das letzte Wort. Unser Musketier fährt extra einen schwarzen Mustang, um das Klischee des reitenden Edelmanns zu erfüllen. Er und unser schönes Aus-

hängeschild Jasmin, die rechts neben ihm sitzt, sind heimlich zusammen und denken, wir wüssten das nicht."
Jasmin hebt ruckartig den Kopf und ihre Augen werden eine Schrecksekunde größer; anders lässt sie sich ihr Erstaunen nicht anmerken. Aramis dagegen bleibt völlig gelassen – die anderen grinsen.
Überraschend meldet sich Karl zu Wort, der meine Vorstellungsrunde bisher stoisch hat über sich ergehen lassen: „Ist das nicht verboten?"
Ich beeile mich zu antworten: „Klar ist das nicht gerne gesehen, aber bei uns ist die Fünf auch schon mal gerade, und solange es keine Probleme gibt, nehme ich das gerne auf meine Kappe. Man hört so auf den Fluren, dass du mit der ‚geraden Fünf' auch gut umzugehen verstehst …"
Karl nickt. „Das haben mir über fünfunddreißig Dienstjahre beigebracht. Sonst reibst du dich auf. Und am Ende sagt niemand ‚Danke'!" Offensichtlich habe ich ihn ein bisschen angepikst.
„Ich habe gewusst, dass du uns mit deiner Erfahrung eine Bereicherung sein wirst."
Das Mufflon sieht mir direkt in die Augen und versucht abzuschätzen, ob ich das eben ironisch gemeint habe. Habe ich nicht, allenfalls ein bisschen opportunistisch.
„Und", fahre ich ohne Pause fort, „wer weiß, vielleicht bekommst du bei uns sogar irgendwann ein ehrliches ‚Danke'. Wir sind immer für Überraschungen gut."
Jetzt lächle ich ihn offen an, um ihm die Möglichkeit zu nehmen, mich falsch zu verstehen.
„Kommen wir zu Lukas, unserem Lokomotivführer."
„Die Fahrscheine, bitte!", unterbricht er mich und alle lachen.
„Lukas fährt in seiner Freizeit auf der Drachenfelsbahn, und bevor du fragst, mein lieber Karl, ja, das ist genehmigt."
Karl kneift die Augen zusammen und mustert mich.
„Und neben Lukas sitzt unser heutiger zweiter Neuzugang. Nicole bzw. ‚Olize', wie wir sie gerne nennen."
„Von deinem Spitznamen habe ich gehört", mischt sich Karl erneut ein. „Du bist echt ganz schön schmal in den Schultern."
Alle blicken zu Karl. So ganz genau scheint niemand zu wissen, wie er das gemeint hat. Das dürfte für die Zukunft spannend werden.

Nicole jedenfalls blickt Karl zornig an und meldet sich zu Wort: „Seht ihr, deshalb möchte ich einen neuen Spitznamen!"
„Geht klar, Olize!", meldet sich Kai, und Nicole blickt enttäuscht in ein Meer grinsender Gesichter.
Bevor jetzt alle durcheinanderreden, mache ich mit meiner Vorstellungsrunde weiter. „Nicole war bereits im letzten Jahr bei uns, aber damals noch als Auszubildende. Jetzt ist sie fest zu uns versetzt worden. Sie hat ihre Ausbildung mit einem sehr guten Ergebnis abgeschlossen. Herzlichen Glückwunsch dazu noch einmal!"
Alle klopfen auf den Tisch, ein paar schütteln ihr die Hand. Kein Zweifel: Olize scheint allgemein akzeptiert zu werden.
Ich zeige auf den Nächsten in der Runde. „Das ist Peter, oder Pit, oder, wenn du Ärger mit ihm haben möchtest, auch ‚Pumuckl'. Woher der Name kommt, kannst du dir sicher aufgrund seiner Haarfarbe erschließen."
Pit wendet sich an Karl. „‚Pumuckl' ist reserviert für richtig gute Freunde. Du kannst mich aber gerne Pit nennen." Dabei streckt er ihm die Hand quer über den Tisch entgegen, die Karl nach kurzem Zögern ergreift.
Alle schließen sich Peters Geste an und so kann ich nur noch abschließend anmerken, dass wir damit alle aus der Dienstgruppe vorgestellt haben. An Karl gewendet fahre ich fort: „Bei der Dienstplanung werden Kai und ich darauf achten, dass Talente verknüpft werden. Ich könnte mir gut vorstellen, dass du, Karl, dir die Schichten mit Olize abwechselnd mit Lukas, ihrem alten Ausbilder, teilen könntest. Davon würden alle profitieren."
Ich blicke alle drei der Reihe nach an und sehe zwar keine echte Begeisterung, aber auch keine strikte Ablehnung. „Das wird schon. Mal sehen, wie wir das anpacken", füge ich noch schnell hinzu. „Und jetzt haben wir genug gequatscht. Raus mit euch an die Arbeit!"
Mit einem Wink scheuche ich alle aus dem Aufenthaltsraum, allerdings ist Nicole die Einzige, die tatsächlich aufsteht. Der Rest bleibt sitzen und schenkt sich eine weitere Tasse Kaffee aus dem neuen Vollautomaten ein, den wir seit diesem Monat geleast haben.
Kopfschüttelnd mache ich meinen Strich auf der Kaffeeliste, schenke mir ebenfalls nach und mache mich auf in mein Büro.

Kaum aber habe ich die Tür hinter mir geschlossen, höre ich auf dem Flur das Getrappel von Schritten.
Kurz darauf sehe ich auch den ersten Einsatzwagen von der Wache abfahren.
Karl steckt den Kopf in mein Büro. „Was soll ich machen?"
Ich sehe auf. „Im Prinzip ist mir das heute egal. Richte dich ein, organisiere deinen Spind, schau, ob schon etwas in deinem Fach liegt. Vielleicht hast du auch noch Arbeiten aus deiner alten Dienststelle mitgebracht. Sieh dich einfach um. Hinten sind die Zellen, aber das kennst du ja alles. Auf jeden Fall bist du heute meine Unterstützung. Mal sehen, ob ich es überhaupt schaffe, vor die Tür zu kommen. Wahrscheinlich habe ich noch zu viel Organisatorisches zu tun. Vielleicht können wir nachher auch noch kurz quatschen."
„Alles klar!"
Kaum hat er die Tür zum Flur hinter sich geschlossen, als Kai die vom Wachraum aufreißt. „Wir müssen den Dienstplan machen!" Er schiebt den Besucherstuhl neben meinen kaputten Bürostuhl und legt die Vorplanungswünsche vor uns aus. Ich schaue auf die Planung und schüttele entnervt den Kopf. „Ach du lieber Gott. Offensichtlich hat keiner Lust zu arbeiten. Haben wir eine kurze Feiertagswoche?"
„Nicht dass ich wüsste", antwortet Kai und schaut auf den dreiteiligen Kalender an der Wand des Dienstgruppenleiterbüros.
„Kannst du die Kalenderblätter auf den neuesten Stand bringen?", bitte ich ihn. „Das Ding hinkt zwei Monate hinterher. Müssen wir noch etwas für den Großeinsatz in der übernächsten Woche planen?"
„Ja, da sind noch ein paar Fragen offen."
„Na dann …"
Wir stecken unsere Köpfe zusammen und machen uns an die Planung. Kai wird durch den Funk und das Telefon immer wieder weggerufen, sodass die meiste Arbeit an mir hängenbleibt. Gut, dass heute die Gewahrsamszelle nicht belegt ist, sonst wäre noch mehr los.
Erfahrungsgemäß kommen die meisten Bürger nach der Arbeit auf der Wache vorbei, um Anzeigen zu erstatten. Das verschafft Kai zusätzliche Arbeit, da spätestens um 16 Uhr das Kriminalkommissariat Feierabend macht.

Und so arbeitet Kai ab sechzehn Uhr die Schlange unglücklicher Bürger ab, die im Flur und Vorraum warten, während ich seine Aufgaben übernommen habe. Zwischendurch unterhalte ich mich mit dem Mufflon, das sich mittlerweile auch fertig organisiert hat.

***

Kai holt gerade eine eben aufgenommene Anzeige aus dem Drucker, als das Telefon zum gefühlten zweitausendsten Mal an diesem Nachmittag klingelt. Er hebt im Vorbeigehen ab und meldet sich.

Abrupt bleibt er stehen, winkt mir zu, um meine Aufmerksamkeit zu gewinnen, geht weiter zum Wachtresen, bedeutet dem Bürger, an welchen Stellen er auf den Formularen zu unterschreiben hat, und nickt ihm zum Abschied freundlich zu.

Dann kommt er, noch immer den Hörer mit dem Spiralkabel am Ohr, zurück zum Wachtisch. Er hört weiter gespannt zu, während er einen Einsatzort in den Rechner mit seinen drei Monitoren eingibt.

Niederkassel sehe ich, dann *Mondorf, Garagenhof, Nachbarschaftsfest, vierzig bis fünfzig Teilnehmer, Schusswaffe …*

„Ach du Scheiße!", entfährt es mir. „Das darf doch nicht wahr sein." Ich greife zum Funkgerät. „Leitstelle! Lest bitte den Einsatz mit, den wir aktuell ins System stellen. Ich fahre mit allen Kräften, benötige aber wahrscheinlich weitere Unterstützung. Ich melde mich gleich aus dem Auto wieder." Dann reiße ich die Tür zum Flur auf. „Alle raus! Einsatz!" An Kai gerichtet frage ich: „Was ist mit Aramis und Jasmin? Sind die frei?"

Kai blickt auf den Einsatzstatusmonitor. „Ja, haben sich eben frei gemeldet."

„Ruf sie an und gib den Einsatzort bekannt. Ich bin gleich am Funk und koordiniere. Frag den Melder, oder schau selbst auf der Karte nach, ob es verschiedene Zugänge zu dem Garagenhof gibt. Außerdem brauchen wir eine Beschreibung des Täters. Karl, wuchte deinen Astralkörper samt deinen Klamotten in mein Auto!"

Er wartet auf dem Flur. „Wie heißt das Zauberwort mit zwei ‚t'?", fragt er mich.

„‚Flott', und jetzt sieh zu, dass du Meter machst!"
Die anderen sind schon draußen. Es wäre zu peinlich, wenn ich als Letzter zu meinem eigenen Einsatz käme.
Pit, Lukas und Nicole sind an uns vorbeigesprintet, und draußen kann man bereits das sich entfernende „zu spät, zu spät" der Streifenwagensirene hören. Pit ist heute mit dem Motorrad unterwegs. Seine Sirene klingt bei der Abfahrt so trostlos, als läge das altersschwache Krad bereits in den letzten Zügen.
Nachdem ich mir meine Schutzweste übergezogen habe, wuchtet Karl seinen massigen Körper neben mich auf den Beifahrersitz. Obwohl der Passat sehr geräumig ist, bleibt mir fast die Luft weg und ein spontanes Gefühl von Platzangst packt mich. Wie soll denn dieser Brecher jemals in den mikroskopisch kleinen 3er-BMW passen, den man uns angekündigt hat?
Ächzend tippt Karl auf das Display des Navis. „Wohin?"
Ich gebe ihm die Adressdaten. „Irgendwo hinter den Häusern muss ein gemeinsamer Garagenhof sein, in dem die Nachbarn eine Grillfeier abhalten. Unter den Gästen gibt es einen Zeugen, der gesehen hat, dass einer der Teilnehmer unter seinem T-Shirt einen Revolver trägt. Er wird als Mitte Vierzig, Einsachtzig groß, mit kurzen dunklen Haaren, Jeans und grauem T-Shirt beschrieben."

Als ich in den ersten Kreisel einbiege, hat Karl die Adresse eingegeben; eine rote Linie zeigt mir auf dem Display die Fahrtstrecke.
„Karl, organisier für mich den Funk und trag die entsendeten Einsatzmittel auf meinem Klemmbrett ein."
„Wie heißt das Zauberwort?"
Ich glaube kurz, mich verhört zu haben. „Was?"
„Wie heißt das Zauberwort mit zwei ‚t'?", wiederholt er humorlos.
„Hast du einen Knall? Wir sind im Einsatz! Es bleibt bei ‚flott'. Ein ‚bitte' gibt es, wenn wir Zeit haben. Und jetzt frag die Eintreffzeiten ab!"
Murrend und mit zusammengekniffenen Augen macht sich das Mufflon an die Arbeit. „Lukas, Nicole und Pit brauchen noch etwa sechs Minuten, Aramis und Jasmin liegen knapp dahinter, wir sind die Letzten."

Das werden wir noch sehen, füge ich in Gedanken hinzu.
Nach dem dritten Kreisel, in dem ich gegen die Fahrtrichtung einfach links abbiege, schnauzt Karl mich an: „Ras doch nicht so! Die kommen auch ohne dich klar. So spannend ist der Einsatz jetzt auch nicht."
„Meinst du das ernst?!" Ich sehe kurz entgeistert zu ihm rüber.
„Klar, was soll groß passieren? Der hat bestimmt nur eine Schreckschusspistole. Hat doch heute jeder so ein Ding, seit wir die vielen Flüchtlinge haben."
Ich muss gegensteuern – nicht nur bei meinem Wagen, der nach dem Kreisel ausbrechen will, sondern auch bei Karl. „Pass auf, Karl, hier bei uns läuft das anders! Wir gehen vom Schlimmsten aus und freuen uns am Ende, wenn es nicht so gravierend war. Und jetzt geben wir erstmal Gas und unser Bestes. Das gilt für alle, somit ab jetzt auch für dich! Ich werde dir nachher Anordnungen geben, die du befolgen wirst, und zwar sofort und kommentarlos. Sollten mir taktische Fehler unterlaufen, die du erkennst, möchte ich, dass du mich darauf aufmerksam machst. Ich regele dann nach. Aber ansonsten will ich von dir nichts anderes hören, außer: ‚Ja, sofort!' Hast du das verstanden?"
„Ja, sofort!" Wenn Blicke töten könnten, wäre ich jetzt hinter meinem Steuer zusammengesunken.
Ich schnappe mir den Funk. „An alle Kräfte im Einsatz ‚Garagenhof'. Hat einer von euch einen Vorschlag für einen Treffpunkt? Ich bin kurz hinter euch."
„Ich kann dich im Spiegel sehen!", ruft Pit.
Kai mischt sich über Funk ein: „Ich habe einen Treffpunkt für euch. Fahrt alle in die Parallelstraße, Höhe Hausnummer Dreißig. Dort ist eine große Bushaltestelle und in der Nähe ein Durchgang zum Garagenhof."
„So machen wir es. Also macht euer ‚LaLüLaLa' aus und fahrt gedeckt an. Wir sehen uns am Treffpunkt!"
Alle Einsatzmittel senden mir eine kurze Bestätigung.
„Also, Karl. Mach bitte das Horn aus."
„Ja, sofort!" Seine Hand dreht den Schalter und das Getöse verstummt. Ich warte ein paar hoffnungsvolle Sekunden, dann spreche ich ihn erneut an: „Meinst du, bei einer gedeckten Anfahrt ist das Blaulicht hilfreich?"
„Wahrscheinlich nicht."

„Dann mach es bitte aus!“
„Ja, sofort!“
Ich kann sehen, wie schwer es ihm fällt, seinen Zorn hinunterzuschlucken.

Vor mir warten die anderen Einsatzfahrzeuge bereits an der Bushaltestelle. Ich bin tatsächlich Letzter – nicht mal Pit auf seinem altersschwachen Krad konnte ich einholen. *Ich werde doch nicht etwa alt?*
Bevor ich den Wagen anhalte, frage ich Kai über Funk: „Bekomme ich zusätzliche Kräfte?“
„Nein, sind keine frei. Ich hätte dir Bescheid gegeben. Der Melder ist auf dem Hof. Er trägt ein blaues Hemd und eine helle Hose. Er wird versuchen, sich bei dir bemerkbar zu machen. Ich hab ihm gesagt, er soll einfach zum kleinsten Polizisten gehen. War doch richtig, oder?“ Man kann sein Grinsen förmlich hören. Ohne eine Antwort abzuwarten, funkt er weiter: „Geh zu ihm, er zeigt dir den mit der Waffe. Bisher hat er sie nicht gezogen, aber sie ist noch anderen Besuchern aufgefallen. Die Leitstelle und ich wurden schon von mehreren Meldern angerufen. Der Hof ist auch nicht mehr so voll wie eben. Es sind höchstens noch etwa zwei Dutzend Personen dort.“
„Das sind leider immer noch mehr als genug! Danke! Gibt es mittlerweile eine genauere Beschreibung des Täters?“
„Nein! Zum Teil widersprechen sich die Melder. Arbeite mit meiner Beschreibung vom Anfang.“
An die Leitstelle gerichtet frage ich: „Habt ihr noch weitere Infos? Ansonsten gehen wir jetzt auf Handfunk und melden uns erst wieder bei Bedarf.“
„Alles Gute!“, kommt lediglich als Antwort aus dem Äther.

Bemüht, die Reifen nicht quietschen zu lassen, haben nacheinander alle Einsatzfahrzeuge den Sammelpunkt erreicht. Den fußläufigen Zugang zum Garagenhof können wir etwa 20 Meter weiter sehen.
Gut gemacht, Kai, das ist ein super Treffpunkt, denke ich, während ich aus dem Auto springe. Die Mannschaft versammelt sich vor meinem Wagen. Ich lege mein Klemmbrett auf die Motorhaube, verbrenne mir an dem von Sonne und Motorhitze erhitzten Blech die Ballen beider Hände und fluche.

Mit dem Kuli zeichne ich einen skizzenhaften Plan des Garagenhofes, wie ich ihn in Erinnerung habe. Karl trudelt auch langsam ein und bleibt ostentativ desinteressiert hinter uns stehen.
„Du, Karl, auch wenn man dir keine Motivation ansieht, darfst du gerne bei uns mitmachen. Kennst du die Örtlichkeit?"
Karl verschränkt die Arme vor der Brust, sodass ein paar Aschekrümel zu Boden fallen. „Nein!"
„Okay, dann arbeiten wir mit dem, was wir haben. Jedes Team nimmt einen anderen Zugang. Pit, du kommst von da!" Mein Finger zeigt auf einen Zugang zwischen zwei Garagenblöcken, den er mit seinem Krad durchfahren kann.
„Wir kommen von dort", mischt sich Karl ein. „Das scheint mir der kürzeste Weg zu sein."
Alle schauen mich an, rechnen mit einer harschen Zurückweisung.
„Ja, aber vor allem, da ich bei diesem Zugang ein paar Sekunden länger Zeit habe, mir ein Bild von der Situation zu machen."
Alle nicken.
„Aramis, ihr fahrt um den Block und kommt von da."
Aramis folgt meinem Finger auf der Skizze. „Geht klar!"
„Lukas, ihr kommt von der Hauptzufahrt. Schau, ob ihr dort gedeckt einen Parkplatz bekommt, ansonsten startet ihr den Zugriff aus dem Auto heraus. Alle gleichzeitig auf mein Kommando!" Ich sehe mich um. „Noch Fragen?"
Niemand sagt etwas.
„Einen dezidierten Plan habe ich noch nicht. Wir müssen abwarten, was wir vorfinden und wie es sich entwickelt. Haben alle ihre Westen an? Die Waffen durchgeladen? Funk dabei?"
Allgemeines Nicken, wohingegen Karl zurück in Richtung Streifenwagen trottet. Ich schüttle den Kopf und blicke ihm nach. *Da kommt viel Arbeit auf uns zu.*
Meine Faust klopft zweimal auf die Motorhaube, diesmal ohne mir Verbrennungen zuzuziehen. „Auf geht's! Gebt mir über Funk Bescheid, wenn alle bereit sind."
Kurze Zeit später trudeln die Klar-Meldungen zusammen mit Karl, der nun auch in seine Schutzweste gehüllt ist, bei mir ein. Ich werfe einen letzten Blick um die Mauer herum auf den Hof. Es ist auffallend wenig Bewegung zu erkennen. Den Melder

habe ich bereits ausgemacht, allerdings steht er relativ weit von mir entfernt in einer der Ecken. Den vermeintlichen Täter konnte und kann ich auch jetzt nicht entdecken.
„Dann los! Achtet auf mich und meinen Funk."
Von allen Zugängen stürmen meine Teams mit ihren Pistolen in der Hand auf den Garagenhof. Ich orientiere mich in Richtung des Melders. Der erkennt mich und kommt langsam, fast bedächtig, auf mich zu. Meine Augen scannen den Hof, achten auf Bewegungen und suchen nach Besonderheiten. Nichts! Alle Personen verhalten sich unauffällig. Drei kleine Kinder spielen in der Nähe des Grills.
Ich blicke zum Melder, der mir mit seinen Augen Zeichen gibt. Seine Pupillen stoßen nach rechts, dann zeigt sein Daumen vor dem Körper mehrfach kurz in Richtung seiner rechten Seite. Worauf verdammt weist er mich hin? Nichts zu erkennen – oder doch? Da, etwa 20 Meter rechts von ihm steht eine Person, die der ersten Beschreibung sehr nahekommt. Sie steht mit dem Rücken zu mir. Eventuell kann Pit sie von der Seite sehen, aber der sieht in eine andere Richtung. Mit der Hand gebe ich lautlos Zeichen.
Die Zielperson dreht sich nicht um.
Meine Augen fliegen. *Ist jemand bei ihm? Gehört jemand zu ihm? Gibt es einen oder mehrere Komplizen?*
Die Pistole liegt beim Gehen ruhig in meiner Hand. Ich schwinge den Arm, wie ein Passgänger, entlang meines rechten Beins, um sie möglichst lange zu verbergen.
Der Melder hat mich erreicht und raunt mir im Vorbeigehen zu: „Er hat die Pistole vorne im Hosenbund!"
Ich nicke. „Bringen Sie sich in Sicherheit, aber bleiben Sie in der Nähe. Ich muss gleich noch mit Ihnen sprechen." Ob er etwas geantwortet oder zustimmend genickt hat, nehme ich nicht mehr wahr.
Ein kurzer Blick zurück zu meiner Crew zeigt mir, dass sie meinen Blicken und Zeichen gefolgt sind und nun ebenfalls auf die Person zustreben.
Dann konzentriere ich mich ganz auf den Mann, von dem ich bisher allein seinen Rücken in einem grauen T-Shirt sehen kann.

Mit einem Ruck dehnt sich die Zeit. Kaum zu glauben, wie viele Details das Gehirn in wenigen Augenblicken aufzunehmen vermag – als wäre ich in einer Zeitlupe gefangen.
Seine Hände sind nicht auszumachen. Ein Teil seiner Haare hat bereits ins Grau gewechselt – beinahe das gleiche Grau wie sein verwaschenes T-Shirt. An seinem Hals, direkt unter den kurzen, im Nacken ausgeschnittenen Haaren, trägt er eine Goldkette mit auffällig großen Gliedern. Die Haut darunter ist etwas heller, weniger gebräunt. Offenbar hält er sich häufig an der frischen Luft auf.
Seine rechte Schulter steht höher als die linke. Der Hals des T-Shirts ist weit ausgeschnitten, der Stoff wirkt eher dünn und ungebügelt. Das Shirt steckt nicht in der Hose, ich nehme dennoch wahr, dass er einen Gürtel trägt. Dieser sitzt so eng, dass sich rechts und links darüber kleine Fettpolster ihren Weg bahnen und unter dem Shirt spannen. Rechts ist es ein wenig hochgezogen, wahrscheinlich durch die Schulter. Hat er etwa mit der rechten Hand bereits nach der Pistole in seinem Hosenbund gegriffen?
Noch immer kann ich seine Hände nicht sehen. Der linke Fuß beginnt sich jedoch, in meine Richtung zu drehen. Das Bein folgt, dann die Hüfte. Er steht noch nicht im Profil, aber der Körper dreht sich weiter nach links um seine eigene Achse.
Sein Gesicht liegt jetzt schräg im Schein der späten Nachmittagssonne. Seitlich des linken Auges sind die kleinen Fältchen zusammengepresst. Lacht er etwa? Ich kann nichts hören. Mit jedem Zentimeter, den er sich bewegt, kann ich etwas mehr von seinem Profil erkennen. Nein, kein Lachen – er kneift seine Augen gegen die Sonne zusammen. Eine schmale Nase und auffällig lange tiefschwarze Wimpern schieben sich in meinen Blick. Noch immer ist keine Waffe zu sehen.
Ich hebe meine 9-mm Automatik um einige wenige Zentimeter, bereite mich innerlich vor. Schweiß läuft an meiner Wirbelsäule entlang in meinen Hosenbund.
„Halt, Polizei! Nehmen Sie die Hände hoch!“, rufe ich, sicherlich viel lauter als notwendig. Er steht höchstens noch 10 Meter von mir weg. Ich sehe seine linke Hand vor dem Schloss seines Gürtels.
Keine Waffe in der linken Hand – aber sie verdeckt etwas.

Sein Körper dreht sich weiter, ohne auf die Worte zu achten, die ich jetzt mindestens genauso laut wiederhole: „Nehmen Sie sofort die Hände hoch, damit ich sie sehen kann! Bleiben Sie stehen!" Diesmal muss er mich verstanden haben.
Mein Finger, der bis jetzt lediglich entlang des Abzugs lag, wandert nach vorn, umspannt ihn. Das kühle Metall in der Beuge zwischen dem ersten und zweiten Glied meines Zeigefingers beruhigt mich. Noch immer halte ich die Waffe nach unten gerichtet. Ich bin stehengeblieben, ohne es bemerkt zu haben.
Sein Körper dreht sich weiter in meine Richtung.
Jetzt dröhnt auch Pits mächtiger Bariton über den Platz. „Haben Sie nicht gehört? Stehenbleiben und die Hände hoch! Ich will sofort Ihre Hände sehen!"
„Wenn Sie nicht sofort jede Bewegung einstellen, werden wir schießen!"
Keine Reaktion. Er dreht sich einfach weiter.
Hat er uns nicht verstanden? Spricht er eine andere Sprache? Dauert es so lange, bis er das Gehörte umsetzen kann? Millionen möglicher Ausreden, scheinbarer Probleme und falscher Möglichkeiten für sein Verhalten fluten meinen Kopf.
Ich schließe für einen kurzen Moment die Augen, verscheuche die Gedanken. Ich muss mir selber trauen können. Erneut sehe ich zu ihm, im Zeitlupentunnel gefangen – fokussiert und klar.
Jetzt steht er im Profil. Es sieht grotesk aus, wie er sich dreht. Der linke Fuß zeigt fast komplett zu mir, das Knie ist gebeugt, während der Oberkörper zurückbleibt. Sein Kopf ist etwas vorgeeilt, als wäre der neugieriger als der Rest seines Körpers. Nur seine Hüfte hat noch immer nicht den Viertelkreis beschrieben, den ich bräuchte, um die vermeintliche Waffe erkennen zu können, sollte er sie in der rechten Hand halten.
Hinter seiner linken Hand blitzt es im Sonnenlicht silbern. Nur einen kurzen Augenblick. Ich hebe meine Waffe weiter und beobachte das Geschehen jetzt wie mit einem zweiten Augenpaar. Der Lauf meiner Automatik zielt jetzt auf seinen linken Oberschenkel, den habe ich im Blick. Aber gleichzeitig sehe ich ihm auch in die Augen, die er nun beide auf mich gerichtet hat. Sein Oberkörper verdeckt noch immer die rechte Hand.
Müsste Pit von seiner Position aus nicht erkennen können, ob er eine Waffe trägt? Was machen die anderen? Hoffentlich schießt niemand zu früh oder – im schlimmsten Fall – aus Versehen!

„Hand von der Waffe – sofort!“ Wieder Pit.
Okay – dem entnehme ich, dass er tatsächlich bewaffnet ist.
Seine Augen wirken aus meiner Perspektive wie schwarze Löcher, zu schmalen Schlitzen verengt. Nichtssagende Augen, die mir nicht weiterhelfen.
Sein Körper dreht sich weiter. Jetzt kommt ein großer, silberner Revolver zum Vorschein.
Meine Waffe wandert instinktiv weiter hoch zu seinem Oberkörper. *Was wäre, wenn ich das Bein verfehle? Gezielt einen Arm zu treffen ist mit so viel Adrenalin, wie es jetzt durch meine Adern fließt, utopisch. Eine Doublette in den Oberkörper wäre sicherer. Gut, dass wir die neue Munition mit Mannstoppwirkung haben.*
Unnütze Gedanken.
Seine Wendung ist fast komplett, als er seinen Revolver aus dem Hosenbund zieht. Mein Abzugsfinger verkrampft.
Habe ich auch wirklich durchgeladen? Sind der Schlitten oder die Auszieherkralle meiner Automatik verkantet? Die Munition – könnte es sein, dass sie überlagert ist und nicht zündet? Ich könnte einen Warnschuss abfeuern, dann wüsste ich es. Bliebe mir danach genug Zeit, wieder auf ihn zu zielen?
Ich will ihn erneut anschreien, den Druck aus mir entweichen lassen, aber mein Mund bleibt verschlossen. Mein Schrei brandet von innen in meinen Mund, füllt ihn aus und bleibt dort ungehört stecken. Es hilft nichts, ich muss jetzt schießen, um mich und die anderen zu schützen. *Oder? Nein, zu früh!*
Seine große Hand hat den Griff des Revolvers umschlossen, sein Finger ruht auf dem Abzug, der Hahn ist vorgespannt, die Mündung zeigt um etwa 45° nach vorne unten.
Ich nehme diese Details wahr, als müsste ich eine Pro- und Kontraliste erstellen.
Komm, nimm die Waffe etwas höher, damit ich in die Kammern sehen kann. Ich muss mir ganz sicher sein. Das alles würde ich am liebsten schreien, aber mein Mund bleibt versiegelt.
Vielleicht 55° oder 60°. In der einen Kammer kann ich silbernes Blitzen erkennen. Eine Patrone? Müsste es nicht heller sein? Oder dunkler, wenn sich keine Patrone in der Kammer befindet? Wie zum Teufel sehen eigentlich Platzpatronen in einer Revolverkammer aus?
Irgendjemand schreit etwas. Ich blicke in seine Augen, auf seinen Mund. Beides scheint ruhig und unbewegt.

Will er, dass wir schießen? Möchte er hier und jetzt von der Polizei erschossen werden? Ein erweiterter Suizid?
Salziger Schweiß verklebt meine Augen. Jeder Wimpernschlag dehnt sich in Richtung Ewigkeit, jedes mikroskopische Detail an ihm drängt sich mir auf. Der kleine Fleck auf seinem T-Shirt – bestimmt hat er sich mit Ketchup bekleckert. Der verschrammte Gürtel, in dem mehrere Lochösen gedehnt sind – hatte er in letzter Zeit Gewichtsveränderungen? Die Jeans ist ausgefasert und schmuddelig.
Hat er möglicherweise vergessen, alle Kammern seines Revolvers zu laden? Aber was hilft mir das? Welche Kammer ist die ohne Patrone? Russisch-Roulette für Fortgeschrittene …
Die Mündung seines Revolvers wandert Zentimeter für Zentimeter weiter in meine Richtung. Bald würde er mein Bein treffen können.
Meine Beine und der Unterleib sind ungeschützt. Sein Waffenarm schwenkt weiter nach oben. *Wie stark wäre wohl der Schmerz, wenn sich sein Schuss in meiner Weste fängt? Würde die Weste halten, was der Innenminister versprochen hat?*
Mein Magen krampft sich zusammen. Ich ziele jetzt genau auf seine Brust, korrigiere meine Waffenhaltung, dann wende ich meinen Blick wieder in Richtung seiner Hand. Das würde genau genug sein. Ich würde ihn treffen. Nur keinen Fehler machen.
Noch immer kann ich nicht sprechen, nur innerlich stöhnen.
Mein Zeigefinger beginnt sich zu krümmen. Mit jedem Stück, den sich die Mündung seiner Waffe mir nähert, ein wenig weiter. Millimeter für Millimeter ziehe ich den Abzug weiter auf mich zu. Jeden Moment könnte der Schuss brechen. Der Zeitpunkt würde auch für mich eine Überraschung sein, ebenso wie die Tatsache, dass der Weg des Abzugs gefühlt bereits jetzt viel länger ist, als er es jemals unter normalen Bedingungen in der Schießanlage war.
Dann soll es so sein! Er hat seine Chance gehabt. Einer von uns beiden geht heute gesund zurück zu seiner Familie. Und das werde ich sein!
Weiter bewegt sich mein Abzug, weiter hebt er die Waffe. Ich erwarte den Knall, sehe sein Blut vor meinem geistigen Auge.
Oder wird es am Ende das meine sein?
Immer weiter ziehe ich den Abzug, immer näher kommt mir der Lauf seines Revolvers.

Alle Kammern seines Revolvers sind gefüllt, da bin ich mir jetzt ganz sicher. Wo bleibt der Knall aus meiner Waffe, wo der Schuss?

Plötzlich löst sich seine Hand von der Waffe. Erst baumelt der Revolver sekundenlang an seinem Zeigefinger, dann lässt er ihn fallen.
Ich begreife noch nicht ganz, was da eben passiert ist. Vorsichtig löse ich meinen Finger vom Abzug.
Quälend entlässt mein Körper die Anspannung. Mein Nervensystem gibt meinen Mund wieder frei und so kann ich meinen ganzen Druck stöhnend ausatmen.
Noch während ich die Waffe senke, sehe ich zwei große Schatten an mir vorbeifliegen. Sie reißen den Mann in Jeans um.
Nachdem ich meine Dienstwaffe entspannt und zurück ins Holster geschoben habe, bücke ich mich und hebe den silbernen Revolver auf. Ich drehe und wende die Waffe in meiner Hand – unfähig, an etwas anderes zu denken, als dass beinahe eine oder mehrere dieser Patronen blutig in Körper eingeschlagen wären. Wie viel Unheil so ein kleines Stückchen Metall anrichten kann. Ein Zucken durchläuft meinen Körper, als wollte er das eben Erlebte abschütteln.
Ich stehe wieder auf und sehe mich um.
Pit zwingt den großen Mann mit einem Armhebel unter sich, während Lukas ihm Handschellen anlegt. Nicole zielt auch weiterhin auf seinen Kopf. Ich lege meine Hand auf ihre Schulter. „Nicki, ich glaube das war's. Die beiden haben ihn im Griff."
Kurz schießen mir Tränen in die Augen. Was für einen Druck muss Nicole gehabt haben? Ich mache den Job schon ein paar Jahre; für sie war heute der erste Tag in ihrem neuen Beruf, in ihrem neuen Leben.
Beruhigend drücke ich ihren Arm, aber im Grunde habe ich keine Ahnung, wer wem Halt gibt.

Aramis und Jasmin stehen mit dem Rücken zu uns und beobachten die Situation auf dem Hof. Die Passanten stehen zum größten Teil am Rand der Szenerie. Einige haben an den Garagen Deckung gesucht, andere stehen da und sehen schockiert zu. Eine Frau mit einem geblümten Kleid steht mitten auf dem

Platz und hält sich die Hände vor den Mund. Ein junger Kerl, etwa Mitte zwanzig, steht da und filmt mit seinem Smartphone. Die Kinder haben hinter dem Grill Deckung gesucht. Ein Mann – der Vater? – hat sich schützend über sie gelegt.
Einzig Karl steht unbeteiligt am Rand der Szenerie und raucht. Als er meinen Blick sieht, ruft er mir mit Fluppe im Mund zu: „Ich habe die Verstärkung abbestellt. Wir haben doch alles im Griff!"
Asche fällt auf sein Hemd.
Der Bann ist gebrochen und ganz bedächtig erwacht das Stillleben um mich herum.
In mir erwacht Zorn. „Sieh zu, dass du die Kippe ausdrückst und dir ein paar Zeugen schnappst. Und zwar *flott*!"
Er zieht ein letztes Mal, lässt die Zigarette einfach aus dem Mund fallen und tritt sie aus. Dann wendet er sich an die Person, die ihm am nächsten steht.
Ich gehe zu Aramis und Jasmin. „Könnt ihr bitte Karl unterstützen? Ich brauche ein paar brauchbare Zeugenaussagen, wie sich die Situation abgespielt hat, bevor wir eingetroffen sind. Besorgt mir bitte auch das Handy-Video. Wo ist eigentlich der Melder?"
Ich sehe mich um und entdecke den Mann kaum ein paar Meter rechts von mir am Grill. „Fangt am besten mit ihm an."
„Geht klar. Brauchst du bestimmte Infos?" Aramis sieht mich fragend an. Seine Haare kleben ihm schweißnass am Kopf. Ein ungewohntes Bild. Normalerweise wirkt er immer wie aus dem Ei gepellt. Die Situation hat anscheinend alle ein bisschen mitgenommen.
„Ich brauche alles, bis sich für diese Situation ein Bild ergibt. Ich habe keine Ahnung, was das Ganze sollte."
„Okay. Wir schauen mal."
„Aramis!"
Er dreht sich zu mir um. „Ja?"
„Vergesst nicht, die Personalien der Zeugen aufzunehmen."
„Logisch. Was denkst du von uns?"
Ja, was denke ich eigentlich? Nichts – ich funktioniere!

Kollegen der Kriminalwache warten bereits auf uns, als wir die Wache mit dem Festgenommenen betreten. Karl ist gefahren und ich habe neben Herrn Barek gesessen. Soviel wussten wir bereits über ihn.

Viel mehr war nicht aus ihm herauszubekommen. Nein, er hatte nicht schießen wollen. Ja, die Waffe war echt und geladen. Wir haben auch einen Schnelllader bei ihm gefunden.
Aber das sollte jetzt nicht mehr unsere Sorge sein. Alles Weitere würden die Kollegen von der Kripo übernehmen. Die Drecksarbeit war gemacht, für uns blieben die Fertigung des Einsatzberichtes und der Festnahmeanzeige mit den Zeugenaussagen übrig. So war für jeden etwas zu tun, außer für Karl, der niemanden gefunden hatte, der eine „brauchbare Aussage" hatte machen können.

„Hallo, Frank", werde ich von Rüdiger begrüßt, der heute Kriminalwachdienst hat. Rüdiger und ich kennen uns aus dem Studium. Letztes Jahr hatten wir im Rahmen einer großen Mordermittlung öfter miteinander zu tun. Bei seinen vielen dienstlich bedingten Besuchen auf der Wache hat er sich in unsere Kollegin und „Dienstgruppen-Mutti" Susi verliebt. „Was hast du uns da Schönes mitgebracht?"
„Rüdiger, du alter Dieb!" Wir schütteln uns die Hand.
„Du wirfst mir nicht wirklich vor, dass ich euch Susi geklaut habe, oder?" Sein Grinsen ist breiter, als es dem Anlass unseres Treffens angemessen wäre.
„Nein, das nicht, aber dass du sie geschwängert hast und ich jetzt auf sie verzichten muss!" Ich grinse breit zurück, während meine Augen Karl folgen, der in Richtung Küche zu seiner Stange Luckys unterwegs ist.
Rüdiger nickt wissend. „Man kann nicht immer nur Glück im Leben haben. Außer natürlich ich." Wieder sein fettes Grinsen.
„Sieht aus, als ginge es dir und Susi gut!"
„Das kann man so sagen. Und dann die Schwangerschaft. Fast zu schön, um wahr zu sein. Sie ist immerhin keine zwanzig mehr. Aber jetzt zu eurem Mitbringsel. Was hat er angestellt?"
„Komm, wir machen euch einen der Schreibräume frei." Ich ziehe ihn hinter mich her.
Zwei Monitore stehen sich an zwei Resopalschreibtischen gegenüber. Zwei ältere Bürostühle ohne Lehne, zwei Besucherstühle aus Holz und eine Regalwand mit abgenutzten Gesetzestexten, mehr ziert den Raum nicht. Vielleicht noch der neue Drucker

in der Ecke oder der kleine Smiley, den ein Witzbold von der Straße aus auf die schmutzige Fensterscheibe gemalt hat.
Ich erzähle Rüdiger den Sachverhalt aus meiner Sicht. „Die Festnahmeanzeige und die Berichte mit den Zeugenaussagen vor Ort schreiben wir, den Rest überlassen wir gerne euch." Ich blicke zu dem jungen Kollegen von Rüdiger, den ich zwar vorhin begrüßt habe, dessen Name mir aber partout nicht einfallen will. „Wenn ihr soweit seid und Herrn Barek braucht, sagt Kai Bescheid, der holt ihn euch. Wir haben ihn durchsucht und in Zelle 1 geparkt."
„So machen wir es." Rüdiger steht auf. „Danke! Wir sehen uns bestimmt nachher."
„Mal sehen, was noch zu tun ist", antworte ich. „Dann müssen wir über Susi reden. Sie hat uns bestimmt schon ein paar Wochen nicht mehr besucht. Ich bin schon total abgemagert."
Rüdiger nickt. „Ja ja, ihre legendären Frühstücke. Die sind wirklich toll. Ich werde es ihr ausrichten."

***

Wir sitzen zwischen zwei neuen Einsätzen im Streifenwagen. Karl fährt.
„Karl, über den Einsatz eben müssen wir uns morgen unterhalten. Dein Verhalten war für mich nicht in Ordnung. Aber ich möchte auch deine Version hören. Nur nicht mehr heute. Ich bin ziemlich fertig!"
„Das kommt davon, dass du dir immer so viele Gedanken machst. Hättest ihm vorhin direkt vor die Füße schießen sollen, dann hätten alle weniger Stress gehabt."
Mir fällt dazu keine gute Antwort ein. Hat er am Ende Recht?

***

Langsam sinke ich in die Lehne meines Stuhls, als Kai in mein Büro kommt. „Du siehst fertig aus. Kommst du zu uns nach hinten?"
„Werde ich nicht abgelöst?"

„Nein, der Dienstgruppenleiter vom Nachtdienst ist krank. Dem Wachdienstführer habe ich bereits alles übergeben. Herr Barek schläft heute Nacht bei uns. Er hat bereits zu Abend gegessen und liegt flach. War auch für ihn heute etwas zu viel!" Kai blickt mich erwartungsvoll an.
„Ich komme gleich."
Kurz darauf betrete ich den Aufenthaltsraum, in dem jeder vor einer Flasche mit alkoholfreiem Kölsch sitzt. Mein Weg führt mich auf den freien Platz neben Nicole. Pit öffnet eine weitere Flasche mit seinem Feuerzeug und reicht sie mir. Lukas macht einen Strich auf der Getränke-Liste.
„Mach bitte alle Striche bei mir. Geht auf mich. Ich bin froh, dass wir heute alle zusammen waren."
„Hab ich schon", grinst er. „‚Vorauseilenden Gehorsam' nennt man das."
Wir prosten uns zu und hängen unseren Gedanken nach. Niemand spricht. Karl raucht.
„Wie geht es dir?", frage ich Nicole. „Das war heute im wahrsten Sinne des Wortes deine Feuertaufe. Alles gut?"
„Ich weiß nicht." Sie blickt mich an. „Ich weiß es wirklich nicht!"
Ich sehe zu Lukas. Der nickt zwar in meine Richtung, spricht aber zu Nicole. „Wir schaukeln das zusammen. Sind nicht alle Tage so. Schlaf heute Nacht drüber und morgen fahren wir zusammen und quatschen."
Ich blicke mich um. Alle sehen abgespannt aus. Niemand macht Anstalten, etwas zu sagen.
„Ein schönes Schlusswort! Ich bin müde. Gute Nacht – bis morgen." Ich stelle meine Flasche in den Leergutkasten und gehe in Richtung Umkleide. Raus aus den Klamotten! Ich brauche jetzt dringend einen Tapetenwechsel.

***

Ich liege eine Weile wach und wundere mich noch immer, warum vorhin kein Schuss gefallen ist. Als sich Anja an mich kuschelt, schlafe ich mit dem wohligen Gedanken, dass alle gesund nach Hause gekommen sind, ruhig und in Sicherheit ein.

WOLFi
(1988, 8 Jahre)

„Wolfi, komm hoch, wir wollen zu Abend essen!“ Die zarte Frau mit dem unruhigen Blick beugte sich aus dem Fenster und schaute in den kleinen Hof mit dem angrenzenden Garten.
Wo steckt er eigentlich wieder? Er weiß doch, wie Harald reagiert, wenn er zu spät kommt.
Sie drehte den Kopf und spähte hinter sich in die Küche. Die Bratkartoffeln auf dem Herd brutzelten und dufteten. Sofort meldete sich ihr Magen mit einem leichten Knurren. Nur noch zehn Minuten.
„Wolfi, jetzt komm, es wird Zeit!“ Noch immer war kein Wolfi zu sehen. Seufzend schloss sie das Fenster und wendete die Bratkartoffeln. Noch acht Minuten.

Wolfi zuckte kurz zusammen, als er die Stimme seiner Mutter Gisela hörte, beschloss dann aber, dass er ausreichend Zeit haben würde, den kleinen Fang in seinem Versteck zu genießen.
Langsam, Finger für Finger, öffnete er seine Hand und studierte die kleine Spinne mit den langen Beinen. Rasch versuchte die sich, seinem Zugriff zu entziehen. Ganz sachte fasste er sie mit seiner linken Hand am Körper, streichelte mit dem rechten Zeigefinger sanft darüber und riss ihr dann mit einem kurzen Ruck zwei der acht Beine ab.
Er hatte gelesen, dass Spinnen auch ohne ihre Beine weiterleben könnten. Beim nächsten Häuten würden ihre Beine einfach wieder nachwachsen.
Ein weiterer Ruck und auch die beiden letzten Beine der rechten Spinnenseite waren abgetrennt.
Vorsichtig setzte er die Spinne in den glattgestrichenen Sand vor seinen Knien. Interessiert betrachtete er das Tier, wie es versuchte, zu entkommen.
Der Körper der Spinne, auf der rechten Seite seines Halts beraubt, schrammte über den Sand, während die verbliebenen Beine der linken Seite sie vorwärts schoben. Zwei ganze Kreise zeichnete die Spinne in den Sand, bevor ihre Kräfte erlahmten. Noch einen halben, dann lag sie still.
Wolfgang packte das Lineal, mit dem er den Sand geglättet hatte, zurück in sein Versteck. Hier lagerte er auch Salz, mit denen

er Nacktschnecken auflöste, ein paar Böller für die Briefkästen der Nachbarschaft und ein Skalpell – sein besonderer Schatz. Dieses hatte er zusammen mit ein paar Spritzennadeln bei seinem letzten Arztbesuch stibitzt. In einem Tümpel der Nachbarschaft sollte es angeblich Frösche geben.
Er schob den losen Stein zurück und stand auf. Ein kurzer Blick auf die Spinne zu seinen Füßen zeigte ihm, dass man nicht allen Büchern trauen durfte: Die Spinne rührte sich nicht mehr, mit keinem ihrer vier verbliebenen Beine.
Zur Sicherheit trat er noch einmal auf sie, verrieb den Sand unter seiner Sohle und verließ ungesehen sein Versteck. Schnell rannte er zum Hintereingang des großen Hauses. Der Schlüssel, den er Lutz geklaut hatte, drehte sich im Schloss.
Was hatte Lutz, der Junge aus der Nachbarwohnung, damals rumgeheult, als sein Schlüssel weg war. Seine Eltern hatten ihm Vorwürfe gemacht, sein Vater ihn sogar angeschrien. Haustür-, Wohnungs-, Keller- und Briefkastenschlüssel – sie alle waren weg. Nachdem Lutz aus seinem Hausarrest entlassen worden war, hatte er Wolfi tagelang mit seinem Gejammere genervt.
Wolfgang beschloss, Lutz nicht in seine Geheimnisse einzuweihen. Sie würden keine Freunde werden. Wer brauchte schon eine Heulsuse zum Freund?
Hinter dem riesigen Sicherungskasten im Keller des Hauses versteckte er den kleinen Schlüsselbund in einem Spalt, zog seine schmutzigen Spielschuhe aus, pfefferte sie gegen den Kellerverschlag, der zu ihrer Wohnung gehörte, und rannte auf Socken hoch in den dritten Stock.

Gerade als er den Wohnungsschlüssel ins Schloss stecken wollte, öffnete sich die Tür von innen, und er erkannte, dass er sich doch zu viel Zeit gelassen hatte.
Sein Vater blickte zu ihm und dann auf seine Armbanduhr. „Du bist zu spät!“
Obwohl Wolfgang wusste, was jetzt kommen würde, schaffte er es nicht mehr, sich rechtzeitig zu wappnen. Sein Kopf schlug hart gegen die Zarge, als ihn die Hand seines Vaters traf.
„Aber, Harald, er ist doch höchstens eine Minute zu spät. Es wird sicher einen Grund geben. Wahrscheinlich habe ich ihm zu spät Bescheid gesagt.“

„Dann hättest du eigentlich auch eine Ohrfeige verdient.“ Dann zog ein süffisantes Grinsen auf sein Gesicht. „Aber du kannst deine Verfehlungen nachher auf andere Weise wiedergutmachen.“
Gisela zuckte kurz zusammen, dann nickte sie. „Natürlich!“

Fahrig rührte sie ein letztes Mal durch die Pfanne mit den Bratkartoffeln. *Nicht, dass sie ansetzen. Harald hasst es, wenn sie ansetzen.*
Als sie die Pfanne zum Tisch trug, war es 18:05 Uhr.
„Wolfi, jetzt geh und wasch dir die Hände. Wir wollen anfangen.“ Sie streichelte über seinen Kopf, fühlte die leichte Beule an der Seite und schob ihn sanft, aber bestimmt in Richtung Bad. „Und beeil dich. Er hat schlechte Laune“, flüsterte sie ihm noch nach.
Als hätte er die nicht immer! Wolfgang besah sich die roten Abdrücke, die die Hand seines Vaters auf seiner Wange hinterlassen hatte. Ihm war übel. Erste Kopfschmerzen machten sich breit.
Seife reinigte seine Finger und er spritzte sich ein wenig von dem kühlen Nass auf die heiße Haut seiner Wange, als er seinen Vater aus der Küche rufen hörte. „Soll ich dich holen kommen? Reiz es nicht aus!“
„Ich bin schon da, hab mir nur kurz meine Hände gewaschen.“ Wolfgang betrat die Küche, rieb die feuchten Finger an der Jeans ab und setzte sich nach hinten auf die lange Seite der Eckbank. Auf dem Bankteil an der Stirnseite saß sein Vater, auf dem Stuhl in Richtung Herd hockte seine Mutter. Beide hatten bereits ihre Hände zum Gebet gefaltet.
Sein Vater bedachte ihn mit einem bösen Blick, bevor er die Augen schloss und begann: „Guter Vater im Himmel! Wir danken dir für das Mahl, das du uns heute bereitet hast. Auch wenn wir etwas spät dran sind“ – Wolfgang sah zu seinem Vater, der mit grimmiger Miene weiterbetete – „und die Bratkartoffeln verbrannt aussehen“ – seine Mutter zuckte beinahe unmerklich zusammen – „speist du mit uns und segnest, was du uns gibst. Schenke mir bitte die Kraft, dieser Familie Anstand und Demut beizubringen. Amen!“
Trotz der Kopfschmerzen hatte es der Geruch von Koteletts und Kartoffeln geschafft, Wolfgangs Appetit zu wecken.

Ich sollte ihn nicht weiter reizen, sonst schickt er mich bestimmt ohne Essen ins Bett.
Er ließ seine Augen, die er vorsichtshalber wieder geschlossen hatte, ein paar Sekunden länger zu, seine Hände noch ein paar Momente gefaltet. Erst als er das Klappern des Geschirrs hörte und sicher sein konnte, dass seinem Vater aufgetragen wurde, öffnete auch er die Augen und hielt seinen eigenen Teller hoch. Es schmeckte himmlisch. Etwas Ketchup dazu und geröstete Zwiebeln. Seine Mutter wusste, was er mochte. Sie selbst aß lediglich ein paar Bissen, schenkte Harald Bier nach und sah über den Tisch, ob alles recht war. Wolfgang hielt ihr sein Glas hin. Sie wandte den Blick zu seinem Vater, der schüttelte den Kopf. Heute würde es lediglich Wasser geben. Keine Limonade und ganz bestimmt keine Cola.

„Hast du deine Hausaufgaben fertig?" Sein Vater legte sein Besteck ordentlich auf den Teller, den er so sauber gekratzt hatte, dass man ihn nicht mehr hätte spülen müssen.
„Ja. Die habe ich gleich nach der Schule gemacht."
„Ich will sie sehen!"
„Ich muss nur noch kurz für Mathematik eine kleine Aufgabe lösen, dann kann ich sie dir zeigen."
Wieder traf ihn die Hand auf die gleiche Stelle. „Haben wir dir nicht beigebracht, dass du nicht lügen sollst?"
Seine Mutter hatte die Hand über ihren Mund gelegt, um nicht zu schreien.
Wolfgang rappelte sich auf, blickte seinen Vater hasserfüllt an und zog die laufende Nase hoch. „Darf ich aufstehen?"
„Sieh mich nicht so an. Es ist lediglich zu deinem Besten. Geh und mach deine ‚kleine Aufgabe'. Wir sehen uns nach den Nachrichten im Wohnzimmer. Und du", sein Blick traf Gisela, „wirf diese ekelhaften Bratkartoffeln weg."
Harald stand auf, warf seine Serviette auf den Teller und verließ in Pantoffeln die Küche.

„Warum reizt du ihn immer so? Du weißt doch, wie er ist. Wolfi, du machst alles nur noch schlimmer."
Wie er es hasste, von seiner Mutter „Wolfi" genannt zu werden. Er war kein „Wolfi". Er war immerhin acht Jahre alt. Das hatten

auch die anderen Kinder in der Schule verstanden, die ihn lediglich „Wolf" nannten. Das gefiel ihm und zeugte von Respekt. „Wenn ich groß bin, werde ich ihm zeigen, dass er so nicht mit uns umgehen kann."
„Sag so etwas nicht, Junge. Er meint es doch nur gut mit uns!"
„Aber, Mama, dauernd schlägt er uns!"
Ihr Blick senkte sich. *Ach, Wolfi, wenn es doch nur die Schläge wären.* Dann sah sie ihrem Sohn fest in die Augen. „Wir müssen stark sein. Mit Gottes Hilfe werden wir das überstehen und bessere Menschen werden."
„Es liegt nicht an uns. Es liegt an ihm!"
Er stand auf, ließ alles stehen und ging in sein Zimmer. *Gott – dich gibt es doch überhaupt nicht!*

Harald saß bei seinem zweiten Pils und einem Magenbitter vor dem Fernseher. Gerade lief der Wetterbericht, als Wolfgang das Wohnzimmer mit seinen Hausaufgaben betrat. Er setzte sich auf die etwas abseits stehende Ottomane. Wolfis Lieblingssitzgelegenheit, auch wenn sie keine Lehne hatte. Hier konnte ihn sein Vater sehen, aber nicht sofort erreichen.
Wolfi hatte den Aufsatz für Deutsch in aller Eile neu geschrieben, um zumindest das Gros der Fehler zu entfernen. In Mathe fehlten ihm lediglich ein paar Aufgaben, das war schnell gegangen. Vom Sachunterricht würde er seinem Vater nichts erzählen, die Aufgaben konnte er morgen früh im Bus abschreiben.
„Im Anschluss sehen sie …" Die Mattscheibe wurde dunkel.
„Los, gib her!" Die Fernbedienung knallte neben die leere Bierflasche. Sein Vater hob die Beine vom Tisch und hielt Wolfgang die geöffnete Hand entgegen. „Hmmm … Nächstes Mal schreibst du ordentlicher. Du hast eine Sauklaue! Als ich in deinem Alter war, hätte es das nicht gegeben. Wir mussten früher in Schönschrift schreiben. Aber heutzutage geht alles den Bach runter." Er warf ihm das Heft zu, dass die Seiten flatterten, und griff nach den Matheaufgaben. „Das scheint in Ordnung zu sein." Auch das zweite Heft flatterte auf Wolfgang zu. „Geh jetzt ins Bett! Mama und ich haben etwas zu besprechen."
Harald blickte seinem Sohn nach, schüttelte den Kopf, schenkte sich einen doppelten Magenbitter nach und begann zu grinsen, als er Gisela in der Tür sah. Sie trug ihren Frotteebademantel

und die Pantoffeln mit Absatz, die er ihr zu ihrem letzten Geburtstag geschenkt hatte.
Er lehnte sich auf der Couch zurück und schob seine Daumen hinter den Hosenbund seiner Jogginghose. *Ja, wir müssen ganz dringend reden.* Sein Grinsen wurde breiter. „Los, mach die Tür zu und dann runter mit dir und den Klamotten!"
Gisela öffnete den Gürtel ihres Bademantels und schob zögernd den flauschigen Stoff über ihre Schultern. Langsam glitt er über ihren Rücken und blieb zu ihren Füßen liegen. Schutzlos stand sie vor der Couch, lediglich mit halterlosen Strümpfen und einem kleinen durchsichtigen Slip bekleidet. Ihr ganzer Körper fröstelte, trotz der angenehmen Zimmertemperatur. Ihre Arme hatte sie vor die Brüste gelegt, in der Hoffnung, dass er ihre erigierten Brustwarzen nicht sofort bemerkte.
„Komm her. Du willst es doch auch! So schön, wie du dich für mich zurechtgemacht hast, kannst du mir nicht erzählen, du wärst nicht scharf drauf."
Sie hatte sich etwas nachgeschminkt, so wie er es gerne hatte, allerdings ohne Lippenstift aufzutragen. Er mochte es nicht, wenn er verschmierten Lippenstift auf seinem besten Stück hatte.
Langsam kniete sie sich vor die Couch, schob sein Unterhemd hoch, nestelte am Bund seiner Hose, schloss die Augen und begann mit der „Besprechung".

Kapitel 02
„Ärger im Paradies“ (Spätdienst)

Ich erwache mit Kopfschmerzen und alten Socken im Mund. Zumindest schmeckt es so.
Mühsam drehe ich mich auf die Bettseite, auf der ich Anja vermute, will mich an ihren warmen Körper kuscheln, aber meine Hände greifen ins Leere. Das Bett ist verwaist. Dafür strahlt mir die Sonne des neuen Tages in das Auge, mit dem ich vorsichtig ins Leben blinzle.
Die Uhr auf dem Nachttisch zeigt fast zehn. Ich rolle mich vom Fenster weg und schließe beide Augen wieder. Aber am Ende ist es meine Blase, die mich nötigt, das Bett zu verlassen.
Während ich nackt über den Flur im Obergeschoss husche, kann ich Anjas Stimme hören. Dann eine zweite. Sie hat bereits einen Mandanten im Büro – fleißig, fleißig.
Leider kann ich mir jetzt keinen Kaffee holen. Was wäre peinlicher, als so von einem Mandanten im Flur erwischt zu werden?
Strahlender Sonnenschein durchflutet das Badezimmer, und ein paar Quellwölkchen sind über dem Siebengebirge zu erkennen. So dürfte es gern das ganze Jahr über sein: 25 °Celsius, ein paar hübsche Wölkchen und ein amerikablauer Himmel, der von wenig Luftfeuchtigkeit zeugt. Nachts, zwischen drei und vier Uhr, gerne ein wenig Regen, um das leidige Gießen der Pflanzen im Garten zu vermeiden.
Die Dusche spült mir weitere Flausen aus dem Kopf und klärt meine Gedanken.
Langsam kommen einige Bilder von gestern wieder hoch und ich beeile mich, fertig zu werden. Ich hatte mir für heute Morgen einiges vorgenommen. Da Anja mich hat schlafen lassen, werde ich nicht mehr alles schaffen. Egal, morgen ist auch noch ein Tag.

Während ich die Falten in meinem Gesicht mit Q10-Creme quäle und mir Haarwasser mit Koffein in meine zurückweichenden Haare massiere, höre ich unten im Flur Stimmen, dann die Tür. Anja ist wieder alleine und ich kann zu meinem Kaffee.
„Guten Morgen, meine Schöne“, begrüße ich meine Frau lautstark, um das Mahlen des Vollautomaten zu übertönen, mit dem sie mir gerade einen Espresso zubereitet.

Sie küsst mich und greift prüfend in mein kurzes Haar. „Kann es sein, dass du seit gestern ein paar neue graue Haare bekommen hast?"
„Ich gehe ja auch stramm auf die fünfzig zu", erwidere ich. Hoffentlich fragt sie nicht weiter nach. Ich möchte ungern über gestern sprechen. Jetzt noch nicht.
Sie tritt einen Schritt zurück. „Passt aber gut zu deinen blauen Augen."
Ich fasse sie um die Taille. „Oh, vielen Dank für das Kompliment. Und für den Kaffee. Sollen wir uns kurz raus setzen? Es ist so schön draußen."
Als ich sie mit mir ziehen will, entwindet sie sich meinem Griff. „Geh schon vor, ich mache mir auch eine Tasse und komme gleich nach."
Die Sonne auf der Terrasse ist herrlich. Mit geschlossenen Augen rieche ich unseren Garten, das Gras, das ich gestern frisch gemäht habe, das wuchernde Kräuterbeet meiner Frau. Sogar die Sonne scheint man heute riechen zu können.
Der Geruch von Pulverdampf drängt sich ungefragt in meine Wahrnehmung und ich sehe wieder meine Pistole und meinen Finger um den Abzug.
Gern lasse ich mich von Anja aus dem Déjà-vu reißen. „Hey, was ist? Träumst du? Du hast doch lange genug geschlafen. Du warst gestern Abend völlig fertig. War irgendetwas?"
Wie so oft weiche ich aus. „Gestern? Nö, nichts besonderes. Der normale Kram." Und sofort sind alle Bilder wieder da. Ich blinzle sie weg. „Was hast du heute noch vor? Essen wir gleich zusammen?"
Anja lächelt. „Ich muss auf jeden Fall einkaufen. Hast du einen Wunsch für das Mittagessen? Deine Herzchen sind auch alle."
„Oh, das geht natürlich nicht. Dann musst du sofort los! Lass uns was Leichtes machen. Ein großes Stück Tier und Salat. Ich könnte den Grill anwerfen."
Sie nickt. „Das hört sich gut an."

***

Satt und mit einem der Sonne geschuldeten Vitamin-D-Überschuss setze ich mich auf mein Rad. Ich habe es aufgegeben, gegen Anjas Wunsch zu rebellieren und setze den Helm unaufgefordert auf. Eine Frisur, die er beschädigen könnte, habe ich schon lange nicht mehr. Mein T-Shirt flattert im Fahrtwind, während ich versuche, mit dem rechten Hosenbein nicht an die Kette zu kommen. Ich muss dringend den Kettenschutz reparieren.

Nicht einmal die Sonne schafft es, bei allen Kollegen gute Laune hervorzurufen. Karl trägt seine übliche Leichenbittermiene zur Schau. Auf der Bauchwölbung seines zerknitterten Hemdes liegt das obligatorische Aschehäufchen, und seine Haare sehen aus, als hätten sie schon länger kein Shampoo gesehen. Auf seine Uniform hat er offensichtlich auch noch keine Lust.
Auf dem Weg zur Umkleide frage ich ihn mit einem Augenzwinkern: „Na, Karl, bist du heute Zivilstreife?"
Seine Mundwinkel verziehen sich ein wenig mehr nach unten.
„Nein. Ich meine … ja, sofort."
Ich fühle mich schlecht. Es sollte zwar ein Hinweis, aber auch ein Scherz sein. Da habe ich offensichtlich nicht den rechten Ton getroffen.
Wir lösen wieder die Crew von Hans ab, die ihren zweiten Frühdienst hinter sich gebracht hat. Heute Abend kommen sie wieder zum Nachtdienst. Dann ein weiterer Nachtdienst und sie haben ihre Sechstagewoche geschafft. Die sechs Schichten in der Woche mit den beiden kurzen Wechseln haben es echt in sich. Da braucht man die zweieinhalb Tage frei, um sich wieder zu regenerieren. Und mit jedem neuen Lebensjahr wird es schwieriger.

Hans erwartet mich bereits an der Bürotür und schließt sie hinter mir.
„Hans, alles gut? Gibt es etwas zu berichten? Bitte nur die wirklich wichtigen und interessanten Fälle. Meine Laune ist jetzt schon nicht die Allerbeste."
„Oh, da habe ich heute etwas Erheiterndes für dich. Setz dich."
Er räumt einige Ordner vom Stuhl und bedeutet mir, Platz zu nehmen. Wie ein Erstklässler an Weihnachten wirkt er heute.

Aller Schalk, den er sich in seinem Alter hat bewahren können, leuchtet aus seinen Augen.
Ich setze mich an den Schreibtisch, lehne mich zurück, lege einen Arm auf die eine verbliebene Stuhllehne und hake den anderen mit dem Daumen in meinen Gürtel. „Dann erzähl mal – du platzt ja gleich."
Hans setzt sich auf die Kante unseres Schreibtisches und beugt sich grinsend zu mir vor. Seine Stimme wird leiser und um eine Nuance dunkler, als er mir seinen „interessanten Fall" verrät: „Heute Vormittag kam ein Mann auf die Wache und wollte Anzeige erstatten."
„Nee, echt jetzt?", platzt es aus mir heraus. „Und du warst ganz alleine, hattest Angst und wusstest nicht, was du tun solltest ...?"
Hans schaut verwirrt, was ihn, im Zusammenspiel mit seinem Haarkranz und dem in die Jahre gekommenen Gesicht, ein bisschen wie Rumpelstilzchen aussehen lässt. „Wie, was? Nein! Der Typ war ganz aufgebracht und hat mir mit ernster Miene erzählt, ihm sei ‚eine Viertelstunde gestohlen worden.'"
„Lass mich raten: Jetzt sitzt er hinten in der Zelle und wartet auf den Onkel Doktor und das Ordnungsamt für die Einweisung in die Klapse?"
„Nein! Halt doch mal die Klappe und hör zu."
„Das kann er nicht!" Kai steckt seinen Kopf zur Tür rein und grinst mich an. „Hans, dafür kennt ihr euch jetzt schon so lange genug."
„Mach den Fluchtweg frei", wende ich mich an Kai. „Es unterhalten sich Erwachsene. Komm wieder, wenn du einen Führerschein hast."
Ich sehe in Kais Augen, dass ich mich im Ton vergriffen habe. Meine Laune ist heute verletzend, auch wenn ich eigentlich nur scherzen will. Ich sollte mich ein wenig zusammenreißen.
„Wenn du mit ‚erwachsen' euch zwei Tattergreise meinst, gehe ich besser wieder in meinen Wachraum." Die Tür fällt hinter Kai ins Schloss.
Jetzt ist es Hans, der mich erstaunt ansieht. „Was war das denn jetzt? Ihr seid doch so dicke miteinander. Wieso hat er so seltsam reagiert?"
„Das war unfair von mir. Er hat letzte Woche seinen Lappen abgeben müssen, weil er einige Male etwas zu flott unterwegs war."

Hans zieht die Augenbraue hoch. „Wie lange?"
„Einen Monat. Es ist ihm total peinlich und ich denke, dass mein Spruch unangemessen war. Aber ich bin echt sauer. Ohne Führerschein braucht er einen Fahrer, wenn ich ihn in den Einsatz schicken muss – das geht nicht. Ganz abgesehen von seiner Vorbildfunktion. Aber bitte erzähl es nicht rum!"
Nachdenklich schüttelt Hans den Kopf. „Nein, klar, mache ich nicht."
„So, aber jetzt erzähl endlich deine Geschichte mit der Viertelstunde. Was war los?"
Hans steht von der Tischecke auf und geht zum Besucherstuhl. Erst als die Staubschicht, die er mit seinem Hintern aufgewirbelt hat, brav zu Boden gefallen ist, fährt er fort: „Ich erzähle es am besten ganz von Anfang."
Ich schließe ergeben die Augen. „Ich bitte darum." Dann öffne ich sie aber wieder, um nichts von seiner gestenreich vorgetragenen Geschichte zu verpassen.
„Also", beginnt er, „gegen halb zwölf begehrt ein Bürger auf der Wache Einlass. Vom heftigen Klingeln aus meiner Lethargie gerissen, blicke ich nach vorn und sehe, dass mein Wachdienstführer und Abwesenheitsvertreter Lars beschäftigt ist. Ich erhebe meinen biergeformten Körper aus dem Stuhl, auf dem du gerade zu sitzen geruhst, und wende mich dem besorgt aussehenden Bürger zu. Vielleicht sollte ich erwähnen, dass er über einem Ohr einen riesigen Verband trug."
„Soso, ein riesiger Verband. Und in dem hatte er die Viertelstunde versteckt?" Süffisant beobachte ich weiter, wie Hans theatralisch mit Händen und Füßen erzählt.
„Nee, für den Verband gibt es eine ganz simple Erklärung. Darunter befand sich sein verletztes Ohr beziehungsweise der verbliebene Teil davon. Aber dazu komme ich gleich erst." Hans steht auf und fährt fort: „Und so steht er mit seinem Verband am Wachtresen und faselt von einer Viertelstunde, die ihm gestohlen worden sei. Ich frage zwar immer wieder nach, was er genau meine, bekomme aber ausschließlich sinnlose und unzusammenhängende Bruchstücke aus ihm heraus."
„Hast du einen Arzt gerufen?", will ich wissen.
„Das war nicht nötig, der Verband war ihm im Krankenhaus frisch angelegt worden. Er wollte auch keinen Arzt und war viel

zu aufgeregt. Immer wieder zeigte er auf seine Uhr, um mir die Viertelstunde deutlich zu machen, die ihm fehlte."
Ich beuge mich nach vorn. „Na ja, wem ein Teil seines Ohres fehlt und wer sich über eine lausige Viertelstunde echauffiert, der steht sicher nicht Pate bei der Wahl zu *Mister Vernunft*!"
„Dabei sah er ganz ordentlich aus. Saubere, modische Klamotten, gepflegtes Äußeres, ein Durchschnittstyp. Keiner, bei dem ich vermutet hätte, dass er wirres Zeug erzählt."
„Hatte er einen Schock?", frage ich nach.
„Wahrscheinlich, nein, bestimmt sogar. Irgendwann hatte ich den Sachverhalt dann soweit zusammen, dass er Sinn ergab. Heute Vormittag hatte ihn sein Weg in eine Kneipe geführt. Du weißt schon, die Kaschemme auf der Ecke, hinten beim Sportplatz. Nach eigenem Beteuern macht er das sonst nie!"
Ich nicke. „Natürlich nicht!"
„Dort hat er sich seinen Frust über Job und Frau von der Seele getrunken und auch mit einigen ‚neuen Freunden' über bessere Zeiten geplaudert. Dann weiß er nichts mehr. Das soll nach seinen Angaben gegen zehn Uhr gewesen sein – morgens."
„Keine schlechte Tageszeit, um sich einen hinter die Binde zu gießen. Das hätte für ihn ein lustiger Tag werden können", kommentiere ich, nicht ohne Ironie in meiner Stimme.
„Wurde es aber nicht. Nach der Kneipe hatte er nämlich einen Filmriss. Erst gefühlt eine Viertelstunde später wurde er auf der Parkbank, gleich nebenan im Stadtpark, wieder wach. Und zwar ohne seine Uhr, ohne seinen Schmuck, ohne seine Papiere, ohne sein Geld …"
„… und ohne sein halbes Ohr?", ergänze ich fragend.
„Genau. Das haben ihm die Diebe abgeschnitten, um an den Ohrring mit dem Brilli zu kommen."
Ich muss ziemlich verdutzt aussehen, weil Hans nicht weiterspricht.
„Du glaubst mir nicht?", fragt er dann.
„Doch, doch! Dafür mache ich den Job schon zu lange", erwidere ich. „Es gibt nichts, was es nicht gibt. Aber jetzt will ich auch wissen, wie die Geschichte ausging."
Hans setzt zum Endspurt an. „Da ihm seine Uhr fehlte, konnte er nur schätzen, wie lange er ‚weg' gewesen sein musste. Er stellte fest, dass er verletzt war, und fuhr mit einem Taxi ins Kran-

kenhaus. Da gab es das erste Theater mit dem Taxifahrer, weil er kein Geld dabei hatte. Und im Krankenhaus hat man sich erst geziert, ihn zu behandeln, weil ihm seine Krankenkassenkarte fehlte und er sich auch sonst nicht ausweisen konnte. Am Ende haben sie ihn dann aber doch sehr gut versorgt."

„Und wie ist er danach zu dir auf die Wache gekommen?"

„Der Taxifahrer hat ihm vorgelogen, er würde ihn nach Hause bringen, ist dann aber schnurstracks zu uns gefahren. Aber nicht, damit unser Opfer den Verlust seiner Viertelstunde anzeigen konnte, sondern wegen der offenen Taxirechnung. Wir sollten bei unserem Ohrlosen eine Taschenpfändung vornehmen. Was uns dabei in die Hände fiele, hätte er dann gerne als Taxi-Lohn gehabt."

„Hat er seinem Fahrgast vorher nicht zugehört?"

„Zugehört ja, aber nicht geglaubt. Das hat sich aber mittlerweile geklärt. Der Taxifahrer hat vorhin angerufen: Er hat sein Geld bekommen."

„Na, Gott sei Dank! Und, habt ihr auch die Viertelstunde gefunden?", will ich wissen.

Hans sieht mich stolz an. „Haben wir. Plus alle anderen Wertsachen, die ihm gestohlen wurden. Sogar das Ohr ist wieder komplett."

„Sag bloß. Wie das?"

„Das war am Ende ganz einfach. Ich habe einen Einsatzwagen zur Kneipe geschickt. Da saßen drei junge Männer und frönten mit zufriedenen Gesichtern ihren geistigen Getränken. Meinen Jungs war sofort klar, wen sie vor sich hatten. Sie haben die drei auf links gedreht und geschüttelt, und was glaubst du, was rausgefallen ist?"

Ich kann mir den Scherz nicht verkneifen. „Die Viertelstunde?"

„Nee, aber alles andere. Obwohl, wir haben bei einem der Typen ein kleines Fläschchen mit einer klaren Flüssigkeit gefunden – wahrscheinlich Äther oder Chloroform. Das wird sie gewesen sein, seine Viertelstunde." Hätte Hans keine Ohren, würde er sich gerade im Kreis freuen. „Das Ohrläppchen haben die Kollegen dann ganz unspektakulär neben der Parkbank in einer kleinen Blutlache gefunden. Sauber mit dem Messer abgetrennt. Originalton eines Täters: ‚Was hätte ich machen sollen? Der Ohrring ging einfach nicht ab.'"

„Dann ist der Fall offensichtlich geklärt. Gut, dass heute kein zu heißer Tag war", gebe ich zu bedenken.
„Warum?"
„Sonst wäre vielleicht sein Finger mit dem Ehering geschwollen gewesen und wer weiß, was die Täter sonst noch abgeschnitten hätten ..." Jetzt grinse ich im Kreis.
„Hast du das gleiche Bild wie ich?", will Hans wissen.
„Wenn du an Intim-Piercings denkst ...", bestätige ich nickend.
„Die Kollegen von -K- haben den Fall übernommen und wollen die drei Ohrabschneider und Zeitdiebe dem Haftrichter vorführen. Mal sehen, was daraus wird."
Hans steht an der Tür und hat die Klinke in der Hand. „Mach's gut und halt mich auf dem Laufenden."
„Mache ich!", rufe ich ihm nach und verlasse ebenfalls mein Büro, um mich meinen Aufgaben zu widmen.

Karl hat sich inzwischen umgezogen und sitzt bei den anderen im Aufenthaltsraum. Aramis und Jasmin blättern im Immobilienteil der Tageszeitung, Pit studiert den Sportteil, während Lukas aussieht, als würde er den Börsenteil auswendig lernen. Er fährt durch sein volles rotes Haar und seufzt.
„Was ist los?", will Kai wissen. „Hast du an der Börse dein ganzes Geld verzockt?"
Lukas blickt hoch. „Keine gute Woche."
„Sehr schlimm?", mischt Nicole sich ein.
„Nicht schlimm, aber unschön. Es kommen auch wieder bessere Wochen." Man merkt Lukas an, dass er nicht darüber sprechen möchte.
Wie er so da sitzt, den nicht unerheblichen Bauch gegen den Tisch gelehnt und den Kopf auf den mächtigen Händen abgestützt, wirkt er einmal mehr wie die Realvereinigung von Pumuckl und Meister Eder.
Ich reiche dem jungen Glück einen Leuchtmarker, den ich auf der Fensterbank neben der Plastikorchidee finde. Wer weiß, wer die von Zuhause auf die Dienststelle entsorgt hat? Obwohl sie ganz offensichtlich aus Plastik ist, scheint sie jemand regelmäßig zu gießen, wie man an den Wasserflecken rund um den Untersetzer deutlich erkennen kann. „Was macht die Wohnungssuche?"

Jasmin nimmt mir den Marker ab. „Geht so. Zu klein, zu teuer, zu … was weiß ich! Bei den derzeitigen Zinsen sollten wir lieber etwas kaufen."
„Wow, wow, wow", wendet Aramis ein. „Jetzt lass uns erstmal zusammenziehen."
Jasmin steht auf, schiebt den Stuhl lautstark hinter sich weg und geht in einen der Schreibräume.
„Puh! Gereizte Stimmung", sage ich in die Runde. „Möchte jemand über gestern sprechen?"
Es sehen zwar alle zu mir, aber niemand sagt etwas.
„Raus damit. Für mich war es sehr ätzend, weil ich für eine gefühlt sehr lange Zeit dachte, dass ich gleich jemanden erschießen werde."
Lukas stützt beide Hände auf den Tisch. „War ein Scheißeinsatz. Ich war froh, dass du auf ihn angehalten hast. Dann brauchte es keiner von uns zu machen. Aber am Ende ist doch alles gut gelaufen." Er sieht sich um und alle nicken. Karl wackelt gelangweilt mit dem Kopf.
„Karl, du hattest schon gestern eine andere Meinung. Wie hast du den Einsatz erlebt?" Ich erwische mich dabei, tatsächlich auf seine Antwort gespannt zu sein.
„Der Typ wollte sich doch nur wichtig machen. Da bestand überhaupt keine Gefahr. Ich finde, dass ihr über das Ziel hinausgeschossen seid."
„Und wenn nicht? Wenn er am Ende doch geschossen hätte?" Irgendwie habe ich das Gefühl, mich rechtfertigen zu müssen.
Karl winkt abschätzig mit der Hand durch die Luft. „Zwischen die Augen und fertig!"
Ich hebe irritiert die Brauen. „Und, wer hätte das dann gemacht? Hättest du es gemacht? Hättest du einen Menschen getötet?"
„Firlefanz. Es ist ja jetzt vorbei!" Er steht auf und wendet sich mit seiner Tasse zum Gehen.
Jetzt mischt sich Nicole ein, die gestern bis zum Schluss gesichert hat. „Du machst es dir sehr einfach, Karl. Selbst hast du dich verpisst und jetzt nörgelst du rum. Du musstest dir ja unsere Gedanken auch nicht machen."
Holla die Waldfee, das war deutlich. Unsere Ex-Azubine mausert sich.
Versöhnlich verkündet Aramis: „Ich bin auf jeden Fall froh, dass wir alle zusammen waren. Niemandem ist etwas passiert.

Alles gut. Beim nächsten Mal bitte wieder genauso!"
Wir nicken. Als hätte es ein unsichtbares Signal gegeben, stehen alle auf und verlassen den Tisch.
„Wer fährt heute mit mir?", frage ich schnell, bevor alle draußen sind. „Pit" bzw. „ich", sagen Kai und Pit gleichzeitig.
„Na dann, mein Lieber, lass uns den Wagen aufrüsten."
Karl schnippt ein Häufchen Asche auf sein Hemd, dann folgt er den anderen.

Keine fünf Minuten später sitzen wir im Streifenwagen. Pit fährt. Ich fahre gerne mit ihm. Er ist ein sicherer Fahrer. Selbst auf einer Einsatzfahrt könnte ich neben ihm angstfrei ein Nickerchen machen.
Kurz denke ich an Anja und unsere Motorradzeit. Oft haben wir uns beim Fahren abgewechselt und ich saß hinten auf dem Bock. Unser fetter Chopper hatte eine Sissybar, sodass man wirklich sehr bequem saß. Ich bin regelmäßig eingeschlafen und immer erst aufgewacht, wenn Anja bremsen musste und ich mit meinem Helm gegen ihren geknallt bin. Ist lange vorbei, war unpraktisch und ein bisschen Angst fuhr auch oft jedes Mal mit. Heute würde ich uns das nicht mehr zumuten.
Ich werde wohl doch alt!
Mein Handy klingelt. Kai wird mir angezeigt. „Ja bitte?"
„Ich habe einen Anruf bekommen, dass zwei Damen von ihrem Mann belästigt werden. Ich kann das noch nicht so richtig einschätzen. Fahr da bitte vorbei und schau dir das genauer an. Du musst auf den alten Niederberg."
„Alles klar. Das können wir gerne machen. Wurde etwas von Gewalt gesagt?" Das Telefon habe ich mittlerweile auf laut gestellt, sodass Pit mithören kann. „ Und warum kommst du eigentlich nicht über Funk?"
„Die ganze Geschichte ist skurril. Ich habe bisher keinen Einsatz aufgemacht. Deshalb erstmal die Info über Telefon."
„Wir sind unterwegs!"
Pit wendet. „Hört sich spannend an."
„Auf dem alten Niederberg wohnen eigentlich keine Leute, die komische Scherze machen. Es wird schon irgendetwas dran sein. Kennst du die Anschrift, oder soll ich sie im Navi eingeben?"
Pit schüttelt den Kopf. „Kein Problem."

Wir läuten vorn am Eingangstor. Aus der Sprechanlage plärrt ein „Moment bitte!“, dann geht der Summer. Unsere Schritte knirschen auf dem weißen Kiesweg, auf dem kein Blättchen liegt. Neben uns hübsch gestutzte Bäumchen, natürlich in einer ungeraden Anzahl. Von rechts taucht ein Mähroboter auf. Die Marke kann ich nicht erkennen, aber er hat sogar LED-Tagfahrlicht. Es ist nicht einmal ein Summen zu hören.
Am Ende des Kiesweges öffnet sich eine moderne Eingangstür und eine atemberaubend schöne Frau in kurzer Hose und einem über der Brust geschnürten Shirt steht unter dem kleinen gläsernen Vordach.
Sie lächelt.
Pit bleibt neben mir vor Staunen beinahe stehen, findet dann aber doch wieder in seinen Schritt zurück. Hoffentlich lasse ich mir meine Begeisterung nicht anmerken. Aber soviel Glück habe ich selten. Wahrscheinlich grinse ich gerade peinlich, oder mein Mund steht offen.

Später, als wir die Frau den anderen auf der Wache beschrieben haben, waren Pit und ich uns einig.
„Der Wahnsinn, das hättet ihr sehen sollen! Hammermäßig, ich weiß nicht, ob ich je so eine schöne …“, gab Pit wenig sachlich von sich. „Umwerfend schöne rote Haare, lange Beine, schlank.“
„Nicht zu groß“, warf ich ein. „Für mich ist das wichtig!“
„Tolle grün-blaue Augen, schmale Nase, schöne Hände, Brüste in genau der richtigen Form und Größe, und kein BH.“
„Ist gut jetzt!“, wurden wir von Jasmin gebremst.
„Warte ab.“ Pit kam in Schwung. „Die Zweite ist noch schärfer!“
„Ihr nehmt uns doch auf den Arm! Das sind doch kleine-Jungen-Träume.“ Aramis sah Beifall heischend zu Jasmin, beugte sich jedoch unwillkürlich am Tisch vor, um uns besser zuhören zu können.
„Nein, im Ernst. Blonde Haare bis zum Hintern. Herzförmig, ich meine den Hintern. Skandinavischer Typ. Mit den dunkelsten Augen, in die ich je blicken durfte. Eine Megafigur.“ Pit blickte entschuldigend zu mir. „Für Frank leider etwas zu groß.“
Ich nickte traurig bestätigend. „Aber ich muss zugeben, wenn die erste eine Zehn war, dann war das eine Elf.“
„So“, unterbrach Nicole, „und jetzt beruhigt ihr euch erstmal

wieder, sonst muss ich für euch zwei Sabbergreise einen hormonsenkenden Tee aufsetzen."
Kesser Spruch, dachte ich, als Nicole tatsächlich in Richtung Wasserkocher ging.

„Haben Sie uns angerufen?", frage ich die schöne Frau an der Tür. Ich ziehe den Bauch ein wenig ein und straffe die Schultern. „Wie können wir Ihnen helfen?" Haben Pit und ich das jetzt gleichzeitig gefragt?
Sie lächelt uns strahlend an und nimmt so die Sonne mit ins Haus. „Kommen Sie herein, meine Herren."
Der Flur ist ein großes Entrée mit Atrium und einer Freitreppe. Oben steht eine zweite Frau, nicht minder faszinierend als die erste, wahrscheinlich sogar noch schöner, noch makelloser. Überall im Haus sind großzügige Fenster, sodass die Göttin an der Treppe, in ihrem dünnen Leinenkleid vom Sonnenlicht angestrahlt, ein bisschen wie ein Engel wirkt.
Sie schreitet mit wiegenden Hüften die Treppe herunter und stellt sich neben die andere Schönheit, legt ihren Arm um deren Hüfte.
Ich versuche, mich zu konzentrieren. „Warum haben Sie uns angerufen?" Auch wenn ich es nicht will – oder zumindest nur ein bisschen –, kann ich nicht übersehen, dass der Engel keinen BH und wahrscheinlich auch kein Höschen trägt. *Es ist aber auch wirklich warm heute*, stimme ich ihr im Stillen zu.
Mein Blick wandert von der einen zur anderen.
Die Rothaarige in den Hot Pants ergreift das Wort und legt nun ebenfalls ihren Arm um den blonden Engel. „Unser Mann…", beginnt sie.
Ich bin raus. *Unser Mann?* Meine Gedanken, die schon seit längerer Zeit nicht mehr ganz jungendfrei sind, schweifen weiter ab.
„Ihr Mann?", stellt Pit meine Frage laut. „Sie haben den gleichen Mann?"
„Oh, entschuldigen Sie, das muss für Sie verwirrend sein." Der Engel spricht, lächelt und zwinkert uns gleichzeitig zu. „Unser Mann ist Moslem. Sie wissen sicher, dass er mehrere Frauen haben darf."
Die Rothaarige, die mich vom Typ her ein wenig an *Xena – Die*

Kriegerprinzessin erinnert, wirft ein: „Es gibt auch noch eine dritte Frau, aber die wohnt nicht bei uns."
„Seine Hauptfrau!" Der Engel wirft das glänzend blonde Haar mit einer Spur Verärgerung nach hinten.
Mir wird schwindelig. Ein Mann, drei Frauen – und offensichtlich Ärger im Paradies.
„Die muslimische Tradition, mehrere Frauen haben zu dürfen, ist uns natürlich bekannt. Allerdings dachte ich, dass so etwas in Deutschland nicht sehr verbreitet ist, weil die ‚Vielweiberei' gesetzlich verboten ist."
„Vielweiberei" – was für ein hässliches Wort für ein, wie ich gerade denke, gar nicht mal so schlechtes System.
„So richtig verheiratet sind wir auch nicht. Nicht vor dem Gesetz."
Auch Xena scheint nun wütend zu sein. „Nur die Andere ist mit ihm verheiratet."
„Die Andere?", fragt Pit nach.
„Er lebt bei ihr und kommt nur hierher, wenn es ihm nach uns gelüstet." Sie errötet ein klein wenig.
Dann wird er sich bestimmt dauerhaft in genau diesem Haus aufhalten, geht es mir durch den Kopf.
„Gut, das haben wir jetzt verstanden. Aber warum haben Sie uns denn nun gerufen?"
Pit wirft erklärend ein: „Und wie genau dürfen wir Ihnen helfen?"
Ich würde keinen Knopf auf die Lauterkeit seiner Gedanken wetten.
„Unser Mann macht uns Vorschriften. Er droht, uns im Haus einzusperren, wenn wir ungehorsam sind."
Mit rauer Stimme frage ich: „Was für Vorschriften? Wo ist er überhaupt?"
Jetzt lächelt der Engel wieder. Sie lässt ihre Freundin, Geliebte – was ist sie überhaupt? – los und blickt zur Treppe hinauf. „Wahrscheinlich ist er oben. Er möchte den Polizisten lieber aus dem Weg gehen."
Bevor Pit die Treppe hochstürmen kann, halte ich ihn am Arm zurück. „Was für Vorschriften?"
Die beiden Frauen legen sich wieder ihre Arme um die Hüften. *Geliebte, ganz klar.*

„Schauen Sie uns an, wir sind junge Frauen, Anfang zwanzig, und wollen das Leben genießen."
Pit und ich wissen beide sehr genau, was sie meint.
„Aber Mehmed meint, dass wir zu viel unterwegs und deshalb zu wenig für ihn da sind."
Xena schnaubt. „Dabei ist *er* meistens bei der Anderen."
„Auf jeden Fall sagt er tatsächlich, wir dürften abends nicht mehr auf Partys gehen und keine anderen Männer mit hierher nehmen. Können Sie sich das vorstellen?"
Ich kann mir bei den beiden beinahe alles vorstellen. Vor lauter Kopfkino habe ich den Faden verloren. Am Ende ähnelt mein Kopfschütteln eher einem Nicken.
„Und als wäre das nicht genug, hat er uns heute sogar verboten, uns zu lieben. Vorhin ist er bei uns überraschend dazugekommen und hat, statt sich zu beteiligen, ein Riesentheater gemacht."
„Dies verboten und das verboten. Der kann sich anstellen!"
Mir schwirrt der Kopf. Pit und ich blicken uns an. Nehmen uns die beiden auf den Arm?
„Sie leben sozusagen in einer häuslichen Gemeinschaft und er möchte Ihre ‚Ausgangsmöglichkeiten' einschränken? Habe ich das richtig zusammengefasst?" Pit hat offensichtlich die richtigen Worte gefunden.
Der Engel fällt ihm um den Hals. „Endlich jemand, der uns versteht. Wie lautet eigentlich Ihr Vorname?"
„Pit, äh, Peter, ich meine Oberkommissar …!"
Ich pruste fast los und bin beinahe froh, dass er sie am Hals hat. Bevor es mir am Ende ähnlich geht, frage ich den Rotschopf im Schnürmieder: „Sollen wir mal mit Ihrem ‚Mann' reden? Wahrscheinlich ist alles nur ein Missverständnis. Er darf Sie natürlich nicht einsperren!"
„Oh, das wäre toll!" Xena nimmt meine Hand und zieht mich in Richtung Treppe. Ich blicke mich Hilfe suchend nach hinten um, aber Pit folgt mir bereits auf dem Fuß. Allerdings wird er von seinem Engel gezogen.
Es wird unwirklich. *Was genau erwartet uns oben?*
Auf der Treppe hört man das Klackern der hohen Absätze und das Quietschen unserer Gummisohlen auf dem Marmor. Ich halte die peinliche Stille nicht mehr aus. „Das mit den anderen

Männern müssen Sie aber tatsächlich mit Ihrem Mann verhandeln. Ich nehme an, dass ihm das Haus gehört."
„Meinen Sie? Gehört das nicht zur freien Entfaltung der Persönlichkeit?" Ich blicke in grün-blaue Augen, voller aufgesetzter Traurigkeit. Ihre Augen sind unterschiedlich – eines grün, das andere mehr blau.
Sie führen uns in den Schlafbereich des Hauses. Schon wieder Kopfkino. Ich denke an Anja. Würde sie für meine Situation Verständnis aufbringen? Wenn ich ihr nun Fotos von diesen faszinierenden Frauen zeigen würde ... Wer weiß? Ich bin schließlich auch nur ein Mann.
Ich mache mich dennoch vorsichtig los, folge Xena aber weiter ins erste Schlafzimmer. Es ist sehr geschmackvoll eingerichtet. Ein großes Doppelbett dominiert das Zimmer. Ein kleiner Durchgang führt in ein Ankleidezimmer. Sanftes Licht fällt durch die Vorhänge und wird von den altweißen Wänden warm zurückgestrahlt. An allen Pfosten des Bettes hängen Handschellen mit rotem Fellüberzug. Neben dem Kissen liegt eine lederne Augenbinde.
Hier kann er nicht sein – es sei denn, er hätte sich unter dem Bett versteckt.
Xena berührt mich sanft am Arm. „Das ist meins", lächelt sie und zieht mich weiter. Es geht vorbei an einem großen Spiegel, in dem man das Bett sehen kann – aber von oben. Komisch. Ich blicke zur Decke. Dort hängt ebenfalls ein Spiegel, der so eingerichtet ist, dass er mit dem an der Wand korrespondiert. Egal in welchen man blickt, es steht immer das Bett im Mittelpunkt. Mal von oben und mal von der Seite.
Pit folgt meinem Blick und sein Engel lächelt, als wüsste sie genau, was wir gerade denken. So schwierig ist das ja auch nicht zu erraten.
Was stand auf der Klingel? „Salim"?
„Ihr Mann heißt Salim?", wende ich mich an meine rothaarige Kriegerin, immer bedacht, nicht zu auffällig in ihr nachlässig geschnürtes Dekolleté zu schauen.
Sie nickt.
„Herr Salim, kommen Sie bitte zu uns", rufe ich. „Es ist uns unangenehm, durch Ihre Schlafzimmer laufen zu müssen. Wir wollen uns nur unterhalten."

Xena wendet sich zum angrenzenden Zimmer, das per Durchgangstür mit ihrem verbunden ist. Dann nickt sie mit neckischem Blick in Richtung der zweiten Schönheit. „Kommen Sie, wir schauen noch schnell in ihrem Schlafzimmer nach."
Die Zimmer sind identisch, bis auf die Ausstattung. Auch hier gibt es einen begehbaren Kleiderschrank, auch hier besteht ein direkter Zugang zum Badezimmer, wie ich mit einem kurzen Blick feststellen kann. Lediglich das Bett steht anders. Nicht wie das von Xena, sondern direkt an der Wand. An seiner Stirnseite ist ein Andreaskreuz angebracht und über dem Bett finden sich Schnüre, Manschetten und Haken. Spiegel sucht man hier allerdings vergeblich.
Sieht so eine Liebesschaukel aus?
Unwillkürlich halte ich nach einer Kamera Ausschau, kann aber keine entdecken.
„Herr Salim, es wird langsam peinlich. Kommen Sie bitte raus. Erwachsene Menschen sind höflich genug, sich nicht vor der Polizei zu verstecken!"
Nicht, dass uns diese Hausführung nicht gefallen hätte – aber diese Situation ist schon sehr speziell.
„Er ist bestimmt im Nebenzimmer." Engelchen stellt sich im Eingang zum nächsten Zimmer in Positur. Sie spielt mit uns. „Das ist das Schlafzimmer, das wir alle gemeinsam nutzen." Ihre Hände sind in die schmale Taille gestemmt, ihre Brust betont sie durch Wölben ihres Oberkörpers.
Ich blicke an ihr vorbei ins nächste Zimmer – darauf bedacht, den Eindruck zu vermitteln, als wäre ich ähnlich professionell wie Pit, der vor einigen Minuten seine rosa Brille abgelegt und sich aus dem Liebesgriff seines Engels befreit hat.
Das dritte Zimmer ist das größte der drei Schlafräume, dessen Boden, bis auf den Schwenkbereich der Tür, ausschließlich mit Matratzen belegt ist. Alle Wände und die Decke sind verspiegelt. Die Matratzen sind auf verschiedene „Spielwiesen" aufgeteilt, die in ihrer Lage praktischer Weise hüfthoch differieren. Die Bettwäsche, augenscheinlich aus Seide oder einem ähnlich glänzenden Material, wirkt zerwühlt. Wahrscheinlich hat der Hausherr seine beiden Gespielinnen vorhin genau dort erwischt.
Wieder habe ich Bilder im Kopf, die aber sofort zerplatzen, als

ich den Gesuchten erblicke. Er steht hinter der Tür. Ich schüttle verwirrt den Kopf, aber das Spiegelbild verschwindet nicht. Was für ein Dummbrot versteckt sich in einem verspiegelten Raum hinter der Tür?
„So, jetzt kommen Sie aber raus. Es wird albern."
Aus dem Zimmer der Lust kommt ein kleiner, leicht dicklicher Türke, mit Schnauzer und schütterem Haar, das bereits mehr als eine graue Strähne aufweist. Ich bin schockiert. Wie kommt dieser kleine Hutzelzwerg an diese beiden „Wonderwomen"?
Pit kann man ansehen, dass er die gleichen Gedanken wälzt. Für ihn als Single muss gerade eine Welt zusammenbrechen.
Wie reich muss der Schnauzbartträger sein? Okay, das Haus macht was her, aber …
„Ich war eben indisponiert, aber jetzt bin ich ganz für Sie da", unterbricht er in akzentfreiem Deutsch meine Gedanken.
Keine schlechte Ausrede; zumindest ist er schlagfertig. Ich trete einen Schritt zurück, damit er den Harem der Lust verlassen kann. „Das ist schön, dann können wir uns endlich unterhalten. Ist es möglich, an einen Ort zu wechseln, der etwas …" Ich lasse das Ende des Satzes über den Matratzen schweben. Hoffentlich verfängt er sich nicht an der Liebesschaukel.

Am Kochblock der riesigen Küche nehmen wir auf der Barseite Platz. Da die beiden Gespielinnen uns kaum zu Wort kommen lassen, bietet sich Pit großmütig an, mit ihnen in den Wohnbereich zu gehen. Ich habe nie erfahren, ob und worüber sie sich dort unterhalten haben.
Der unglückliche Hausherr dagegen klagt mir sein ganzes Leid und erzählt mir mehr, als ein guter Christ hören will. Vornehmlich scheine ich sowieso mehr Mann als Christ zu sein und lausche dementsprechend gespannt seinen Details.
„Die beiden sind unglaublich fordernd. Dauernd erwarten sie von mir die ausgefallensten Praktiken. Das Kamasutra habe ich schon mehrfach durch. Außerdem sind sie auf meine Hauptfrau eifersüchtig. Dieses Haus habe ich extra für die beiden gekauft und umgebaut. Es soll ihnen an nichts fehlen. Aber was machen sie zum Dank? Spielen lesbische Spielchen und reden mir ein schlechtes Gewissen ein, weil ich so selten da wäre. Dabei versuche ich, es mindestens drei Mal pro Woche zu schaffen. Mehr

können die beiden nun wirklich nicht von mir erwarten. Ich gehe immerhin auf die Vierzig zu." Er versucht bei mir einen mitleidigen Blick zu erhaschen, aber da kann er lange warten. „Außerdem bringen sie fremde Männer mit in mein Haus. Meine Frauen! In mein Haus!" Unser Gigolo weiß sich nicht mehr zu helfen. Erst schlägt er zornig mit der Hand auf den Tresen, dann stehen ihm Tränen in den Augen. „Mit deutschen Frauen funktioniert das System einfach nicht!"

Ich bin hin- und hergerissen, schwanke zwischen Mitgefühl und Ehrfurcht. „Dass Sie die beiden Frauen nicht einsperren dürfen, muss Ihnen aber klar sein!"

Er nickt. „Ja, natürlich. Ich wollte ihnen auch nur einen kleinen Schrecken einjagen. Ich kann sie nicht zügeln, sie entgleiten mir."

Ich merke, dass er sich alles von der Seele reden will und höre, von ein paar Zwischenfragen abgesehen, einfach zu.

„Als ich die beiden kennenlernte, wollte ich sie sofort für mich haben. Wir wurden uns einig und ich stellte ihnen das alles zur Verfügung." Er macht mit der Hand eine raumgreifende Geste.

„Wo haben Sie die beiden kennengelernt?"

„Sie sind Tänzerinnen!" Diese Antwort muss mir anscheinend reichen.

„Und womit verdienen Sie Ihr Geld? Soweit ich weiß, sieht der Koran vor, dass der Mann all seine Frauen auch unterhalten können muss."

„Import, Export. Ich habe eine kleine Firma."

Soso, ein *Kaufmann* mit einer *kleinen Firma*. „Und Ihre Hauptfrau? Hat sie der Sache zugestimmt?"

„Was soll sie machen? Sie ist mir zum Gehorsam verpflichtet. Und sie hält sich daran. Im Gegensatz zu den beiden." Er deutet in Richtung Wohnbereich, in dem die drei verschwunden und nicht mehr zu sehen sind. „Was bleibt mir anderes übrig? Ich liebe sie alle! Aber ich kann nicht einmal meinen Freunden davon erzählen. Das Gefummel untereinander, die anderen Männer, der Ungehorsam. Wenn das rauskommt, würde ich jeglichen Respekt verlieren."

Ich finde zwar, dass das Luxusprobleme sind, aber irgendwie tut er mir doch ein wenig leid. „Das Problem scheinen mir die unterschiedlichen Kulturen zu sein. Aber wenn Sie diese beiden

wunderschönen Frauen halten wollen, dürfen Sie sie nicht zu sehr binden." Mir fällt spontan die Liebesschaukel mit den Fessel-Manschetten aus einem der Schlafzimmer ein. „Lassen Sie ihnen Freiräume. Frauen brauchen das. Nur wenn *sie* glücklich sind, lassen sie *uns* glücklich sein!" Ich grinse über meinen Witz – er nicht.
„Wenn das so einfach wäre." Er steht auf. „Aber ich verspreche Ihnen, dass ich Sie nicht schlagen oder einsperren werde. Darauf gebe ich Ihnen mein Wort!"
„Und Ihre Hand!", wende ich ein und reiche ihm die meine. „Das hört sich gut an. Viel Glück! Und, ähm, übrigens … Ihre Frauen haben mir gegenüber vorhin angemerkt, dass sie es lieber hätten, wenn Sie sie beim gemeinsamen Liebesspiel unterstützen würden, anstatt ihnen Vorwürfe zu machen!"
Er sieht mich irritiert an, sagt aber nichts.
„Noch eine letzte Frage." Ich stehe ebenfalls auf. „Warum haben Sie sich versteckt?"
„Mir ist das alles wahnsinnig peinlich! Ich bin Moslem. Wir regeln so was normalerweise innerhalb der Familie … Und als Sie dann plötzlich vor der Tür standen …"
Ich drücke ihm noch einmal die Hand. „Seien Sie versichert, es bleibt unter uns!"
Während ich nach Pit rufe, nickt er dankbar.

Pit kommt mit je einer Frau am Arm aus dem Garten zurück und scheint über unseren anstehenden Aufbruch nicht sehr glücklich zu sein. Die Verabschiedung ist dann aber für uns Entschädigung genug. Nur Herr Salim sieht nicht ganz so glücklich aus, als wir von Engelchen und Xena geherzt und geküsst werden.

„Herr ‚Oberkommissar', Sie haben Lippenstift auf der Wange. Darf ich Ihnen den wegmachen?" Ich grinse und wische mit meinem Daumen über Pits Wange.
„Wehe, du machst Spucke dran." Pit hält inne. „Ich habe echt keine Ahnung, warum ich meinen Dienstgrad genannt habe. Ich war völlig durch den Wind."
Zustimmend klopfe ich auf das Dach des Streifenwagens, den wir über den Kiesweg wieder erreicht haben. „Das ging mir genauso, auch wenn ich keinen Lippenstift im Gesicht habe."

„So, meinst du?“
Ich schaue mich im Rückspiegel an, kann aber nichts entdecken, während Pit beginnt, schallend zu lachen.

***

Mit einem Zigarillo und einem warmen Sambuca bewaffnet sitzen Anja und ich auf unserer Bank. Der Garten ist hübsch beleuchtet, die ersten Sterne zeigen sich am Firmament.
Ich beuge mich zu ihr. „Du glaubst nicht, was mir heute passiert ist.“
„Was denn?“ Sie atmet den Rauch aus.
Ich nehme einen Schluck Sambuca, genieße den Geschmack und beginne zu erzählen: „Da hat heute einer eine Viertelstunde verloren.“
Die andere Geschichte würde sie mir sowieso nicht glauben.

WOLF
(1992, 12 Jahre)

„Schau mal da drüben, ist der nicht süß?" Silvi drehte ihre Freundin Julia in Richtung des hübschen, blond gelockten Jungen. „Aber nicht so auffällig!"
„Meinst du etwa Wolf?" Julia beobachtete Wolfgang aus dem Augenwinkel, wie er mit seinem Fahrrad in der Fußgängerzone auf Passanten zufuhr, um dann erst kurz vor ihnen scharf abzubremsen und auszuweichen. „Also, ich mag seine Augen nicht. Und außerdem ist er ein Angeber!"
„Quatsch! Er ist der süßeste Junge der gesamten Schule. Guck mal, wie toll er mit seinem Fahrrad umgehen kann. Außerdem hat er so schöne braune Augen!"
„Ich weiß nicht. Mir ist er nicht geheuer."

Silvi blickte in Wolfs Richtung, als eine ältere Frau beinahe zu Fall kam. Wolfgang hatte sie bei einem seiner Ausweichmanöver leicht touchiert. Die Frau schimpfte hinter ihm her, als er mit seinem Rad wendete und grinsend an den Mädchen vorbeifuhr.
Silvi lächelte ihn an, er hob lässig die Hand zum Gruß. Dann riss er das Vorderrad hoch, um auf einem Rad weiter in Richtung Kaufhof zu fahren.
Julia schüttelte den Kopf. „Das hab ich gemeint. Der totale Angeber. Hast du eigentlich schon die neue CD von Whitney Houston? ‚Bodyguard'?"
„Nee, leider nicht. Bis zu meinem 13. Geburtstag dauert es noch ein bisschen."
„Wollen wir zu mir gehen und reinhören?", fragte Julia lächelnd.
„Was, du hast die schon? Echt jetzt? Klar, gerne!"
Die beiden Mädchen warfen ihre leeren Limodosen in den Papierkorb neben ihrer Bank und gingen in Richtung Bushaltestelle.

„Haltet den Dieb! Verdammt, haltet den Bengel fest!", schrie eine keuchende Männerstimme über den gesamten Platz.
Silvi reckte sich, um zu sehen, was da los war. Sie konnte aber lediglich den blonden Schopf des Diebs erkennen, der eilig ei-

nige Meter über den Platz rannte, sich aufs Fahrrad schwang und losbrauste.
Julia blickte ebenfalls neugierig in Richtung des Tumults. „Das ist doch wieder unser Wolf. Was habe ich dir gesagt? Der macht nur Ärger!"
„Ich find ihn cool!"
Der Mann blieb keuchend stehen und sah dem Fahrrad mit Wolfgang hinterher. „Verfluchter Satansbraten!"
Ohne auf Silvi zu achten, ging Julia an der Traube neugieriger Passanten vorbei auf den etwas übergewichtigen Mann zu. „Entschuldigen Sie. Ich weiß, wer das war."
„Was, wie? Woher?" Der keuchende Mann, offensichtlich ein Sicherheitsmitarbeiter, sah sie erstaunt an.
„Er geht auf meine Schule. Sein Name ist Wolfgang Weber. Die Adresse weiß ich leider nicht." Sie wandte sich wieder zum Gehen.
„Hey, du kannst nicht einfach abhauen! Du musst mit mir ins Büro kommen." Hart fasste er sie mit seiner großen Hand am Arm.
„Auf keinen Fall." Julia versuchte sich loszureißen, schaffte es aber nicht. Erst als Silvi an ihr vorbeirannte und sie am Arm mit sich zog, konnte sie sich dem Sicherheitsmann entwinden und flitzte hinter Silvi her.
„Was wollte der von dir?" Silvi war völlig außer Atem.
„Ich sollte mit ihm ins Büro kommen. Aber ich gebe dem doch nicht meinen Namen!" Julia stützte sich an der rauen Wand des Bonner Münsters ab und atmete von der Rennerei ebenfalls schwer. „Wenn Wolf das mitbekommen hätte!"
„Hat er!", ätzte Wolfgang hinter ihr, „und glaub mir, er vergisst nicht so schnell." Er wendete sein Fahrrad und verschwand im Gewühl der Fußgängerzone.
Diese verdammte Schlampe hat mich echt verpfiffen. Das wird sie bereuen! Wütend trat er bei voller Fahrt gegen eine Mülltonne, die krachend umfiel und sich über die Straße ergoss.

***

Julia stand auf Zehenspitzen und bekam kaum Luft. Ihr Hals, ihr ganzer Körper war bis zum Äußersten angespannt und wurde von Muskelkrämpfen geschüttelt. Immer wenn sie nach vorne schwang, fiel ihr das Atmen noch schwerer. Schwarze Nebel zogen durch ihr Sichtfeld.
Ich muss durchhalten! Nur noch ein paar Minuten! Warum hilft mir denn keiner? Wo ist dieses Arschloch? Ihre Handgelenke scheuerten an dem Gürtel, mit dem sie zusammengebunden waren, und ihre Hände streckten sich nach dem Schnappriegel, der den Kartenständer in seiner Position hielt – aber vergeblich. Wieder und wieder versuchte sie zu schreien, aber ihrer Kehle entrann kein einziger verständlicher Laut.
Knarzend sog sie neuen Sauerstoff in ihre malträtierten Lungen. So wenig Luft! Der Schal, der um ihren Hals gespannt und oben mit einem Knoten an dem Kartenständer befestigt war, drückte auf Kehlkopf und Schlagadern. Zumindest hatte Wolf ihn so geknotet, dass er sich nicht weiter zuziehen konnte.
Erneut wurde ihr schwarz vor Augen und ihre Pupillen weiteten sich in Todesangst.
Urin lief warm an ihren Beinen herunter und färbte ihre Jeans dunkel. Das war der Moment, wo sie aufgeben wollte, wo es ihr beinahe lieber gewesen wäre, wenn sie jetzt gleich vor Scham hätte sterben dürfen.
Noch einmal nahm sie all ihre Kraft zusammen und stellte sich in die „en pointe"-Position, wie sie es im Ballett gelernt hatte. Ihre Zehen krampften, aber der Zug um ihren Hals lockerte sich ein wenig und sie konnte wieder ein paar schwere Atemzüge tun.

Neue Krämpfe ließen sie erneut den Halt verlieren, als sich die Tür zum Materialraum langsam öffnete.
Blonde Locken, begleitet von einem diabolischen Grinsen, schlüpften durch den schmalen Spalt, bevor sich die Tür wieder schloss.
Wolf stand direkt vor ihr und blickte verschlagen in ihr knallrot angelaufenes Gesicht.
„Mach mich los!", wollte Julia schreien, doch wieder war kaum mehr als ein ersticktes Knarzen zu hören.
„Ich glaube, du hast deine Lektion gelernt. Habe ich recht?"

Seine Augen blickten durchdringend in ihre, weideten sich an ihrem Leid. „Nick einfach, wenn du mir zustimmen möchtest."
Julia wand sich, zerrte an ihren Fesseln – ohne Erfolg.
„So wird das nichts." Wolf stand ganz dicht vor ihr, verzog angewidert die Nase und stupste ihr leicht gegen die rechte Brust. „Du stinkst! Hättest in der Pause aufs Klo gehen sollen, statt hier rumzuhängen." Erneut tatschte er an ihre Brust. „Warum hast du eigentlich keine vernünftigen Titten?" Er drehte sich um, ging ein paar Schritte von ihr weg und besah sich die Situation aus der Ferne. Das Schauspiel, wie Julia an dem Kartenständer hing und um Luft rang, genoss er sichtlich. „Du siehst, wozu ich in der Lage bin. Nachdem die Polizei wegen des ‚angeblichen Diebstahls' bei meinen Eltern war, konnte das für dich nur auf diese Weise enden." Wolf schob das Kinn vor. „Wenn ich dich jetzt losmache – wirst du wieder versuchen, mich zu verpetzen? Oder wirst du dich für heute krankmelden und nach Hause gehen?"
Julia knurrte, stellte sich mit letzter Kraft wieder in den Zehenstand.
„Wie dumm von mir. Das war eine Entscheidungsfrage." Er grinste böse. „Also, noch mal: Wenn du mir zustimmen möchtest, schließ die Augen einmal; wenn du mir widersprechen möchtest, schließt du sie zweimal. Hast du das verstanden?"
Julia schloss die Augen einmal.
„Prima, das klappt ja richtig gut. Wirst du mich je wieder verpfeifen?"
Konzentriert schloss Julia zweimal die Augen.
„Wirst du dir die Lektion merken und mir nie wieder in die Quere kommen?"
Einmal schließen.
„Okay, dann mache ich dich jetzt los. Es wird langsam Zeit – gleich kommen die anderen aus der Pause zurück." Er hob warnend den Zeigefinger. „ Aber wehe, du fasst mich an, so vollgepisst, wie du bist."
Langsam, als wollte er jeden Moment mit all seinen Sinnen genießen, trat er auf Julia zu. Seine Gedanken kreisten um das, was sein Vater mit ihm angestellt hatte, kaum dass die Polizisten aus dem Haus waren. Das ganze Wochenende hatte er gebraucht, um wieder gehen zu können, ohne zu hinken. Der

zerbrochene Holzlöffel lag noch immer in der Mülltonne hinter dem Haus. Erst danach hatte sein Vater zu dem Gürtel gegriffen, der jetzt um Julias Hände spannte. Einen Teil der Schläge hatte seine Mutter für ihn in Empfang genommen.
Hasserfüllt riss er nun Julia mit einem Ruck das Klebeband vom Mund, griff an ihr vorbei nach dem Riegel des Kartenständers, der fest in der Wand verankert war, und öffnete ihn.
Schnell trat er zur Seite, als Julia kraftlos vor ihm zusammensackte. Keuchend rang sie nach Luft.
Er entfernte seinen Gürtel von ihren Händen, schob ihn zurück in die Schlaufen seiner Jeans und band den etwas aus der Form geratenen Schal adrett um seinen Hals.
„Vergiss nicht, was wir vereinbart haben! Und jetzt verpiss dich, das scheinst du ganz gut zu können. Mir wäre es zu peinlich, wenn ich so stinken würde."
Wolf trat aus der Tür und ging in seinen Klassenraum zurück. Die kleine Schlampe hatte ihre Lektion gelernt – da war er ganz sicher.

Julia schleppte sich aufs Schulklo. Langsam kam sie wieder zu Atem. Sie stank erbärmlich nach Schweiß, Angst und Urin.
Panisch versuchte sie, die Flecken aus ihrer Hose zu reiben – erfolglos. Ihre weiße Bluse war unter den Armen durchgeschwitzt, an ihrem Hals prangten rote Striemen und Male.
Die Sternchen vor ihren Augen verschwanden langsam, als sie sich in einer Kabine einschloss und bitterlich zu weinen anfing.
Der Pausengong ermahnte sie zur nächsten Stunde, aber so konnte sie auf keinen Fall in ihre Klasse. Wäre sie doch nur wirklich gestorben. Warum hatte sie sich so lange gewehrt?
Ohne sich im Sekretariat zu entschuldigen, schlich sie schluchzend aus der Schule, lief den weiten Weg zu Fuß nach Hause, und zog im Bad ihre Klamotten aus.
In der Badewanne versuchte sie, sich notdürftig zu reinigen.
Hoffentlich merkt Mama nichts, wenn sie heimkommt! Am besten föhne ich die Sachen trocken und werfe sie dann in den Wäschekorb.

Julia trat aus der Wanne, trocknete sich die Haare und legte sich mit Schlafanzug und einem Schal ins Bett. Als ihre Mutter von der Arbeit nach Hause kam, lag sie noch immer dort.

„Süße, was hast du? Geht es dir nicht gut? Du glühst. Hast du Fieber?“ Ihre Mutter saß auf der Bettkante und hatte die Hand auf ihre Stirn gelegt.
„Ach, Mama, mir geht es überhaupt nicht gut!“ Julia kuschelte sich unter Tränen an ihre Mutter und drückte sie ganz fest an sich.
Sanfte Hände strichen ihr übers Haar. „Ach, meine Kleine, das wird wieder. Ich bleibe bei dir, bis du eingeschlafen bist. Morgen geht es dir bestimmt schon viel besser.“
Besser? Wie sollte es mir je besser gehen, solange dieses Scheusal in meiner Klasse ist? Soll ich ihr erzählen, was passiert ist? Was würde sie tun? Wie würde mich Wolf beim nächsten Mal bestrafen? Mit diesen Gedanken schlief Julia, fest an ihre Mutter gekuschelt, ein.

***

Zum Abendessen saßen sie wie jeden Abend in der Küche. Wolfs Vater sprach das Tischgebet.
Erst als er geendet hatte, traute sich seine Mutter zu fragen: „Na, Wolfi, wie war dein Tag?“
„Mama, nenn mich nicht Wolfi! Ich habe dir das schon tausend Mal gesagt!“
„Aber du bist doch mein …!“
„Wenn der Junge sagt, er will das nicht, will er das nicht! Er ist jetzt alt genug, das selbst zu entscheiden!“ Haralds Stimme ließ keinen Widerspruch zu. „Und jetzt antworte deiner Mutter. Wie war dein Tag?“
„Gut! Es war ein guter Tag.“ Er blickte seinem Vater fest in die Augen. „Ich habe mich an deine Ratschläge gehalten und mir Respekt verschafft.“
„Das ist gut. Dann wird doch noch irgendwann ein anständiger Kerl aus dir.“
Zufrieden biss Wolfgang in sein Brot. Heute würde es keine Prügel geben, zumindest nicht für ihn. Vielleicht würde er seine Mutter heute Abend wieder im Schlafzimmer schreien hören. Ob vor Schmerz oder aus Lust, wusste er nie so recht.

Kapitel 03

„Körperflüssigkeiten“ (Frühdienst)

Wie ich Frühdienste hasse! Meine Hand findet nach einigen tapsigen Versuchen den Wecker und schaltet ihn aus. Anja dreht sich nörgelnd um.
Und wie ich erst diese kurzen Wechsel hasse. Gestern war ausnahmsweise pünktlich Schluss, sodass ich gegen 22:30 Uhr zu Hause war. Wir haben noch ein paar Minuten im Garten gesessen und Anja hat sich sehr über die „verlorene Viertelstunde“ amüsiert. Danach sind wir gleich ins Bett gegangen.
Gefühlt eine Stunde später muss dieser verdammte Wecker klingeln.
Ich bin schon zufrieden, dass ich gestern überhaupt daran gedacht habe, ihn auf halb fünf zu stellen. Sonst wäre ich wahrscheinlich erst in ein paar Stunden aufgewacht.
Langsam tapse ich ins Bad. In den ersten Minuten des Tages spüre ich immer meinen gesamten Körper. Hier ein Zipperlein, dort ein Wehwehchen.
Meine Füße schlurfen über den Teppich in den Flur, danach über das Parkett ins Bad und dort schnell über die kühlen Fliesen auf den Teppich. Geschafft!
Zähne putzen und den Bart aus dem Gesicht schaben mache ich im Halbschlaf. Eigentlich rasiere ich mich nicht vor Frühdiensten, aber heute juckt mein Fünftagebart zu sehr.
Duschen, anziehen, Brote machen, einen Espresso auf die Schnelle. Die Herzchen liegen bereits in der Brotdose. Los geht's.
Heute ist kein Auto für mich mehr da – Anja hat irgendwann einen Auswärtstermin und mein Töchterchen Kathi muss nach Köln zur Uni. Das hat sie mir noch abends als Textnachricht geschickt.
Also wieder den Helm auf den Kopf geschraubt und den Wind um die Nase wehen lassen.
Ich kann auch nicht richtig treten, weil mein Kettenschutz noch immer nicht repariert ist.

„Was riecht hier so eklig?“ Kaum betrete ich die Wache, als mir ein penetrant süßlicher Gestank entgegenweht.

„Unsere beiden Übernachtungsgäste haben sich mehrfach übergeben. Erst hat der eine gekotzt, dann wurde dem anderen schlecht. Jetzt sind aber beide leer." Hans, der nach seinem kurzen Wechsel und dem Nachtdienst echt mitgenommen aussieht, verzieht angewidert den Mund.
Kurz muss auch ich würgen. „Und wo sind die beiden jetzt?"
„In ihrer Zelle. Wir haben ihnen Gelegenheit gegeben, sich zu waschen und neu anzuziehen, aber sie haben sich immer wieder besudelt. Mittlerweile haben wir keine Decken und keine Klamotten mehr. Da müssen die jetzt durch und wir offensichtlich auch."
Karl kommt an uns vorbei. Heute ganz vorbildlich in Uniform. „Sollen einfach in der Zelle das Fenster aufmachen, wenn es zu sehr stinkt!"
Ich will es nicht, aber ein kleines Lächeln kann ich mir nach seinem Kommentar nicht verkneifen. „Wäre einen Hinweis wert!"
Jetzt grinsen wir alle. Lachen geht nicht. Dann müssten wir tiefer einatmen und das möchte gerade niemand.
„Guten Morgen, Kai. Hast du deine *Hotel garni*-Gäste schon gerochen?"
„Hab ich. Ich sehe zu, dass ich die beiden Stinker gleich schnell loswerde!"
An Hans gewandt fragt er: „Haben die was ausgefressen? Habt ihr eine Haftfähigkeit vom Doc?"
„Nein und ja. Nein, sie haben nur zu viel getrunken, und ja, der Doc hat die Haftfähigkeit bescheinigt. Aber ich muss jetzt wirklich gehen." Mit schnellen Schritten und einem „Viel Spaß!" ist er aus der Tür und im Feierabend.
Gleich hinter ihm fällt die Tür einige weitere Male ins Schloss, als meine Mannschaft die Wache verlässt, um sich um die Sicherheit unserer Bürger zu kümmern. Alle ausgeflogen, außer Jasmin, die heute mit mir fährt, und natürlich Kai.
Ich drehe mich mit einer entschuldigenden Geste zu ihm. „So, Kai, wir müssen jetzt los. Tut mir leid."
„Ihr könnt mich hier doch nicht …"
„Alles gut", besänftigt ihn Jasmin, „wir helfen dir. Ich mache erstmal alle Fenster auf."
„Warte, ich mache mit. Viele Hände, schnelles Ende." Ich drehe mich noch einmal zu Kai um. „Gehören die beiden Saufkumpanen zusammen?"

Er nickt.
„Dann versuch, jemanden zu aktivieren, der die beiden mit frischen Klamotten abholt. Das wäre am einfachsten."
„Ich will hier nicht sein!", ist das letzte, was ich höre, bevor Kai sich auf den Weg zu den Zellen macht. Ich sehe zu, dass ich zu den Fenstern komme.

„So, alles erledigt", verkündet Kai nach unserer Rückkehr. „Ihre Frauen haben sie abgeholt. Sie hatten ihre Männer nicht einmal vermisst, weil die zwei nach ihren Sauftouren immer erst zum Morgengrauen wieder nach Hause kommen."
„Morgengrauen!", kommentiert Jasmin. „Schöner hätte man es kaum ausdrücken können."
„Kai, du kannst unsere Zellen bei der Leitstelle abmelden. Bis die Putzfrau mit dem Schlauch durch ist, können wir niemanden aufnehmen. Sollen wir quer lüften?"
„Unbedingt! Ich möchte eine Ekelzulage."
Ich angle nach meiner Geldbörse und sehe hinein. „Ich habe noch ein paar Euronen Taschengeld von Sonntag. Wir kaufen dir einen Duftbaum. Welche Sorte darf's sein?"
Er winkt grinsend ab. „Ich weiß doch, wie knapp dich Anja hält, lass es gut sein."
„Echt jetzt?" Jasmin sieht mich schockiert an. „Du bekommst von deiner Frau Taschengeld?"
In meinem Gesicht zuckt kein Muskel. „Nur, wenn ich die Woche über brav war. Und für besondere Leistungen bekomme ich sogar ein paar Euro extra … manchmal. Warum fragst du? Willst du das bei Aramis auch einführen? Anja meint, es hätte sich bewährt. Wäre motivationsfördernd."
Jasmin blickt zu Kai, der sein Gesicht nicht ganz so gut unter Kontrolle hat. „Ihr nehmt mich auf den Arm!"
„Nee … echt nicht!", sagen wir beinahe zeitgleich und lassen Jasmin verdutzt alleine im Flur stehen.

Eine Viertelstunde später sitzt Jasmin bei mir im Büro.
In der offenen Tür zum Wachraum lehnt Kai und wedelt mit einem Blatt. „Die Reinigungsfachkraft ist auf dem Weg zu uns. Ich habe das Formular für ihre Erschwerniszulage ausgedruckt. Kannst du das bitte unterschreiben?"

„Klar, mach ich." Jasmin gibt das Blatt an mich weiter und nach der Unterschrift wieder zurück an Kai.
Keiner hat sich mehr als notwendig bewegt. Es stinkt noch immer atemberaubend.

Ich erinnere mich, wie ich vor Jahren, damals selbst Wachdienstführer wie Kai heute, morgens eine Zelle übernommen habe. Hierbei hat sich der Beamte davon zu überzeugen, dass in der Zelle alles in Ordnung ist.
Der Kollege vom Nachtdienst hatte mich damals zwar vorgewarnt, aber auch das hat mir schlussendlich nicht geholfen. Schlüssel ins Schloss, Riegel zur Seite und mutig die Tür geöffnet. Direkt in die Zelle gebrochen, Tür wieder verschlossen und noch einmal vor die Zelle gekotzt. So ungefähr könnte man die Abläufe in kurzen Worten zusammenfassen.
Der Gestank aus der damaligen Zelle – dieses Gemisch aus Urin, Kot, Schweiß, Erbrochenem und Blut – war so überwältigend, dass bei mir jede Körperkontrolle versagt hat. Es hat sich schwallartig aus mir ergossen, und da ich gerade meinen Kopf in die Zelle gesteckt hatte, war es auch genau dort gelandet.
Gott sei Dank hatten die Kollegen Mitleid mit mir und haben mir an dem Tag weiteres Arbeiten im Zellentrakt erspart.
Bis dahin hatte niemand von uns so eine Schweinerei gesehen. Nicht dass die Zellen nicht über ein Klosett verfügten – aber unser Gast hatte es vorgezogen, über seine Matratze zu urinieren. Dann hatte er einen Kothaufen gelegt und diesen auf den Kacheln der gesamten Zelle verschmiert. An den unflätigen „Scheiß", den er mit selbigem geschrieben hat, kann ich mich nicht mehr erinnern. Nur, dass ihm davon schließlich offenbar selbst schlecht geworden war und er sich mehrfach übergeben hatte. Da er wahrscheinlich nicht in einer so versifften Zelle bleiben wollte, schlug er immer wieder mit dem Kopf gegen die Tür und die Wände. Sein Blut hatte er dann noch verschmiert, bevor er erschöpft eingeschlafen sein muss.

Kai reißt mich aus meinen Grübeleien. „Was meint ihr zu Olize und Karl?"
„Nicole ist super! Wenn sie sich weiter so gut macht wie letztes Jahr, passt das prima. Ich war ziemlich baff, wie schnell sie sich

einlebt. Ordentlich Rückgrat zwischen den schmalen Schultern."
„Das wird", stimmt Jasmin mir zu. „Bei Karl habe ich da mehr Bauchschmerzen."
„Lassen wir ihm etwas Zeit, er muss sich erst an uns gewöhnen." Sinnvolleres fällt mir nicht ein.
Als das Telefon klingelt, drückt sich Kai vom Türrahmen ab. „Er sollte sich damit aber beeilen."

Kurz darauf klingelt mein Telefon. „Frank, ich habe zu dir durchgestellt. Es ist die Leitstelle."
Höflich will Jasmin das Büro verlassen, aber ich signalisiere ihr, zu bleiben. „Hi, was gibt es?"
„Das darf doch nicht wahr sein! … Und da soll ich jetzt hinfahren? … Warum kommt die Information erst jetzt? … Wisst ihr, ob der heute überhaupt da ist? … Was soll ich dem denn sagen? … Hat er Frau und Kinder? … Verdammter Mist! Da willst du helfen … und dann so was … Okay, wir übernehmen den Einsatz. Aber nimm bitte zur Kenntnis, dass das nicht unsere Aufgabe ist und dass das eigentlich von denen gemacht werden müsste, die es verbockt haben … Mail mir bitte alle Informationen, die ihr habt, und mach mir einen Einsatz auf … Ciao."
Jasmin blickt neugierig zu mir rüber und Kai lehnt wieder in der Tür. Mein Mail-Postfach klingelt.
Ich ignoriere die beiden und drucke die Mail aus. Schnell überfliege ich die Daten des Einwohnermeldeamtes. Er ist Ende dreißig, verheiratet, hat zwei Kinder im Grundschulalter und verdammt viel Mist an den Füßen, von dem er bisher nichts weiß.
„Kai, die Leitstelle hat den Einsatz bereits im System angelegt. Da sollte etwas wie ‚Benachrichtigung' als Einsatzanlass stehen. Jasmin und ich fahren jetzt zu ‚Möbel Hausmann'."
Jasmin sitzt stocksteif auf ihrem Stuhl. „Was für eine Benachrichtigung? Todesbenachrichtigung?"
Ich stehe auf und ordne meine Gedanken. „So etwas in der Art. Komm, ich erzähl dir alles im Auto."
Kai sieht etwas enttäuscht aus. „Und was ist mit mir?"
„Du kannst im Einsatz lesen. Wir lassen dich und deine Stinkebude jetzt alleine."

Jasmin fährt, während ich ihr den Einsatzanlass erkläre.
„Das gibt es doch nicht!“
„So ein Pech. Dabei hat er alles richtig gemacht.“
„Weißt du schon, was wir sagen sollen?“
Ich schüttele den Kopf. „Keine Ahnung.“

„Guten Tag, mein Name ist Heider. Wir suchen Herrn Wagener. Der müsste bei Ihnen im Haus arbeiten.“
„Oh Gott, hat er etwas angestellt?“ Die Dame an der Info ist völlig von der Rolle. „Ja ja, er müsste da sein. Bettenabteilung … glaube ich. Wo hab ich denn den Dienstplan …? Der müsste irgendwo … ach hier … nee, das ist der von letzter Woche … Wo hab ich ihn nur? Was hat er denn verbrochen?“ Panisch reißt sie alle Schubladen auf.
„Lassen Sie sich Zeit. Er hat alles richtig gemacht, sich sogar vorbildlich, nein, heldenhaft verhalten.“
Sie blickt verwirrt zu uns hoch. „Und da kommen Sie? Ich meine natürlich … ach da, jetzt habe ich die richtige Liste. Wie ich gesagt habe – Bettenabteilung. Aber um zwölf macht er Mittag. Sie müssen sich beeilen!“
„Dann machen wir das!“ Ich blicke auf die Uhr und lächele die Dame freundlich an, obwohl mir ganz anders zumute ist. Dann folge ich Jasmin, die auf dem Wegweiser bereits die Bettenabteilung gefunden hat.

„Guten Tag, was kann ich für Sie tun?“, fragt uns der freundliche Mann mit Jeans, weißem Hemd und Designerbrille. Auf seinem Namenschild steht „Hr. Wagener“.
Ich reiche ihm die Hand. „Herr Wagener, können wir uns irgendwo hinsetzen, wo wir ungestört sind?“
Seine Miene verändert sich sofort. Angst kriecht in seine Augen. „Ist etwas mit meiner Familie?“
„Nein, nein“, beeile ich mich zu versichern, wobei ich mir fast sicher bin, dass meine Aussage statistisch nicht haltbar ist.

„Ich weiß nicht genau, wie ich anfangen soll …“, beginne ich zögernd das Gespräch.
Jasmin, die sich in dem kleinen Aufenthaltsraum ebenfalls mit an den Tisch gesetzt hat, springt für mich ein: „Haben Sie vor

etwa sechs Wochen bei einem Verkehrsunfall Erste Hilfe geleistet?"
Herr Wagener schaut uns irritiert an. „Ja, habe ich. Habe ich etwas falsch gemacht?"
„Nein, nein! Haben Sie dabei Handschuhe getragen?"
„Warum wollen Sie das wissen?"
„Haben Sie?" Jasmin bleibt hartnäckig.
„Keine Ahnung – nein, dafür war keine Zeit. Ich war als Erster am Unfallort und musste schnell handeln. Aber noch mal, warum wollen Sie das wissen? Ist der Mann gestorben?"
„Mussten Sie beatmen?", hakt Jasmin nach.
Herr Wagener sieht hilflos zu mir rüber.
„Herr Wagener, bitte beantworten Sie die Fragen der Kollegin. Das hat Einfluss auf das, was wir Ihnen gleich mitteilen werden. Und seien Sie nochmals versichert: Es wird Ihnen nichts vorgeworfen."
„Natürlich, ich musste beatmen. Er hatte keinen Puls mehr und nicht mehr geatmet."
„Haben Sie dazu eine Beatmungsmaske benutzt?"
„Herrje, woher hätte ich die denn nehmen sollen? Aber jetzt sollten Sie mir endlich sagen, worum es geht."
„Herr Wagener", beginne ich erneut, „wir haben vor etwa einer Stunde Kenntnis darüber erhalten, dass die Person, bei der Sie Erste Hilfe geleistet haben, an HIV erkrankt ist. Wenn ich Ihre Antworten von eben richtig deute, hatten Sie mit Ihren Schleimhäuten ungeschützten Kontakt mit dem Infizierten. Sie erkennen, was das für Sie bedeuten könnte?"
Er starrt uns ungläubig an. Man kann an seinen Augen sehen, wie sich die Rädchen in seinem Kopf drehen, während er die Information verarbeitet.
Ich lasse ihm ein paar Sekunden Zeit, bevor ich fortfahre: „Für Sie bedeutet das möglicherweise, dass Sie sich angesteckt haben könnten und nun selbst Träger des Virus sind."
„Aber ich habe doch nur helfen wollen!" Unverständnis und Zorn schwingen in seiner Stimme mit. „Wie konnte ich denn ahnen …?"
„Das konnte niemand ahnen. Es war eine fantastische Leistung von Ihnen, hat der Rettungsdienst berichtet. Ohne Sie wäre er mit an Sicherheit grenzender Wahrscheinlichkeit gestorben."
„Und das ist jetzt der Dank?" Mit hochrotem Kopf springt er

auf, reißt sich seine Krawatte vom Hals und öffnet den obersten Knopf seines Hemds. „Das ist jetzt der Dank? Was bin ich für ein Idiot!"
Jasmin tritt zu ihm und legt besänftigend ihre Hand auf seinen Arm. „Sie dürfen jetzt nicht in Panik verfallen. Wir können zusammen überlegen, was Ihre nächsten Schritte sein sollten."
„Was kümmert es Sie? Sie drehen sich gleich um und fahren wieder. Für Sie bleibt die Welt in Ordnung. Meine ist kaputt." Er schüttelt Jasmins Arm ab.
Ich gehe ebenfalls auf ihn zu. „Bleiben Sie bitte ruhig. Wir sind lediglich die Boten. Aber Sie sollten tatsächlich darüber nachdenken, sich schnellstmöglich testen zu lassen. Dann kann man weiter überlegen, was zu tun ist."
„Was soll da zu tun sein? Sechs Wochen! Wenn ich mich angesteckt habe, kann ich nichts mehr dagegen tun. Diese Pille aus der Werbung nutzt nur innerhalb der ersten vierundzwanzig Stunden. Sechs Wochen. Was für eine Scheiße!"
„Die moderne Medizin …" Weiter kommt Jasmin nicht.
„Was für eine moderne Medizin braucht sechs Wochen, um festzustellen, dass ein Patient HIV-infiziert ist. Können Sie mir das sagen? Wie konnte das passieren?"
Das ist die Frage, die sich Jasmin und ich uns seit einer Stunde stellen. Betretenes Schweigen macht sich breit.
Ich setze erneut an: „Warten Sie bitte das Ergebnis ab. Bestimmt ist es zu keiner Ansteckung gekommen."
„Das glauben Sie doch selbst nicht." Schwer lehnt er sich über den kleinen Tisch. „Ich lasse mich einfach nicht testen!"
Dem muss ich widersprechen. „Das ist keine vertretbare Lösung, Herr Wagener. Eine Infektion hätte weitreichende Folgen. Sie könnten Personen aus Ihrem Umfeld angesteckt haben. Denken Sie zum Beispiel an Ihre Frau und Ihre Kinder."
Jasmin ergänzt meine Aufzählung: „Freunde, Bekannte, oder sonstige Personen, mit denen Sie intensiveren Kontakt hatten."
Seine Augen zucken zu ihr. „Wie meinen Sie das?"
„Ich meine, dass man nichts außer Acht lassen darf. Keine Möglichkeit. Aber ich glaube, dass Sie in der Uni-Klinik Bonn in guten Händen sind. Dort wird man Sie testen und betreuen. Sie können sich sofort auf den Weg machen, sobald Ihr Chef Sie gehen lässt. Das Krankenhaus ist bereits informiert."
„Sollen wir vielleicht mit Ihrem Vorgesetzten sprechen?", biete ich an.

„Auf keinen Fall! Und jetzt möchte ich, dass Sie verschwinden. Ich werde alles Weitere regeln. Bitte gehen Sie jetzt!"
Jasmin und ich wechseln einen Blick, während Herr Wagener an uns vorbei zur Tür geht und uns diese ostentativ aufhält. Recht hat er ja. Wir fahren jetzt gesund nach Hause zu unseren Lieben. Aber weiterhelfen können wir ihm auch nicht. Ich reiche ihm zumindest meine Hand und meine Karte. „Wenn Sie weitere Fragen haben …"
Er lässt beides unbeachtet. Jasmin fasst ihm zum Abschied tröstend an den Ellenbogen, dann drehen wir uns um und verlassen das Möbelhaus unter den neugierigen Blicken seiner Kollegen. Hinter uns bleibt ein völlig verstörter Mann zurück, der „nur" helfen wollte.

Jasmin sitzt im Wagen, ohne den Motor zu starten. „Was für ein Schicksal! Der arme Kerl."
„Ich hoffe, dass er sich an unsere Ratschläge hält. Mein Gott – sechs Wochen. In der Zeit hat er bestimmt mit seiner Frau geschlafen, seinen Kindern das blutende Knie verbunden … nicht auszudenken."
Jasmin sieht vom Armaturenbrett zu mir. „Hast du gesehen, wie er reagiert hat, als ich eine eventuelle Geliebte angedeutet habe?"
Ich nicke. „Hab ich, aber auch da muss er jetzt ganz alleine durch."

***

Anja rümpft ihre Nase. „Irgendwie riechst du komisch."
„Na, danke schön. Wie würdest du riechen, wenn du stundenlang durch den Gestank von Kotze gelaufen wärst?"
„Wie immer – nach Rosen." Sie grinst mich an. „Du hättest die Klamotten wechseln können."
„Hab ich, was denkst du denn? Hat aber offensichtlich nicht viel genützt."
Anja zieht mich am Arm in Richtung Treppe. „Dann werden wir wohl duschen müssen."
„Wir?"
„Ja, wir!"

WOLFsLIEBE
(1998, 18 Jahre)

Wolf parkte am Ende der Straße. Er würde ein paar Schritte gehen müssen, um zur Party zu kommen.
Alle anderen Parkplätze waren bereits von den schäbigen Rostlauben besetzt, mit denen der Rest seiner Stufe herumfuhr.
Sanft strich er über den Kotflügel seines schwarzen Peugeot 205 GTi. Er hatte ihn, ebenso wie seinen Führerschein, erst vor ein paar Wochen erworben.
Sein Vater hatte natürlich nichts dazugegeben. „Wenn du ein Auto fahren möchtest, musst du es dir erarbeiten!“, hatte er gesagt. „Und glaube nicht, ein Auto unterhält man, indem man ihm Lieder vorsingt. Sprit, Steuer, Versicherung – das ist kein Pappenstiel.“

Gut, erarbeitet hatte er sich das Geld nicht wirklich, aber immerhin hatte er es sich verdient. Seine Auftragsdiebstähle lohnten sich nach wie vor.
Mit den Jahren hatte er seine Technik erheblich verbessert. Heute würde er sich nicht mehr von einem fetten, altersschwachen Ladendetektiv erwischen lassen – und wenn, würde der sein blaues Wunder erleben.
Derzeit machte man den großen Reibach mit Elektronik. Jeder wollte einen dieser teuren neumodischen DVD-Player haben. Und er wusste, wie man den Bedarf bedienen konnte. HiFi-Geräte fielen quasi jede Nacht zu Dutzenden vom Laster. Man musste nur die richtigen Leute kennen.
Den kleinen Flitzer hatte er gebraucht erstanden und ein bisschen aufgemotzt. Breitere Reifen, Tieferlegung, offener Luftfilter und ein Endrohr, das so groß war, dass ein Obdachloser bequem darin hätte nächtigen können.
Er schlug den Kragen seiner Lederjacke hoch und ging in Richtung des Hauses, aus dem Musik und fröhliche Stimmen erklangen. Ein letzter Blick auf seine Armbanduhr zeigte ihm, dass er wie geplant zu spät – also gerade zur rechten Zeit – kommen würde.

Die Tür stand offen. Schade, eigentlich hätte er gerne geklingelt, um seinen Auftritt etwas mehr in Szene setzen zu können, aber es würde auch so genügen.
Man hatte ihn zwar nicht eingeladen, aber er konnte sich beim besten Willen nicht vorstellen, dass einer der Gäste, geschweige denn der Gastgeber, den Mut aufbringen würde, sein Erscheinen zu kommentieren.
Mit einem strahlenden Lächeln durchschritt er den großen Flur, grüßte freundlich nach rechts und links und stellte mit Genugtuung fest, dass man ihn zwar ebenfalls freundlich grüßte, aber dennoch vor ihm zurückwich.
„Coole Jacke!“ Einer der Gäste schlug ihm zur Begrüßung auf die Schulter. „Haste die neu?“
Wolfgang drehte sich um. Den Kerl hatte er schon in Mathe-Leistung gesehen. „Danke … wie war noch gleich dein Name? Kennen wir uns von der Schule?“
Der Angesprochene schaute verwundert, dann nickte er. „Genau, wir sind im gleichen Kurs. Ich sitze schräg hinter dir.“
„Aha“, war alles, was er zur Antwort bekam. Dann war Wolfgang bereits weitergegangen.

Im großen Wohnzimmer blickte er sich um und taxierte die Gäste. Sein zweiter Blick fiel auf die Stereoanlage. Diesem Haushalt hätte er nichts andrehen können: Der stylische Bungalow verfügte bereits jetzt über das Neueste vom Neuen. Sogar die Standlautsprecher waren fast mannshoch.
„Wolfi? Entschuldige bitte … ich meine natürlich Wolfgang, bist du es?“ Die zarte Stimme gehörte einer ebenso zarten Person.
Wolfgang erinnerte sich nicht sofort, woher er sie kannte. Dann huschte über sein Gesicht ein freudiges Erkennen. „Silvi, das ist ja nett.“
Sie hatten sich lange nicht mehr gesehen. Nachdem seinerzeit Julia überstürzt die Schule verlassen hatte, schien Silvi ihn irgendwie dafür verantwortlich zu machen. So hatten sich ihre Wege in der Folge eher selten gekreuzt.
„Genau. Ich bin's, Silvia!“
„Mensch, Silvi, du siehst bezaubernd aus.“ Er nahm ihre Hand, hielt sie über ihren Kopf und drehte Silvi kurz in beide Richtungen. Dabei besah er sie von allen Seiten. „Was heißt bezaubernd, du bist wunderschön!“

Silvia errötete leicht. Dieses Kompliment von ihm, ganz offen und laut, inmitten ihrer Freunde! Es war ihr peinlich und dennoch freute es sie insgeheim. Wolfgang, der Schwarm ihrer Jugendtage, stand vor ihr, alle Blicke auf sich ziehend und bewunderte sie, das unscheinbare Mäuschen.
„Oh, vielen Dank. Du siehst aber auch klasse aus. Du trägst die Haare etwas anders, aber … ja, steht dir!"
„Magst du tanzen?" Ohne ihre Antwort abzuwarten oder auf die Blicke der anderen zu achten, warf er seine Jacke über einen Sessel und zog sie auf die provisorische Tanzfläche. Seine festen Arme hielten und wirbelten sie über das Parkett des Wohnzimmers.
Silvia hielt sich fest, genoss das Spiel seiner Muskeln unter seinem modischen Hemd und inhalierte seinen männlichen Duft.
„Jean Paul Gaultier?"
Er nickte. „Gefällt es dir?"
„Es riecht herrlich. Oder meinst du den Tanz?"
Ohne ihr eine Antwort zu geben, küsste er sie zart auf die Wange.
Silvia schwebte im siebten Himmel. Er führte sie von einem Tanz zum anderen, sie ließ es zu. Ließ auch zu, dass seine zarten Küsse von ihrer Wange zu ihrem Hals wanderten. Dieser tolle, attraktive Mann interessierte sich für sie, küsste und begehrte sie!
„Du musst schrecklich hungrig sein, und bestimmt hast du Durst." Abrupt zog er sie von der Tanzfläche und schob sie mit der Hand auf ihrer Pobacke in Richtung Garten, wo der Grill aufgebaut war.
„Ach, eigentlich nicht." Seine Finger glühten auf ihrer Jeans.
„Hier, ein ‚Cuba-Libre', der wird dich erfrischen." Er zog sie weiter zum Buffet. „Warte, ich stelle dir schnell etwas zusammen. Setz dich doch schon mal!"
Mit zwei Gläsern in der Hand suchte Silvia einen Platz an einer der Bierbänke. Einige der Gäste rutschten schon bereitwillig. Sie könnte mit Wolfgang am Ende einer Bank gegenübersitzen, in seine Augen sehen – und vielleicht würde er mit seiner Hand sanft die ihre berühren.
„Hier ist es mir zu voll!" Er fasste sie am Arm, balancierte die beiden Teller geschickt mit der anderen Hand und zeigte auf die

Hollywoodschaukel am Ende des Gartens. „Schau, die ist frei.“ Ohne auf sie oder ihre Meinung zu warten, ging er weiter. Silvia entschuldigte sich bei ihren Tischnachbarn und folgte ihm mit den Gläsern.
Das Kopfschütteln der anderen Gäste sah sie nicht mehr.

Seine Auswahl auf dem Teller hatte genau ihren Geschmack getroffen. Das war aber auch nicht so schwierig gewesen. Einfach auf sättigende Beilagen verzichten, wenig Fett und viel Salat. Bei Mädchen mit so einer tollen Figur konnte man sich den Speiseplan an zehn Fingern abzählen. Um ihnen das Gefühl zu geben, doch auch ein bisschen verwegen zu sein, brauchte es aber am Ende auf jeden Fall einen kleinen Nachtisch.
„Es ist wunderschön mit dir.“ Wolfgang war sich sicher, dass mit ihr heute noch etwas laufen würde. Sanft legte er seinen Arm um ihre Schulter. Sie zitterte ein wenig. „Ist dir kalt? Soll ich meine Jacke holen?“
„Nein, es geht. Lass uns bitte ein bisschen so sitzen. Wer hätte das gedacht …?“
„… dass wir so nett zusammensitzen und ich dich küssen will? Nein, das hätte ich vor ein paar Jahren sicher nicht für möglich gehalten.“ Seine Hand nahm ihre, während sein Mund sanft an ihrem Hals entlangstrich und er ihren Duft einatmete.
„Küssen? Mich? Meinst du das im Ernst?“
Statt einer Antwort tat er es. Erst zart, dann fordernder. Seine Zunge lockte und sie ließ sich kurz mitreißen.
„Nein, bitte, nicht hier. Nicht vor den anderen.“
„Sie sollen ruhig sehen, dass ich dich begehre.“ Sein Atem ging schwer, als er seine Hände über ihren Körper wandern ließ.
„Wolfgang, nein. Ich möchte das nicht.“ Sie schob seine Hand von ihrer Brust, obwohl seine Berührungen kleine Schauer auf ihrer Haut hinterließen.
„Okay, Fräulein ‚Rühr-mich-nicht-an‘, dann eben nicht!“ Er zog seine Hand zurück und rückte von ihr ab.
„Versteh mich bitte, wir haben uns eben erst wieder getroffen. Das geht mir alles zu schnell.“
Ich blöde Kuh, was rede ich da? Er interessiert sich für mich und ich zicke rum. Hoffentlich habe ich nicht alles vermasselt.
„Es ist kühl, komm, wir gehen rein.“ Übergangslos wechselte

er das Thema und zog sie aus der Schaukel, die träge weiter schwang. „Lass uns das Haus ansehen."
„Gute Idee!" Sie sah ihn an. Sauer schien er nicht zu sein. „Ich hätte nicht gedacht, dass Markus und du euch so nahesteht, dass er dich einlädt."
„Hat er nicht! Aber noch weniger hat er den Mumm, mir den Zutritt zu verwehren. Ich nehme mir meist, was ich will!" Frech grinsend schwang er sie erneut über die Fläche und dirigierte sie dabei in Richtung Flur. *Und heute Abend werde ich mir dich nehmen, das wäre doch gelacht.* Seine Hände strichen wie aus Versehen über ihre Beine unter dem Saum des Kleids, als er sie die Treppe hochschob. „Mal sehen, was es da oben zu entdecken gibt."
Hätte Silvi seinen Blick sehen können, der so gar nicht zu seiner sanften und freundlichen Stimme passte, hätte der Abend wahrscheinlich einen anderen Verlauf genommen. So aber kicherte sie nur verlegen.
Er öffnete die erste Tür. „Cooles Bad. Sauna, Whirlpool - nicht schlecht. Sollen wir ein Schaumbad nehmen?"
Sie schlug ihm leicht gegen die Schulter und lachte. „Du Spinner! Das geht doch nicht." Trotzdem machte sich in ihrem Bauch ein warmes Gefühl breit. Sie mit Wolfi in der Riesenwanne, Kerzen, schöne Musik … Das hatte seinen Reiz.
„Dann komm, wir schauen uns die anderen Zimmer an."
„Wir können doch nicht einfach in alle Zimmer gehen. Das will Markus bestimmt nicht."
„Dann hätte er abschließen sollen. Ich schaue mich ein wenig um." Seine Hand fasste die ihre fester und sie betraten das Schlafzimmer von Markus' Eltern.
„Wow, Seidenwäsche." Prüfend strich er über den glatten Stoff. Unter seiner Hand entstand eine kleine Welle. „Ein Wasserbett. Hast du schon mal in einem Wasserbett gelegen?"
„Nein." Neugierig näherte sich Silvia ebenfalls dem Bett. „Meinst du, man könnte sich mal kurz drauflegen?"
„Auf jeden Fall!" Mit einem sanften Schubser hatte er sie aufs Bett befördert, ging zurück zur Tür, schloss sie und drehte den Schlüssel um. „Komm, wir testen es zusammen." Mit einem eleganten Schwung kam er neben ihr auf der anderen Bettseite zum Liegen. Kurz wogte das Bett unter ihnen, dann lagen sie still.

Silvi spürte nur noch ihr Herz in der Brust schlagen. Sie drehte den Kopf und sah zu ihm.
Ihre Münder fanden sich und er küsste sie innig, während seine Hand auf Wanderschaft ging.
Silvi gingen tausend Gedanken durch den Kopf. Sie war noch nicht soweit, aber es schmeichelte ihr. Und er küsste so gut. Sie atmete ihn ein und genoss seine tastenden Hände.
Als seine Hand unter den Saum ihres Kleides rutschte, entfuhr ihr ein kurzer Seufzer.
„Siehst du, du willst es auch!"
„Was will ich auch?" *Was war das für ein Ton in seiner Stimme?*
„Mit mir schlafen. Ich will es auf jeden Fall – jetzt. Ich möchte mich mit dir in diesem Bett wiegen, sehen, wie deine weiche Haut von der Seide umschmeichelt wird." Er öffnete den dünnen Gürtel ihres Sommerkleides.
„Wir können doch nicht …"
„Natürlich können wir! Ich habe abgeschlossen. Ich will dich. Du bist so schön." Im nächsten Moment begannen seine Finger, die Knöpfe ihres Kleides zu öffnen.
„Nein!" Ihre Stimme hatte fest klingen sollen, aber ein weiterer Kuss verschloss ihren Mund. Sie bedeckte ihre kleinen Brüste mit den Händen, als er ihr das Kleid vom Körper zog. Wie sie sich schämte – nur mit einem Schlüpfer bekleidet vor diesem Mann, den sie im Grunde nicht kannte.
Wolfgang blickte sie voller Hingabe an und strich mit seinen Fingern an ihrem Körper entlang. Verfolgte jede ihrer Kurven, bis er an dem kleinen Schlüpfer verharrte und seine Finger sanft unter seinem Rand rieben.
Silvi presste ihre Beine zusammen. „Du, Wolfgang, ich mag dich wirklich, aber ich möchte das nicht. Lass uns küssen, wenn du magst, und ich finde es sehr schön, wie du meine Brüste streichelst, aber …"
„Das ist Quatsch!" Er strich zwischen ihren Beinen über den Schlüpfer. „Du bist heiß und total feucht." Seine Finger griffen unter den Stoff, glitten in ihre Hitze und nahmen etwas von der Feuchtigkeit mit, die er ihr jetzt unter die Nase hielt. „Riech ruhig an deiner Lust. Du kannst sie nicht verleugnen."
Sie drehte den Kopf weg. *Er hat recht, ich bin feucht, und ja, ich hab auch irgendwie Lust. Wahrscheinlich stelle ich mich einfach nur an.*

Er schob ihren Slip zur Seite, spielte mit ihrer Feuchtigkeit und führte ihre Hand an sein Geschlecht.
Sie berührte ihn, nicht ohne Verlangen. Sie spürte seine Größe, seine Lust auf sie.
Er begehrt mich! Ich scheine ihm tatsächlich zu gefallen.
Ihr Blick heftete sich an seine Jeans, von der er langsam den Gürtel löste und die Knopfreihe öffnete. Sie sah seine Unterhose, die seine Erektion kaum beherrschen konnte, sah seine dunklen Augen auf sich ruhen und spürte seine Hände, die ihre Brüste liebkosten und über ihre Lust strichen.
Er zog sich aus und glitt dann auf sie. Ganz sacht.
Ihre Haut glühte, dennoch presste sie ihre Schenkel zusammen.
„Komm, Baby, entspann dich. Ich liebe dich und möchte mit dir zusammen sein. Ganz!" *Jetzt stell dich nicht so an. Ich kriege dich sowieso. Du machst es nur unnötig spannend.*
Er hoffte, dass sich seine Gedanken nicht in seinen Augen widerspiegelten, während er mit der Hand durch ihr Haar strich, sie küsste. *Und jetzt …*
Mit seinen Knien und dem Becken presste er ihre Schenkel auseinander und drang in sie ein.
„Nein, nein, nein!" Sie weinte, wehrte sich aber nicht mehr. Sie nahm es hin.
„Oh!", entfuhr es ihm kehlig, als er den kleinen Widerstand spürte. Ein kurzer Stoß, und er hatte freie Bahn.
Silvi hörte auf die ferne Musik von unten, konzentrierte sich auf das Ticken der Uhr, zählte jede Sekunde mit.
Schwer auf ihr liegend drang er wieder und wieder in sie ein, bis er sich unter lautem Stöhnen in ihr ergoss.
Falsch! Es ist ganz falsch! Ihre Lippen waren zu fest aufeinander gepresst, um aus ihren Gedanken Worte zu formen.
Er stieß ein letztes Mal in sie hinein. Sein Mund suchte den ihren. Als sie seinen Kuss nicht erwiderte, sah er ihr in die Augen, in denen Tränen schwammen.
Er rollte sich von ihr. „Was ist? Warum stellst du dich so an? Irgendwann musstest du entjungfert werden. Dann doch am besten von mir."
Auf dem Bett lagen ihre Kleidungsstücke verstreut. Silvi hatte sich von ihm weggedreht und weinte in eins der Seidenkissen.
Wolfs Züge verhärteten sich. „Jetzt heul nicht rum! Sieh lieber

zu, dass du keine Spermaflecken auf die Bettwäsche machst. Du läufst aus. Und Blut ist wahrscheinlich auch dabei."

Er sprang vom Bett, ordnete sein Hemd und knöpfte seine Hose wieder zu.

„Ich hatte mir mein erstes Mal anders vorgestellt!" Ihr Schluchzen drang aus einem der Kissen, ihr Körper schüttelte sich unter Tränen.

Wolf stand bereits an der Tür. „Woher sollte ich wissen, dass du vorher noch nie gevögelt hast? Hättest ein Wort sagen können!"

„Ich habe ‚Nein' gesagt. Was hast du daran nicht verstanden?"

Ihre Worte drangen gerade noch so durch die weit offenstehende Tür an seine Ohren, als er bereits die ersten Stufen der Treppe nahm.

Kapitel 04
„Schlechte Luft“ (Frühdienst)

„Ha! Geht doch!“ Bei Selbstgesprächen widerspricht einem wenigstens keiner. Sauber läuft mein Hosenbein am Kettenschutz vorbei.
Um diese frühe Uhrzeit ist es fast noch ein bisschen frisch. Aber der Himmel ist klar und wolkenlos. Heute wird es sicher heiß. Auf der Wache ist es dann unerträglich. Gut, dass zumindest die Einsatzwagen mittlerweile über Klimaanlagen verfügen. Der Flurfunk verbreitet seit Neuestem, dass auch für die Wachen zeitnah Klimaanlagen vorgesehen sind. Natürlich nicht, um unsere physische und psychische Leistungsfähigkeit zu erhalten – nein, lediglich, um die Rechner vor Überhitzung zu schützen.

„Wie schön, es stinkt nicht mehr!“ Auf dem Weg zur Umkleide muss ich am Zellentrakt vorbei. Frische, von Putzmittel geschwängerte Luft umweht meine Nase.
Kai ist wie immer der Erste auf der Wache und kommt mir bereits umgezogen entgegen. „Riecht irgendwie nach Limette.“
„Stimmt genau. Erinnert mich an ‚Jameson, Ginger and Lime‘. Der riecht genauso.“
„Soll in Irland im Moment voll der Renner sein“, weiß Kai.
„Da haben wir ihn kennengelernt. Total erfrischend an einem heißen Tag wie heute. Solltest du probieren.“
Kai grinst im Vorbeigehen. „Das mache ich gleich heute Abend.“
„Du hast doch Nachtdienst, so wie wir, oder?“
Man kann die Süffisanz in seiner Stimme hören. „Nee, Chef, da unterliegst du einer Fehlinformation. Ich habe heute Abend frei!“
Ich drehe mich zu ihm. „Würdest du darauf wetten?“
„Na klar. Fünfzig Euro, dass du mir mein Frei streichst. Kannst gerne dagegen wetten.“
Jetzt muss ich überlegen. *Ist das ein Trick? Wenn ich ihm sein Dienstfrei streiche, bekomme ich dann Geld? Oder er? Kann ich überhaupt gewinnen? Also noch mal – ich streiche ihm sein Frei nicht, dann bekomme ich, nein er? … egal!*
„Hast gewonnen!“, rufe ich ihm nach. „Hast es dir verdient“,

sage ich später leise, als ich vor meinem Spind in der Umkleide stehe.
Ich habe zwei Spinde, da ich ebenfalls Kradfahrer bin. Die Motorradfahrer bei der Polizei haben über die Jahre meist mehre Motorradkombis in ihrem Spind gesammelt. Ich zum Beispiel bin im Besitz eines alten grünen Lederanzugs, der jeder Fetisch-Party gerecht würde – knalleng und an allen wichtigen Stellen mit Reißverschlüssen versehen. Dazu die Atemschutzmaske, die jeder von uns im Spind hat, und ich könnte auf dem CSD in Köln eine Kutsche mit Herrin ziehen.
Dazu kommen bei mir ein Sommer- und ein Winteranzug. Beide sind ganz neu. Wirklich gut ist der Ganzjahresanzug mit herausnehmbarem Futter. Auch an der Polizei geht der Fortschritt nicht vorbei, er kommt manchmal einfach nur später.
Meine Diensthose berührt beim Anziehen den Boden. Kein Problem, die Kleiderbürste zum Abbürsten des Staubes habe ich ganz vorne auf dem Regalboden liegen. Gleich daneben die Schuhbürste, mit der ich noch schnell etwas Glanz auf meine Schuhe zaubere. Den Krawattenknoten zurechtrücken, die Nadel gerade anklipsen – fertig.
Auf dem Weg aus der Umkleide komme ich an den Duschen vorbei, in denen bereits einer der Kollegen vom Nachtdienst ein Liedchen trällert.

Bevor ich wieder nach vorne zu meinem Büro gehe, bleibe ich kurz am Putzmittelraum stehen. Mir ist unbegreiflich, wie die Putzmaus mit so wenig Equipment aus dieser exkrementalen Duft-Kakofonie einen so guten Geruch zaubern konnte. Ich werde ihr die Tage mein Lob aussprechen müssen.
Durch den gebohnerten Flur geht es am Aufenthaltsraum und drei Schreibräumen vorbei in Richtung Wachraum.
Ich werfe im Vorbeigehen einen kurzen Blick in alle Zimmer. Auf der Liege im Blutraum, die der Polizeiarzt für Blutproben bei Trunkenheitsfahrern, Erste-Hilfe-Maßnahmen oder für seine Haftfähigkeitsuntersuchungen nutzt, liegt ein übriggebliebener Kollege vom Nachtdienst und schnarcht vor sich hin.
Leise schließe ich die Tür des Raums und gehe in mein Büro, um den Dienst zu übernehmen.
„Na, habt ihr hinten einen ‚Schläfer' festgenommen?", frage ich den Dienstgruppenleiter des Nachtdienstes scherzhaft.

„Nein, der Kollege muss bis heute Mittag dienstlich auf einem Seminar in Niedersachsen sein. Er schläft ein Stündchen, dann ist er weg. Ich habe ihm den Zivilwagen reserviert. Oder brauchst du den?“
„Bis jetzt zumindest nicht. Das geht schon irgendwie klar. Muss ich mich kümmern?“
Er schüttelt grinsend den Kopf. „Kai weiß Bescheid. Spätestens um neun Uhr bekommt er einen Eimer Wasser über den Kopf.“
„Prima. Dabei dachte ich, wir hätten die Ice-Bucket-Challenge endlich hinter uns. War sonst noch was?“
„Heute Nacht hatten wir zwei Blutproben. Die Führerscheine und die Anzeigen liegen bei Kai. Ein paar wetterbedingte Ruhestörungen; eine Musikanlage haben wir einkassiert. Der Besitzer wollte laute Musik hören, auf uns aber leider nicht. Die Krachkiste steht draußen im Flur und wird irgendwann abgeholt. Was war noch? Hmm, ach ja … hätte ich beinahe vergessen: das Highlight der heutigen Nacht.“
Er schiebt mir einen Stuhl hin. Das kann länger dauern.
„Kaffee dazu?“
„Gerne.“
Er verschwindet kurz, um mit zwei dampfenden Tassen zurückzukommen. „Weißt du, wie der Supermarkt hinten am Hochhaus seine Ware bekommt?“
„Nee, keine Ahnung. Mit dem LKW?“, rate ich.
„LKW stimmt, aber weißt du auch, wann und wie?“
Ich schüttele den Kopf.
„Morgens zwischen drei und vier Uhr. Die stellen immer abends ein, zwei große Drahtgeflecht-Rollwägen hinten in den Hof. Der Hof ist für den Fahrer mit seinem Laster frei zugänglich und für die Vorhängeschlösser an den Rollwägen hat er einen Schlüssel. Der Fahrer lädt seine Waren vom LKW in die Rollwägen um, Gitter wieder zu und Schloss drauf.“
Ich kann mir denken, was er mir gleich erzählen wird und komme ihm zuvor. „Und heute Nacht hat einer das Vorhängeschloss geknackt und sich für den nächsten Monat mit Nahrungsmitteln versorgt?“
Er nickt. „Genau, aber die Sachen werden bei ihm im Kühlschrank vergammeln.“
„Warum?“

„Ein Anwohner, der nicht schlafen konnte, hat hinter dem Supermarkt Geräusche gehört und am Fenster nachgesehen. Unser Dieb hantierte dort mit seiner Kopflampe an den Körben und hat sich seine Taschen vollgeladen. Unser Zeuge war nicht müßig, hat sich sofort sein Telefon geschnappt und bei mir angerufen. Einer meiner Wagen war nicht so weit weg und hat sich sofort auf den Weg gemacht."
„Schön, auf frischer Tat ertappt." Ich will aufstehen.
„Nicht ganz. Zu unserem Ärger hat sich der Melder einen hübschen Lapsus geleistet. Nach dem Anruf bei uns ist er ans Fenster gegangen, hat es aufgerissen und dem Dieb zugeschrien, dass er die Polizei alarmiert hat."
Ich fasse mir an die Stirn. „Das darf doch nicht wahr sein! Manchmal frage ich mich …"
„Alles nicht so wild. Der Täter ist natürlich sofort abgehauen, und als meine Leute eintrafen, war er weg. Aber: Er hat in seiner Eile eine seiner Taschen dagelassen!"
„Und da war sein Ausweis drin?"
„Nö, aber es war so eine Reisetasche mit Kofferschildchen, auf denen deine Adresse steht."
Ich muss lachen. „Was für ein Dummbatz!"
„Yepp. Der Rest war nicht mehr schwer. Bei ihm daheim haben die Jungs die zweite Tasche, einen Seitenschneider und das Diebesgut gefunden. Er ist jetzt beim Kriminaldauerdienst und wird vernommen. Ich denke, dass die gleich seine Wohnung weiter durchsuchen werden, aber damit werdet ihr sicher nichts zu tun haben."
„Prima, dann geh jetzt schlafen", verabschiede ich ihn. „Du siehst müde aus."
„Schön wär's. Mir fällt es tagsüber immer schwer, zu schlafen. Das Schlafzimmer habe ich zu einer absoluten Dunkelkammer gemacht. Kein Licht, kein Ton, aber es klappt einfach nicht. Manchmal gegen Mittag ein Stündchen. Den Rest der Zeit wälze ich mich im Bett hin und her. Meist lege ich mich schon gar nicht mehr hin."
„Aber erledigen kannst du auch nichts, weil du so fertig bist", stimme ich ihm zu. Ich kenne das ebenfalls zur Genüge. „Probier's doch mal mit Sport. Das funktioniert bei mir oft."
Er schaut mich fragend an.

„Geh laufen, mach Liegestütz … was du magst! Danach kurz abduschen, und während sich dein Kreislauf beruhigt, dämmerst du weg."
Ich kann seine Skepsis sehen.
„Aber dann bin ich doch erst richtig wach."
„Probier es aus. Schlimmer kann's doch nicht werden."
„Mal sehen." An der Tür hebt er kurz die Hand zum Abschied.

Lukas steckt seinen Kopf ins Büro. „Der Wagen ist ausgerüstet. Wo hast du deine Sachen? Ich packe die schon mal rein."
„Danke! Das mache ich gleich selbst. Schmeiß mir derweil den Schlüssel rüber."
Er legt ihn mir auf den Tisch. „Sag Bescheid, wenn du soweit bist. Die anderen sind bereits alle unterwegs. Wir haben bis jetzt zwei Einbrüche von heute Nacht gemeldet bekommen."
„Bin gleich da." Nach einem Blick über meine Mails, ein paar Faxe und den Stapel Papier auf meinem Schreibtisch verliere ich die Lust, packe meine Einsatztasche und rufe nach Lukas.

Ich habe es mir auf dem Beifahrersitz bequem gemacht. Mein rechtes Bein lehnt am Türkasten für die Maschinenpistole, das linke schrammt bei jeder Kurve an der Polizeikelle vorbei.
Mein Klemmbrett für die Notizen verwahre ich zusammen mit dem Kuli zwischen Sitz und Mittelkonsole. Viele Kollegen schieben es gerne unter die Sonnenblende, was dazu führt, dass der gesamte rechte vordere Dachhimmel mit blauen Kuli-Strichen verziert ist. Ein untrügliches Zeichen dafür, dass das Auto, das man da gerade als Leasingrückläufer kaufen möchte, vorher in den Diensten der Polizei stand. Ganz sicher darf man sein, wenn man die Löcher im Dach für das Blaulicht findet.
„Ich habe noch nicht in den Plan gesehen. Fährt Nicole heute mit Karl?"
Lukas nickt.
„Und?", frage ich nach.
„Sie wird ihm schon zeigen, wie Polizei funktioniert."
Ich muss lachen. „Stimmt! Das wird sie. Wie macht sie sich die letzten Tage? Was ich gesehen habe, hat mir gefallen."
„Alles gut. Ich fahre gerne mit ihr zusammen. Mit mehr Erfahrung wird sie sicherlich noch ruhiger. Sie macht das toll!"

Ich schnappe mir mein Telefon und rufe Kai an. „Sag mir bitte, wo Karl und Olize gerade sind und was sie machen."
Ich gebe die Information an Lukas weiter und wir fahren in ihre Richtung.

„Hi, können wir euch behilflich sein?"
Wir finden Olize und das Mufflon bei einem Einbruch. Während Nicole Informationen des Geschädigten in eine Checkliste einträgt, die sie selber erarbeitet hat, steht Karl draußen und raucht. Ich kann meine Augenbrauen nicht unter Kontrolle halten, was Karl offenbar nicht verborgen bleibt. „Hey, Chef, die macht das gut. Die braucht mich nicht!"
„Bestimmt würde sie sich aber deine Unterstützung wünschen und wenn auch nur, um ihr die fehlende Sicherheit zu geben", wirft Lukas ein.
„Jetzt mach mal halblang. Du siehst doch, dass es klappt", wehrt sich Karl, während er sich eine neue Zigarette anzündet.
Mir schwellen die Adern am Hals. „Da du gut gemeinten Vorschlägen gegenüber nicht sehr aufgeschlossen scheinst, muss ich deutlicher werden: Ich möchte, dass du bei Nicole bleibst und ihr mit Rat und Tat zur Seite stehst!"
Karl verdreht die Augen.
Ein paar Sekunden gebe ich ihm noch.
Nach einem langen Zug lässt er die Kippe fallen und tritt sie aus.
„Ja, sofort!"
Mir fallen die anderen fünf Zigarettenstummel auf, die neben seinem Fuß liegen. „Was ist damit? Sollen die da liegen bleiben? Ich könnte mir vorstellen, dass du die entsorgst."
„Ja, sofort!" Sein Gesicht kann ich nicht sehen, weil er sich gerade bückt. Sein Tonfall spricht jedoch Bände.

Als wir wieder bei Nicole sind, verabschiedet die sich gerade vom Geschädigten. „Hier ist meine Karte, falls Sie weitere Fragen haben. Bitte fassen Sie nichts an. In ein paar Minuten kommt die Spurensicherung. Ich wünsche Ihnen trotz allem einen schönen Tag."
Der Geschädigte nickt und strahlt übers ganze Gesicht, als habe es nie einen Einbruch gegeben. „Vielen Dank für Ihre Hilfe. Sie waren so nett und haben uns so viel erklärt. Ich werde bestimmt nichts anfassen!" Er reicht uns zum Abschied die Hand.

„Den hast du aber schön um den Finger gewickelt", sage ich draußen.
Nicole läuft rot an. „Hoffentlich habe ich nichts vergessen."
Ich werfe Karl einen Blick zu; ihr die Unsicherheit zu nehmen, wäre *seine* Aufgabe gewesen.
Stattdessen erwidert Lukas: „Wenn du die Checkliste komplett ausgefüllt hast, kannst du eigentlich nichts verkehrt gemacht haben. Ich helfe dir nachher beim Fertigen der Anzeige."
„Ich denke, das sollte Karl machen", mische ich mich ein und verursache damit ungewollt Falten auf Jasmins Stirn.

Lukas schlägt die Fahrertüre zu. „So ein Arsch!" Er sieht mich wütend an. „Mach was!"
Langsam kurbele ich meine Seitenscheibe nach unten, um etwas Luft ins Fahrzeug zu bekommen und erwidere, mehr nach draußen als zu Lukas: „Ich lasse mir was einfallen."
Als Lukas den Zündschlüssel dreht, habe ich kurz Angst, er könnte ihn abbrechen.

***

„Hier spricht Kai. An alle Einsatzwagen meiner Wache: Wir haben in den ‚Lackwerken' einen Gas-Alarm. Bisher ist die Rede von Chlorgas. Ich habe bereits für euch nachgeschlagen: Chlorgas ist in Verbindung mit Sauerstoff giftig und leicht entzündlich. Unsere Atemschutzmasken schützen *nicht* vor Chlorgas. Die Feuerwehr und die Rettungsdienste sind alarmiert. Die Werksfeuerwehr ist bereits im Einsatz. Frank, bist du frei? Kannst du den Einsatz leiten?"
„Klar. Ich übernehme!", rufe ich in das Funkgerät gegen das anlaufende Geplärre des Einsatzhorns. „Wer ist mit dabei? Bitte Statusmeldungen!"
Der Reihe nach melden sich zwei zusätzliche Fahrzeuge einer benachbarten Wache und alle Teams meiner Dienstgruppe in den Einsatz.
„Drückt euch bitte mit euren Statusgebern in den Einsatz. Ich war nie gut in Chemie, meine mich aber zu erinnern, dass Chlor schwerer ist als Luft und grünlich-gelb aussieht. Bitte Vorsicht! Ihr habt Kais Hinweise gehört. Vor Ort nehme ich,

bevor wir alle reinstürmen, erst Kontakt mit der Feuerwehr auf. Bitte sammelt euch am Haupttor und wartet auf weitere Anweisungen. Im Nahbereich des Objektes bitte ich euch, dass ihr euch mit dem Funk zurückhaltet und die Fahrzeuge nicht mehr startet, bis wir Genaueres wissen. Es wäre unschön, wenn wir mit einem Zündfunken das Chlorgas in Brand setzen würden."
„Stimmt, das wäre sehr peinlich!", kommt die heitere Erwiderung aus dem Funk.

Lukas biegt mit quietschenden Reifen auf die Einfahrt der Fabrik ein, als uns die ersten Feuerwehrleute winkend entgegenlaufen. Er bremst ab und hält vor demjenigen, der als Einsatzleiter zu erkennen ist. Dieser trägt seine volle Schutzmontur, hat aber den Atemschutz weggeklappt.
„Ihr könnt uns im Objekt nicht helfen", spricht er uns an. „Bleibt am besten zurück. Die Werksfeuerwehr ist mit Atemschutz drin. Es sieht so aus, als hätten sie die Lage im Griff."
„Evakuierung?", frage ich nach.
„Ist bereits erledigt. Die Mitarbeiter sind alle an der Sammelstelle hinter dem Gelände. Die haben auf dem Firmengelände eine zentrale Gefahrenwarnanlage, sodass bei unserem Eintreffen die meisten schon draußen waren."
„Was genau ist überhaupt ausgetreten? Wir wissen von Chlorgas."
„Stimmt, aber nur kleinere Mengen. Wir haben wenig Wind. Das bekommen wir schnell in den Griff."
„Sollen wir beim Absperren helfen?"
Er winkt ab. „Braucht ihr nicht. Es gibt lediglich zwei Zugänge. Der eine ist zu und an dem anderen stehen wir."
„Was können wir tun?"
„Im Grunde nichts. Wir haben bereits alle nötigen offiziellen Stellen informiert. Eine Warnmeldung zum Schließen der Fenster ist bereits prophylaktisch über den Äther gegangen. Haltet euch noch bereit, falls es zu Komplikationen kommt, aber sonst … Nein, ich wüsste nichts."
Lukas und ich danken ihm und gehen zu den bereits eingetroffenen Einsatzkräften. Bei Gaslagen sind Funk, Taschenlampen und alles andere, was einen Funken verursachen könnte, zu vermeiden. Wahrscheinlich würde es bei der geringen Konzentration nicht gefährlich werden, aber was weiß ich schon davon?

Alle stehen in einer kleinen Polizeiwolke im Kreis und diskutieren ihre Chemiekenntnisse. Etwas abseits sehe ich Karl mit dem Rücken zu uns. Ich schaue einmal, dann ein zweites Mal. Ich traue meinen Augen nicht! Qualm steigt neben seinem Kopf auf.

„Karl!“, brülle ich über den Platz. Alle Augen blicken erst in meine, dann in seine Richtung. Mehr als einer der Kollegen schüttelt verständnislos den Kopf.

„Was ist denn jetzt schon wieder?“, ruft er genervt zurück.

Mir fehlen die Worte. Wir fahren zu einem Gasalarm und dieser Typ steckt sich ganz entspannt eine Zigarette an!

Karl sieht zu uns, dann auf seine Zigarette und wieder zu uns. „Was wollt ihr? Ich bin doch weit genug weg.“

Als ich weiter auf ihn zukomme, wirft er die Zigarette auf den Boden und tritt sie aus.

Langsam und bemüht beherrscht erkläre ich ihm: „Karl, es ist einer der grundlegendsten Hinweise zur Gefahrenabwehr, dass man bei einem Gasalarm keine offene Flamme entzündet. Was genau hast du daran nicht verstanden? Willst du uns in die Luft jagen?“

„Jetzt mach mal halblang!“, verteidigt er sich. „Hier draußen ist alles ruhig und es besteht keine Gefahr.“

„Woher willst du das wissen? Mit welchen Informationen, die uns offensichtlich entgangen sein müssen, hast du das beurteilt? Oder ist dir einfach alles scheißegal?“ Ich rede mich in Rage. „Wahrscheinlich rauchst du sogar beim Tanken?!“

„Na klar, warum nicht?“

Ich kapituliere und drehe mich kopfschüttelnd um. „Du machst mich fertig!“

Eigentlich würde ich gerne ihn statt meines Kopfes schütteln, ihm sein Aschehäufchen vom Bauch schlagen, einfach irgendetwas kaputt machen. Am Ende gehe ich aber doch nur zu meiner kleinen Polizeiwolke, die wenige Meter abseits steht und zu der sich mittlerweile auch Lukas gesellt hat.

„Vielen Dank an alle! Wir sind fertig. Die Feuerwehr hat die Lage gut im Griff. Lukas und ich bleiben weiter in der Nähe, falls irgendetwas zu erledigen ist. Die anderen sind entlassen.“

„Wird auch Zeit“, antwortet einer der Fremdkräfte. „Meine Currywurst dürfte inzwischen auf der Wache kalt geworden sein.“

„Ein Hoch auf die Mikrowelle“, witzelt Pit.
„Hmm, Pommes in der Mikrowelle aufgewärmt – ein Genuss.“

Lukas und ich bleiben, bis auch die Feuerwehr abrücken kann. Die Undichtigkeit konnte von der Werksfeuerwehr beseitigt werden. Wir melden der Leitstelle das Einsatzende und fahren rein, um unseren Bericht zu schreiben. Lukas übernimmt den Schreibkram und ich gehe zu Kai. „Ist noch was zu erledigen oder sind wir auf Stand?“
„Alles paletti. Aber Karl kam gerade vorbei und hat gefragt, ob er heute Abend dienstfrei haben kann.“
„Und, *könnte* er?“, frage ich nach.
„Klar *könnte* er. Die Frage, die sich mir stellt, ist, *sollte* er? Ich habe eben von den anderen so einiges gehört, was dagegen spricht.“
Mein Finger streicht über den Dienstplan. Für einen Nachtdienst wären wir eigentlich genug. Außer Kai hat niemand freigenommen.
„Was hast du ihm gesagt?“
„Er soll dich fragen.“
„Na, danke“, grinse ich freudlos. „Wollen mal sehen, ob er sich überhaupt traut.“
„Möchtest du wieder wetten?“
„Nein, möchte ich nicht. Hat schon mal jemand gegen dich gewonnen?“
„Die einen sagen so, die anderen so. Ich kann mich zumindest nicht erinnern.“

Zum Dienstende trudeln langsam alle Wagen wieder ein und die Fahrzeuge werden an den Spätdienst übergeben.
Jasmin und Aramis haben noch einen Unfallbericht zu schreiben und eine Skizze dazu zu fertigen. Die anderen sind heute soweit auf Stand, dass sonst keiner länger bleiben muss.
Zum Dienstschluss gibt es eine kleine Runde alkoholfreies Kölsch, in der heftig über Karl und sein Verhalten diskutiert wird. Karl sitzt daneben, sagt selbst aber kein Wort – ganz so, als wäre er überhaupt nicht anwesend.
Zur Verabschiedung freut sich Kai erneut sehr theatralisch über seinen heutigen freien Abend.

„Na, müsst ihr gleich wieder ran? Wie lange könnt ihr schlafen? Sechs Stunden? Bin ich froh, dass ich auf ein Seminar gehe. Rumsitzen, Kaffee trinken, zuhören, abends Party!“ Er zwinkert mir verschwörerisch zu und winkt zum Abschied übermütig.
„Aber schön aufpassen. Wenn du zurück bist, machen wir einen Zetteltest.“ Den Spruch kann ich mir einfach nicht verkneifen.
„Du, Frank!“ Karl fängt mich an der Tür ab. „Ich würde heute Abend auch gerne freimachen. Das geht doch klar?“
Ich sehe ihn an. „Leider geht das heute nicht. Kai ist nicht da und ich brauche jede erfahrene Kraft. Das verstehst du sicher?“
„Nein, das verstehe ich nicht!“ Er lässt mich stehen und geht, ohne sich umzuziehen, zur Wache raus.
Aramis klopft mir aufmunternd auf die Schulter. „So muss es sein, Frank. Sonst lernt er es nie.“
Ich bin mir da nicht so sicher. Aber egal, heute kommt er zum Dienst.
Wenn er nicht käme, wäre ich aber auch ganz froh.

WOLFsMASKE
(2002, 22 Jahre)

„Du brezelst dich aber ganz schön auf. Wo soll es denn heute Abend hingehen?“ Seine Hände lagen scheinbar ruhig auf ihrem Nacken, sein Griff aber war durchaus fest.
Silvia wandte den Kopf, schaffte es aber nicht, sich seinen starken Händen zu entziehen. „Du weißt doch, dass wir heute Abend ausgehen wollen. Und jetzt lass mich los, du tust mir weh!“
Er ließ von ihr ab. „So, weiß ich das? Du hast nicht zufällig vergessen, mir davon zu erzählen?“ Seine Augen fixierten sie über ihre Schulter im Spiegel. „Ich kann mich an nichts erinnern.“
„Die Abschlussklasse von der Bank. Das habe ich dir doch letztens erzählt. Wir gehen in diese schicke neue Bar in der Stadt. Das Lernen ist vorbei, jetzt wollen wir unseren Abschluss feiern. Mach mir bitte das Kleid hinten zu.“
„Ich glaube nicht, dass ich möchte, dass du dich so mit deinen Kommilitonen triffst!“ Er griff ihr von hinten in das noch offene Kleid. Seine Hände suchten ihre Brüste, sein Atem streifte ihr Ohr.
„Ich bin verabredet und werde da hingehen. Und zwar genau so!“ Silvi hielt seine Hände kurz auf ihren Brüsten fest, gab ihnen einen Klaps und schob sie wieder aus dem Kleid.
„Komm schon. Uns bleibt doch bestimmt noch ein bisschen Zeit.“ Lüstern zupfte er mit den Zähnen an ihren Ohrläppchen.
„Musst du heute Abend nicht auch weg? Bist du nicht mit Eberhard verabredet?“
Er ließ sie los. „Verdammt, stimmt! Das hätte ich beinahe vergessen. Sonst gibt es nächsten Monat keine schönen Geschenke für dich.“ Er zog ihr den Reißverschluss hoch und gab ihr einen leichten Schlag auf den Po. „Und lass die Jungs in Ruhe! Du weißt, dass ich darauf sehr allergisch reagiere.“
Oh ja, das wusste sie.

Im Zuge der Abtreibung waren sie sich damals doch unerwartet näher- und schließlich sogar zusammengekommen. Es hatte ihr imponiert, wie er gegen ihre Eltern zu ihr gestanden hatte. Je-

dem hatte er die Stirn geboten. Das hatte sie selbst nie gekonnt. Zu dominant hatte sie ihre Eltern empfunden. War sie doch nur eine Frau – und eine schwache dazu …
Das Kind musste sie trotzdem wegmachen lassen. Dafür hatten ihre und auch seine Eltern gesorgt. „Du bist viel zu jung! Denk an die Verantwortung, an deine Zukunft. Du machst dir alles kaputt."
Ihre Eltern hatten außerdem zu bedenken gegeben, dass Wolfgang nicht der richtige Partner für eine so frühe Schwangerschaft sei. „Verantwortungslos" nannten sie ihn – und oft noch ungleich Schlimmeres.
Aber seine Kraft und seine Willensstärke zogen sie an und der Widerstand ihrer Eltern ließ sie nur noch trotziger an ihm festhalten.
Es machte ihr nichts aus, Sex zu haben, wenn *er* es verlangte. Mehr noch: Es machte sie an, wie sehr er sie begehrte. Manchmal gefiel es ihr sogar, wenn er sie etwas grober anfasste.
Er konnte aber auch herrlich zärtlich sein. Wenn er sie mit Sex belohnte, fühlte sich das einfach gut an.
Hing aber der Haussegen schief, blieb für sie nicht viel Lust übrig. Dann bediente er sich nur bei ihr.

„Nicht dass ich dir heute Nacht den Hintern versohlen muss!" Er grinste anzüglich. „Es ist auch noch Kerzenwachs da."
„Nein! Und mach dir keine Sorgen. Wir gehen wirklich nur aus."
Wolf stand wieder im Flur und griff nach den Schlüsseln. „So, ich muss jetzt. Soll ich dich hinbringen?"
Sie wischte mit dem Rougepinsel verneinend durch die Luft. „Das brauchst du nicht. Ich werde abgeholt."
Er sah sie prüfend an. „Abgeholt? Von wem denn?"
„Ach, ich denke, den kennst du nicht!"
„Dann sollte ich ihn vielleicht kennenlernen. Wo seid ihr nachher? Ich hole dich ab!"
„Nein, nein! Das ist nicht nötig. Mach dir keine Umstände."
„Es macht mir keine Umstände, meine ‚liebe Frau' abzuholen." Seine Hand umschloss den Schlüsselbund, während sein Mittelfinger durch den Schlüsselring griff. Mit eisernem Griff packte er ihre Schultern und drehte sie zu sich. Der Schlüsselbund schmerzte an ihrer Schulter.

„Du willst mir sicherlich nicht verbieten, dich abzuholen – oder?“ Sein Gesicht war direkt vor ihrem.
Sie sah die Schatten in seinen Augen. „Nein, nein! Natürlich kannst du mich abholen. Ich wollte dir nur den Aufwand ersparen. Ich weiß doch, wie viel du zu tun hast.“
Abrupt trat er einen Schritt zurück. „Du hast Recht. Ich habe heute viel zu erledigen und deshalb werde ich dich auch nicht abholen.“
Silvi atmete die angestaute Luft aus und hoffte, dass er ihr ihre Erleichterung nicht ansah. „Das macht nichts. Ich komme schon irgendwie heim.“
„Das glaube ich nicht, weil du nämlich gar nicht weggehen wirst! Mach dir lieber einen schönen Abend vor dem Fernseher. Ich habe ein paar neue DVDs besorgt. Schau dir einfach ‚Pearl Harbor‘ an. Der wirkt auf dem neuen Breitbildfernseher bestimmt total klasse.“
Tränen stiegen in Silvis Augen. „Verstehst du das nicht? Ich habe heute die Abschlussfeier meines Studiums. Alle meine Kollegen und Kommilitonen sind da. Die Bank hat eine riesige Feier organisiert. Ich gehe da auf jeden Fall hin. Mit oder ohne deiner Erlaubnis!“
Sie sah ihm trotzig in die Augen, als der Schatten auf ihr Gesicht zuraste, konnte aber nicht mehr ausweichen. Als seine Faust sie traf, bohrte sich der Schlüsselring in ihre Wange.
Wolf schlug nur ein einziges Mal zu. Silvis Kopf wurde von der Wucht des Schlages gegen den Spiegel geworfen.
Mit weit aufgerissenen Augen versuchte sie, Schmerz, Schock und Benommenheit abzuschütteln. Kleine Splitter hatten die bleiche Haut auf ihrer Stirn zerschnitten. Tränen liefen zusammen mit Blut an ihrer Wange herab und landeten, Tropfen für Tropfen, auf ihrem schicken Kleid.
Wie in Zeitlupe sah sie wieder in den zerbrochenen Spiegel, tastete nach dem Schnitt. Dann wanderte ihr Blick zu Wolf, der regungslos neben ihr stand und auf seine Hand starrte. Ihr wurde schwindelig.

„Oh Gott, Liebling, was habe ich getan? Was ist mit dir? Geht es dir gut? Es tut mir leid!“ Er rüttelte an Silvi, die neben ihm auf dem Badezimmerteppich zusammengesackt war. „Verdammt, was ist los mit mir?“

Er fühlte ihren Puls – schwach, aber tastbar. Dann hob er ihre Augenlieder – keine Pupillen.
Verdammt, verdammt, verdammt! Warum kann ich mich nie zusammenreißen?
Neben ihrem Kopf bildeten Silvis Blutstropfen einen harten Kontrast auf dem beigen Badezimmerteppich. Kraftlos ließ er den Schlüsselbund zu Boden fallen.
Reiß dich zusammen! Sie hat einen Schock. Du musst ihre Beine hochlegen.
Sanft bettete er ihre Beine auf den Toilettendeckel, der mit dem gleichen beigen Material überzogen war wie der Badvorleger.
Soll ich einen Notarztwagen rufen? Aber wie soll ich erklären, wie das eben passiert ist?
Auf der einen Seite ihres Gesichts hatte sie diesen blutigen Schnitt, auf der anderen Seite begann sich ihre Wange zu verfärben. Da, wo er sie mit dem Schlüsselring getroffen hatte, war ihre Haut ebenfalls aufgeplatzt, blutete aber nicht stark.
Nein, ich kann keine Zeugen gebrauchen. Es wird schon nicht so schlimm sein.
Hastig griff er nach einem Handtuch und wischte Silvi das Blut aus dem Gesicht. Es sickerte kaum noch etwas zum Tupfen nach. Seine Hand tastete oben über den Rand des Waschbeckens nach dem Waschlappen und er schnitt sich an einer der Spiegelscherben.
„Verfluchte Schei …!“
Warum tut diese Frau nie, was ich ihr sage? Hätte sie auf mich gehört, wäre das nicht passiert.
Er stand auf, durchnässte den Waschlappen mit kaltem Wasser aus dem Hahn und drückte ihn Silvi auf die geschwollene linke Wange. Auf seinen eigenen Schnitt presste er einige Streifen Toilettenpapier.
„Silvi! Wach auf!“
Seine Hand strich über ihre Stirn, ihr Haar. Er war hin- und hergerissen. Er wollte sie nicht verletzen und doch durfte er ihren Ungehorsam nicht so einfach dulden.
Ihm fiel seine Mutter ein, ihre angstvollen Augen. Er hörte ihre flehende Stimme und ihr unterdrücktes Weinen.
Wie oft hatten sie sich gegenseitig trösten müssen. War er wie sein Vater?

„Silvi, komm, Schatz, wach auf! Ich wollte das nicht! Es tut mir leid. Aber jetzt wach um Himmels willen bitte auf!"
Silvi rührte sich noch immer nicht. Sanft tupfte er mit dem Waschlappen die letzten Reste Blut aus ihrem Gesicht, wusch den Lappen aus und tränkte ihn erneut mit kaltem Wasser. Behutsam legte er ihn wieder auf die Schwellung, als Silvi die Augen öffnete.
„Süße, es tut mir leid. Das musst du mir glauben! Es ist nur so, dass ich …"
Silvi hatte die Augen bereits wieder geschlossen, aber er konnte an ihren Tränen sehen, dass sie bei Bewusstsein war. Über sie gebeugt küsste er die Tränen aus ihren Augen, tupfte, streichelte und tröstete.
Silvis Stimme klang sehr fest, obwohl sie starke Schmerzen hatte. „Ich möchte das nicht mehr!"
Ihr ganzer Körper tat weh. Ihr Gesicht fühlte sich an, als wäre es um das Doppelte angeschwollen. Ihr Schädel dröhnte, ihre Schulter war taub, doch am meisten schmerzte sie ihr Herz, das kalt und tot in ihrer Brust lag. Resignation färbte ihre Stimme. „Ich kann so nicht leben! Du weißt, dass ich dich liebe, aber du machst es einem so unglaublich schwer."
Wolf griff nach ihren Händen. „Ich weiß und es tut mir leid. Ich liebe dich doch auch. Versteh bitte … ich bin mir halt nicht sicher …"
„Worüber bist du dir nicht sicher?"
„Ob du mich so liebst, wie ich dich. Ich bin eifersüchtig! Ich könnte es einfach nicht ertragen, wenn du mit einem anderen Kerl …"
„Du verdammter Idiot! Natürlich liebe ich dich." Ihre Augen waren weiterhin geschlossen, aber ihre Daumen strichen zärtlich über seine Finger. „Das müsstest du doch inzwischen begriffen haben."
Schweigen machte sich breit und Silvi begann erneut zu weinen. Wolf dachte an früher. Er hatte vom Flur aus oft gesehen, wie sein Vater sich bei seiner Mutter entschuldigt hatte. Das würde nicht sein Weg sein. Er würde es besser machen. Und genau jetzt würde er damit anfangen.
„Silvia!"
„Ja?"

„Möchtest du meine Frau werden?“
„Was?“
Er kniete neben ihr, hielt ihre beiden Hände. „Du hast schon verstanden. Möchtest du mich heiraten?“
Silvi öffnete blinzelnd die Augen, vor denen Tränenschleier hingen. „Du schlägst mich nieder, ich liege hier in meinem Blut und du fragst mich allen Ernstes, ob ich dich heiraten will? Sag mal, sp …“
Seine Hände fassten die ihren fester. „Hör bitte erst zu, bevor du dich entscheidest.“
Sanft zog er an ihren Händen, zog sie hoch in seine Arme. Sie blieb steif und erwiderte seine Liebkosungen nicht.
Einige lange Sekunden später lehnte er Silvi mit dem Rücken gegen den Wannenrand, sich selbst an das neue Badschränkchen, das sie erst kürzlich gekauft hatten, und zog die Knie an die Brust. Nun kamen auch ihm die Tränen.
Den Nacken gegen die kühle Emaille der Badewanne gepresst, hörte Silvi seinem Weinen zu. Wie gerne hätte sie ihn jetzt in den Arm genommen und ihm Trost gespendet … Aber wie würde es in Zukunft weiter gehen? Wie oft würde sie sich noch schlagen lassen müssen? War das überhaupt der gleiche Mann, der da nun in Tränen aufgelöst vor ihr saß? Und jetzt hatte er tatsächlich gefragt, ob sie ihr restliches Leben mit ihm teilen wollte.
Ja, ich will! – Nein, auf keinen Fall!, schoss es ihr durch den Kopf.
„Liebes!“ Er hatte aufgehört zu weinen und hob ihr den Kopf entgegen. „Bitte sag ja. Dann wäre ich mir deiner sicher und müsste mir nicht mehr solche Sorgen machen – nicht mehr so eifersüchtig sein. Was eben passiert ist … das bin nicht ich! Ich weiß nicht, was da in mich gefahren ist.“
„Und du glaubst, dass eine Hochzeit das ändern würde? Dass du dich ändern wirst? Wie gerne würde ich das glauben, aber …“
„Ich verspreche dir …“
„Versprich mir nichts – oder doch, versprich mir eins – schlag bitte niemals unser Kind! Nur darum bitte ich dich!“
Seine Augen weiteten sich. „Unser Kind? Wie, wie meinst du das?“
Silvi stand vorsichtig auf und zog ihn zum Flur. „Komm, ich zeige dir ein hübsches kleines Bild.“

Kapitel 05
„Ruhiggestellt“ (Nachtdienst)

Schweißnass erwache ich vom Ratschen der lichtundurchlässigen Vorhänge. Das Schlafzimmer in der Dachschräge gleicht einem Glutofen. Die Fenster sind wegen der spielenden Nachbarskinder geschlossen, die Vorhänge so überlappt, dass sich kein Lichtstrahl der Nachmittagssonne ins Zimmer schleichen kann. Kein Lüftchen weht, seit ich den Ventilator ausgeschaltet habe, der mir mit seinem Flap-Flap-Flap den letzten Nerv geraubt hat. Trotz des kühlenden Wasserbetts liege ich in einer Pfütze. Anja küsst mich. „Hier fehlt Sauerstoff. Das Abendessen ist gleich fertig. Du hast aber noch Zeit, zu duschen und dich fertig zu machen.“
Ich bewege mich nicht. Mir ist schlecht und ich bin völlig erschlagen.
Anja küsst mich ein zweites Mal und zieht mich hoch, so dass ich notgedrungen aufstehen muss. Ich blinzele ins grelle Sonnenlicht.
Anja öffnet die Balkontür und ein Hauch frischer Luft umweht mich. Trotz der Wärme wirkt er auf meiner feuchten Haut kühlend und lässt mich frösteln.

Zum Abendessen gibt es einen leichten Salat und ich sehe, eher zufällig, meine Tochter mal wieder. Seit sie in Köln dual studiert, decken sich unsere Zeiten kaum noch. Unsere gemeinsamen Stunden daheim kann man an einer Hand abzählen. Heute erzählt sie von der Arbeit, von der sie meist erst gegen 18 Uhr nach Hause kommt, von der Uni und den Professoren. Langsam komme ich wieder in Schwung. Noch einen Espresso und ich mache mich schon wieder auf den Weg zur Arbeit. Heute nehme ich das Auto. Diese Nacht braucht es niemand und ich bin spät dran. So lasse ich die Landschaft an mir vorbeiziehen, während ich bei geöffnetem Dach die flüchtigen Gerüche in mich aufnehme. Hier wird gegrillt, dort ein letzter Streifen Rasen gemäht.

Auf der Wache ist die Hölle los. Während ich mich in meinem Bett gewälzt habe, gab es für die Kollegen richtig viel zu tun.

Ausgerechnet heute, wo Kai nicht da ist, muss ich die Zellen voll haben. Aramis ist für Kai als Wachdienstführer eingeteilt.
„Karl? Bist du schon da?", frage ich in die Umkleide, in der die Spinde stehen. Der Raum ist nicht sehr groß und so stehen die Spinde in mehreren Reihen, die man von der Tür aus nicht einsehen kann.
„Nein, bin ich nicht." Das sollte wahrscheinlich scherzhaft klingen.
„Du unterstützt heute Aramis auf der Wache beim Gewahrsamsdienst, wir haben die Bude voll."
Er kommt um die Ecke. Eine Schachtel Luckys in der einen, seine Einsatztasche in der anderen Hand. „Das ist ein Scheißjob!"
„Das stimmt, aber einer muss ihn machen. Also warum nicht du?" Mit meiner Frage lasse ich ihn wieder allein.
Auf dem Flur höre ich ihn kurz fluchen. „Warum bin ich nicht einfach krank zu Hause geblieben?"
„Weil ich dir sonst eine fette Pechsträhne organisieren müsste", murmele ich auf dem Weg nach vorne vor mich hin.
Aramis erwartet mich bereits. „Frank, ich habe die Zellen voll und im Eingang stehen Bürger mit Anzeigen."
Ich überlege. „Übernimm du die Wache. Karl weiß Bescheid, der nimmt dir die Gefangenen ab, und ich kümmere mich um die Anzeigen."
Er nickt leicht genervt. „Okay. Beide Wagen haben bereits Einsätze."
„Wissen die Bescheid?"
„Ja, aber es kann lediglich ein Wagen raus, weil der zweite vom Nachtdienst noch nicht wieder zurück ist."
„Dann sollen sie meine Karre nehmen. Der Schlüssel müsste bei dir am Schlüsselbrett hängen. Falls ich später ein Auto brauche, muss ich eben warten, bis der Spätdienst komplett zurück ist."
„Pit, Jasmin!", ruft er durch den Flur. „Ihr könnt den Wagen von Frank nehmen."
Die beiden kommen aus dem Aufenthaltsraum. Aramis wirft ihnen die Schlüssel zu.
„Bye, mein Süßer." Jasmin küsst Aramis im Vorbeigehen.
Er tätschelt verlegen ihren Po. „Pass auf dich auf!"
„Mach ich, Geliebter", ruft Pit und wirft Aramis einen Kussmund zu. „Oder war ich nicht gemeint?" Lachend verlassen die

zwei die Wache und wenige Sekunden später höre ich meinen Wagen abfahren.
Ich trete in den Vorflur zur Wache und sehe in missmutige Gesichter. „Entschuldigen Sie bitte, aber Sie sehen selber, was gerade los ist. Ich muss noch eine Kleinigkeit erledigen, dann werde ich mich sofort um Ihre Anliegen kümmern." Sie nicken, aber in ihren Gesichtern ist nur wenig Verständnis zu erkennen.
Während mir der Dienstgruppenleiter des Spätdienstes die Hintergründe der vollen Zellen erläutert und über den einsatzschweren Nachmittag klagt, kommt sein letzter Wagen rein und ich bin wieder mobil.
Er geht zu seiner Dienstgruppe nach hinten in den Aufenthaltsraum und man hört für einige Zeit Stimmen, bevor sie sich der Reihe nach langsam auf den Weg nach Hause machen.
Ich hatte gehofft, dass die drei Bürger im Flur zusammengehören. Leider ist dem nicht so.
„Das kann doch wohl nicht wahr sein, dass Sie mich *stundenlang* warten lassen! Wo sind wir denn? Das ist doch kein Bananenstaat," beschwert sich der erste Anzeigenerstatter.
Meine Erklärungen prallen an ihm ab. Zu wenig Personal, im Augenblick zu viele wichtige Einsätze, volle Zellen ... nichts dringt zu ihm durch. Ich gebe es auf, mich zu rechtfertigen.
„Wurden Sie ganz zu Anfang gefragt, was Sie anzeigen möchten?"
„Ja."
„Wurde Ihnen von dem Kollegen anheimgestellt, später wiederzukommen? Zum Beispiel morgen, wenn die Fachdienststelle wieder die Anzeigen aufnimmt?"
„Ja, aber glauben Sie, ich komme ein zweites Mal her? Ich brauche nur diesen Wisch für die Versicherung."
Ich öffne das Programm zur Anzeigenaufnahme und bin mir jetzt schon sicher, dass es sich um einen Fahrraddiebstahl handelt. Immer wenn man Kai zum Wetten braucht, ist er nicht da!
Den dritten Anzeigenerstatter, eine attraktive Frau Ende dreißig, nimmt mir Aramis ab, der wieder etwas Luft hat.

Karl ist weiter sehr zurückhaltend bei der Arbeit, kümmert sich aber tatsächlich um den Zellenbereich. Zwei der drei Insassen sind extrem aggressiv, schreien, klingeln mit ihren Notknöpfen in den Zellen und hämmern gegen die Türen.

Als der letzte Bürger die Wache verlassen hat, geht Karl nach hinten, um für Ruhe zu sorgen. Alle Achtung, ein Organ hat er! Das Generve erstirbt für eine halbe Stunde, dann beginnt es von Neuem.
Als er aufsteht, will ich mitkommen, aber er schüttelt den Kopf. „Das mache ich schon. Gleich ist Ruhe."
„Du brauchst keine Hilfe?", hake ich nach.
„Echt nicht! Warte ab." Behände, wie ich ihn vorher noch nie beobachtet habe, verschwindet er in Richtung Zellen.
„Ich wiege bestimmt zwanzig Kilo weniger als er und treibe regelmäßig Sport", wendet sich Aramis staunend an mich, „aber ob ich gerade so schnell hätte aufstehen können ..."
„Wer weiß, was noch alles in ihm steckt?"
„Der Wunsch ist der Vater des Gedankens", bringt mich Aramis wieder auf den Boden der Tatsachen zurück.
Zu meinen Wünschen gehört, dass jetzt Ruhe ist. Ich horche nach hinten und neige ehrfurchtsvoll mein Haupt. „Wenn das so bleibt ..."
„Er wird ihnen ein Schlaflied gesungen haben."
„Das denke ich auch. Aber ich werde mich hüten, ihn danach zu fragen."
Aramis grinst. „Mal ehrlich, will man denn immer alles wissen?"
Ich muss ihm recht geben. „Schauen wir mal, wie lange es ruhig bleibt."

Die nächste Stunde ist auf der Wache nichts los, sodass ich meinen übriggebliebenen Schreibkram erledigen kann. Nirgends ein Bürger zur Anzeigenaufnahme erkennbar. Karl sieht im Aufenthaltsraum fern und geht seine Kontrollen bei unseren Übernachtungsgästen. Auch von dort gibt es keine Störungen. Selbst am Funk herrscht Stille. Aramis liest am Einsatzrechner einige Einsätze von den letzten Tagen nach und ruft mir bei interessanten Fällen kurze Infos zu. Oft höre ich ihn auch nur herzhaft lachen.
Einige Zeit später rollt er mit seinem Stuhl in den Türrahmen. „Ich habe gerade den Einsatz mit den beiden Lesben gelesen."
„Ich unterbreche ihn süffisant. „Ich glaube, das heißt heute ‚metrosexuell'."

„Also mit den beiden metrosexuellen Lesben. Wenn ich die Eintragungen mit Pits Erzählungen vergleiche, finde ich in dem Bericht kaum etwas davon wieder."
„Na ja, wie viel davon gehört ins Einsatzprotokoll? Wir bedienen nicht die Leselust der Kollegen. Auch in meinem Einsatzbericht wirst du nicht viel Zweideutiges finden. Was genau möchtest du wissen? Brauchst du Einrichtungstipps für eure gemeinsame Wohnung?"
Er streicht sich durch seinen Spitzbart. „Ich glaube nicht, dass Jasmin da mitspielen würde."
„Da täuscht man sich manchmal. Frag doch einfach vorsichtig und unverbindlich nach. Die Gelegenheit ist günstig. Du hast mit dem Einsatz einen schönen Aufhänger."
Nach ein paar Sekunden Stille und einigen Fingerstrichen über den gepflegten Schnäuzer beginnt er von Neuem: „Neulich hat sie durchblicken lassen, dass sie es ganz gut fände, wenn ich meinen Mustang verkaufen würde. Der wäre für einen männlichen Single ganz nett, aber da ich ja nun sie hätte, würde ich diese Macho-Verstärkung nicht mehr nötig haben."
Ich versuche mich an einem mitfühlenden Lächeln. „Unter diesen Umständen denke ich tatsächlich, dass du die Frage nach Ketten am Bett noch etwas zurückstellen solltest."
„So viele Kompromisse …" Gerade rollert er zurück zu seinem Platz, als er über Funk angesprochen wird. Die Leitstelle gibt einen Einsatz durch.
Ich stehe auf und gehe nach vorn. Über Aramis' breite Schultern lese ich den Einsatzanlass, den die Leitstelle gerade ins System tippt: ‚Schwertkampf auf der Hauptstraße'.
Ich sehe gleichzeitig mit Aramis auf den anderen Monitor. Meine beiden Wagen sind frei, haben keinen eigenen Einsatz.
„Pit, Lukas", spreche ich die beiden Streifenführer über Funk an. „Habt ihr mitgehört?"
„Schon unterwegs!", meldet sich der erste.
„Wir auch", der zweite.
Gleichzeitig sehe ich auf dem Monitor, wie sich der Status beider Fahrzeuge von „frei" zu "auf der Anfahrt" ändert.
Aramis rutscht auf seinem Hintern rum, dann reißt er mir beinahe das Bedienteil für die Funkanlage aus der Hand. „Jasmin! Pass bloß auf dich auf!"

„Mach ich, mein Großer!“
Ich sehe ihn fragend an. „Was war das denn jetzt?“
„Wir hatten diese Woche schon einen scheißgefährlichen Einsatz. Aber da war ich wenigstens bei ihr. Jetzt kann ich nichts machen und bin an meinen Stuhl gefesselt.“ Beinahe, als wolle er das Gegenteil beweisen, springt er aus seinem Stuhl auf, bückt sich dann aber wieder zu den Monitoren, auf denen in diesem Moment weitere Informationen der Leitstelle verfügbar werden. Er zerrt das Mikro mit sich rum und liest bei offenem Funk mit. „Zwei männliche Personen, Mitte/Ende zwanzig drohen und schlagen sich mit ‚schwertähnlichen Gegenständen‘. Es könnten Schwerter oder Macheten sein. Einer von beiden ist bereits verletzt und blutet.“ Er lässt das Sprechteil fallen und dreht sich zu mir um. „Gib mir deine Schlüssel!“
Wahrscheinlich will er gar nicht bedrohlich rüberkommen, aber als dieser mindestens einen guten Kopf größere und bestimmt dreißig Kilo schwerere Mann direkt vor mir steht und mir seine Hand vor die Nase hält, muss ich kurz schlucken. Ich trete einen Schritt zurück, werde aber von einem Aktenschrank begrenzt. Mehr Abstand bekomme ich nicht und Aramis verkürzt die Distanz sofort wieder. Er nutzt seine Masse tatsächlich bewusst.
„Auf keinen Fall!“ Ich drehe mich zur Seite weg und bekomme wieder etwas mehr Freiraum. „Aramis, du wirst jetzt ganz sicher nicht rausfahren. Mach deinen Job, und zwar hier und jetzt.
„Dieser Mist ist nicht mein Job. Ich gehöre auf die Straße und da will ich jetzt hin. Verstehst du das nicht?“ Er lässt sich in seinen Stuhl fallen, um sofort wieder hochzuschnellen. „Ich muss da raus, ich muss Jasmin helfen.“ Er wirkt panisch. So kenne ich meinen Aramis nicht. Meist gibt er sich gerade bei größerem Stress betont cool, um seiner Rolle als „mutigem Musketier“ gerecht zu werden. Dieser Aramis jedoch ist mir fremd.
„Setz dich! Wir machen das.“ Ich rufe nach hinten: „Karl, wir fahren raus und unterstützen die anderen! Mach schnell, es ist wichtig.“
„Dieser Vollpfosten soll auf meine Jasmin aufpassen? Spinnst du?“ Er überlegt. „Pass auf: Karl bleibt hier und wir beide fahren.“
Eigentlich eine Idee, mit der ich sehr gut leben könnte. Karl kann auf der Wache nicht viel kaputt machen, ich muss mich

nicht mit ihm rumärgern, und Aramis ist draußen ganz sicher der bessere Mann für den Einsatz.
Aber das ist jetzt genau die Situation, die ich die ganze Zeit befürchtet habe. Deshalb sollte es in Dienstgruppen keine Paare geben. Einer der Partner kann seine Aufgaben nicht mehr professionell wahrnehmen, wenn der andere in Gefahr ist. Wer weiß, was Aramis für einen Mist anstellen würde, um Jasmin zu beschützen? Und genau davor muss *er* jetzt beschützt werden.
„Setz dich und halte uns mit möglichst guten Informationen auf dem Laufenden!“ Ich wende mich ab, um nicht weiter mit ihm diskutieren zu müssen. „Karl, wir fahren!“ Ich schnappe mir meine Einsatztasche und ziehe Karl schnell mit zum Ausgang, bevor Michael überhaupt die Möglichkeit hat, sich zu einer Erwiderung oder gar zu einer unbedachten Handlung hinreißen zu lassen.

„Leitstelle, wir sind jetzt ebenfalls unterwegs. Eintreffen in drei, vielleicht vier Minuten.“ Wir fahren ohne Einsatzhorn, nur mit Blaulicht, das zwischen den Häusern flackernd seine Bahnen zieht. „Pit, Lukas – habt ihr das mitgehört?“ Keine Antwort.
Aramis schreit in den Funk: „Geh auf den Handfunkkanal! Sie sind bereits eingetroffen und haben die Fahrzeuge verlassen.“
Dann fügt er hinzu: „Wehe, es passiert ihr was!“
Ich fühle mich auf unangenehme Weise verantwortlich.
„Karl, wie sieht es bei dir aus? Kann ich mich auf dich verlassen? Können *wir* uns auf dich verlassen? Wenn du uns heute wieder hängen lässt, bekommst du bei uns keinen Fuß mehr auf die Erde. Das verspreche ich dir! So eine Dienstgruppe ist eine eingeschworene Gefahrengemeinschaft. Du hast genügend Erfahrung, um das zu wissen. Wir müssen füreinander da sein. Wenn du das nicht kannst, gehörst du hier nicht hin.“
Karl lenkt in die nächste Kurve und gibt unvermittelt Vollgas. „Dann sollten wir uns besser beeilen.“
„Jasmin!“, erklingt Aramis’ Stimme im Funk.
„Ich kann jetzt nicht!“, kommt es gehetzt zurück. „Wir haben die Kontrahenten direkt vor uns. Einer der beiden hat ein Schwert, das ein bisschen nach Ritterfilm aussieht. Es ist riesig und scheint sehr schwer zu sein. Der andere hat so ein Samurai-Teil. Der mit dem großen Schwert scheint verletzt zu

sein. Wir nähern uns von zwei Seiten. Die Kämpfer brüllen sich Unflätigkeiten an den Kopf. Sie kämpfen aber nicht mehr richtig, scheinen bereits erschöpft zu sein."

Als ob die Kämpfer Jasmin Lügen strafen wollten, hört man jetzt über Funk das kreischende Geräusch, das entsteht, wenn zwei Metalle aneinander entlangschaben.

„Jasmin!", schreit Aramis erneut in den Funk.

„Funkdisziplin! Michael, gib Ruhe, wenn du nichts Sinnvolles beizutragen hast. Du gefährdest den Einsatz!" Mike von der Leitstelle scheint den richtigen Ton getroffen zu haben. Es kommen von Michael keine weiteren Kommentare.

Karl rast weiter auf den Einsatzort zu. Es scheint beinahe, als sei sogar er ein wenig vom Einsatzfieber befallen. An der nächsten roten Ampel bremst Karl wieder nur ein wenig zur Orientierung ab und driftet quietschend in die letzte Kurve. Der Junge kann fahren, wenn er will, das muss man ihm lassen.

Die Szenerie wirkt gespenstisch. Auf der Hauptstraße werden zwei Fahrspuren von einer Mittellinie getrennt. Rad- und Fußweg begrenzen die Fahrbahn bis an die dicht geschlossene Bebauung. Ein Polizeifahrzeug beleuchtet die Straßenschlucht von der einen Seite, das andere von gegenüber. Die Blaulichter flackern im Takt, als würden sie zu einer Musik spielen, die wir nicht hören können.

Etwa zweihundert Meter hinter der letzten Kreuzung stehen sich zwei Männer gegenüber. Karl kommt hinter einem unserer Einsatzwagen zum Stehen.

Noch während der Fahrt haben wir unsere Holster geöffnet. Jetzt ziehen wir unsere Schutzwesten über und nähern uns den Kollegen. Lukas und Nicole stehen auf unserer Seite des Schauplatzes, Jasmin und Pit auf der den beiden Kämpfern gegenüberliegenden Seite.

Der Gehweg wird von Peitschenlaternen beleuchtet. Sie wirken, als würden sie sich über die Straße beugen, um besser sehen zu können. Schatten schwirren durch die Straßen. In den Fenstern rechts und links gehen vereinzelt Lichter an und wieder aus. Ein Fenster wird geöffnet.

Lukas ist ein großer, kräftiger Kerl, der mit seinen roten und wirr abstehenden Haaren sehr beeindruckend wirkt. Im Licht

seines Einsatzwagens wirft er einen gigantischen Schatten, der sich wie ein Dämon über die Straße bewegt.
Olize wirft keinen Schatten, da sie hinter der Motorhaube des Streifenwagens kniet und Lukas mit ihrer Waffe sichert. Ihr Schatten wäre auch sicher weit weniger beeindruckend.
Pit steht den Kämpfern am nächsten. Er spricht mit ihnen, schreit sie vielmehr an. Ich kann ihn zwar nicht verstehen, aber erkennen, dass sich keiner der beiden um seine Worte kümmert. Sie stützen sich auf ihren Schwertern ab und keuchen.
Jasmin kniet, wie Nicole, hinter der Motorhaube ihres Streifenwagens und sichert. Die Wagen sind so auf der Straße aufgestellt, dass die beiden Sichernden auf die Kontrahenten anhalten können, ohne sich gegenseitig zu gefährden.
Wir rennen zu Nicole.
„Und, was ist bis jetzt passiert?“, will ich wissen. Karl hat sich auf der Kofferraumseite ans Dach des Streifenwagens gestellt und zielt ebenfalls auf die beiden Männer.
„Seit wir da sind, reagieren sie nicht auf uns. Sie kämpfen aber auch kaum. Bei unserem Eintreffen haben sie noch heftig aufeinander eingeschlagen, aber seit wir aus den Fahrzeugen raus sind, gab es nur noch zwei kleine Schlagabtausche. Für Pfefferspray sind wir zu weit weg.“
Scharrend zieht einer der beiden sein Samurai-Schwert über den Asphalt. Pit schreit weiter auf ihn ein. Der andere setzt sein übergroßes Ritterschwert senkrecht auf den Boden, fasst mit beiden Händen den Griff.
„Es scheint wieder loszugehen!“, sage ich überflüssigerweise.
„Muss nicht“, erwidert Nicole. „Das hatten wir jetzt schon ein paar Mal. Die sind echt müde und belauern sich nur noch.“
„Legen Sie sofort die Schwerter nieder!“, hämmert Pits Stimme durch die Häuserflucht. „Ich fordere Sie zum letzten Mal auf, die Waffen wegzulegen und sich zu ergeben.“ Er benutzt die Außenlautsprecheranlage seines Streifenwagens. „Sollten Sie dieser Anweisung nicht nachkommen, werden wir unsere Schusswaffen einsetzen – zu Ihrem eigenen Schutz und um Sie an der Begehung weiterer Straftaten zu hindern.“
Passend dazu wabert Lukas' Schatten drohend über den pausierenden Kämpfern – leider ohne die erhoffte Wirkung. Statt die Waffen niederzulegen, schwingt der eine plötzlich sein leichtes

Samurai-Schwert über den Kopf und vollführt eine gekonnt aussehende Kurve in Richtung unseres Ritters. Dieser stützt sich auf seinem Schwert ab, weicht einen Schritt zurück und hebt das Riesending zum Schlag.
Jasmin schreit auf, Pits Bariton dröhnt aus den Lautsprechern des Streifenwagens. Nicole, direkt vor mir, spannt sich. Ich ziehe meine Waffe. Der Samurai macht einen behänden Schritt auf den Ritter zu, der sein Schwert niedersausen lässt. Die Klinge des Samurais lenkt den Schlag des großen Schwertes ab, fährt dabei kreischend über den Boden. Das schwere Schwert ruckt wieder hoch. Die Samurai-Klinge schwingt in einem großen Bogen. Ein Schuss bricht.
Eine der Klingen findet ihr Ziel – der Ritter fällt.

„Jetzt ist aber Schluss mit dem Scheiß!" Aus Karls Automatik steigt Rauch auf.
Der Samurai sieht auf sein Schwert, sieht in die Runde. Er scheint aus seiner Trance zu erwachen, nimmt seine Umgebung offenbar das erste Mal seit Minuten wieder wahr. Sein Schwert gleitet ihm aus den Händen, und er wird sofort von Pit zu Boden geworfen. Jasmin ist direkt hinter ihm und lässt die Handschellen klicken.
Wir eilen zu dem Ritter ohne Furcht und Tadel oder, besser gesagt, ohne Helm und Rüstung. Er ist in sich zusammengesackt und blutet.
„Schnell, Nicole, bestell einen Rettungswagen!"
„Hat Aramis bereits organisiert. Der ist gleich da." Nicole sitzt in ihrem Streifenwagen und gibt die Ereignisse über Funk durch. Lukas hebt das schwere Schwert an und wirft es scheppernd außer Reichweite.
„Was hat er?", fragt Karl. „Ich habe nur in die Luft geschossen."
Am Schädel des Liegenden ist eine Platzwunde zu erkennen. „Wahrscheinlich wurde er von dem Samurai-Schwert getroffen", überlege ich laut. Ich drehe seinen Kopf zur Seite, kann aber keine weiteren Verletzungen erkennen. „Offensichtlich nur mit der flachen Seite."
„Noch mal Glück gehabt!", resümiert Karl.
„Woher kommt das ganze Blut an seinen Händen?"
Lukas sieht auf das Schwert neben ihm. An der Klinge, direkt

unterhalb des Hefts, ist Blut. „Wahrscheinlich hat er sich an der Klinge abstützen wollen."

„Sonst scheint er aber keine Verletzungen zu haben. Pit, was ist mit eurem Samurai? Ist der auch verletzt?"

Ich bekomme postwendend Antwort: „Nur eine Schnittwunde außen am Bein, aber davon wird er nicht sterben."

Ich greife nach hinten an meinen Gürtel, um dem Rittersmann Handschellen anzulegen, als ein Rettungsassistent neben mir auftaucht. „Lass gut sein. Ich will ihn mir erst ansehen. Wenn er Ärger macht, kannst du ihn immer noch fesseln."

Ich stecke die Handschellen zurück in meinen Gürtel, gehe aber nicht weg. Der Sani reißt seinen Erste-Hilfe-Koffer auf, die Nachbarschaft ihre Fenster. Gut, dass fast keiner auf der Straße ist. Es ist auch so genug zu tun. Zwei weitere Streifenwagen sind eingetroffen und sperren für uns die Straße in beide Richtungen ab. So können wir uns um unsere Kontrahenten kümmern.

Mein Telefon klingelt seit längerer Zeit, was ich erst jetzt so richtig bemerke. „Ja?"

„Was ist mit ihr? Geht es ihr gut? Ich erreiche sie nicht. Am Funk höre ich auch nichts ..." Aramis lässt mich kaum zu Wort kommen.

„Alles gut!", kann ich gerade noch dazwischenrufen, bevor er weitermacht.

„Wehe, ihr ist was passiert. Ich komme jetzt raus!"

„ES IST ALLES GUT!", brülle ich ins Telefon. „Wir sind alle wohlauf und du bleibst auf der Wache!" Dann drücke ich den roten Hörer, um das Gespräch zu beenden.

Die Sanis haben sich aufgeteilt. Beide machen entspannte Gesichter. Mein „Bader" legt unserem Ritter gerade einen Verband an, als dieser langsam zu sich kommt. „Wir müssen ihn mitnehmen. Er könnte eine Gehirnerschütterung, möglicherweise sogar einen Schädelbruch haben."

Ich nicke. „Wir begleiten dich. Kann ich ihm jetzt Handschellen anlegen?"

Er sieht mich eigenartig an. „Wenn du meinst, dass das sein muss."

„Ich weiß nicht, ob das sein muss. Ich möchte es aber auch nicht herausfinden."

„Nein, gut, klar ... Mach ruhig."

„Nicole, ihr begleitet den jungen Mann ins Krankenhaus. Kannst du ihn bitte mit deinen Handschellen fesseln?"
„Ich nehme Kabelbinder, die können wir dann dort lassen. Kein Problem."
Der Schlag war anscheinend so heftig, dass unser Ritter keine Gegenwehr leistet, als Olize ihn fesselt.
Ich helfe dem Sani mit der Trage und wir wuchten den Rittersmann mit Lukas' Hilfe darauf. Der Notarzt ist eingetroffen und leitet alle weiteren medizinischen Maßnahmen ein.
Als ich Jasmin sehe, gehe ich zu ihr rüber. „Kannst du bitte Aramis anrufen? Der ist außer Rand und Band. Beruhige ihn! Dringend!"
Sie nickt. „Ich habe schon die ganze Mailbox voll mit seinen Anrufen."
„Klär das bitte, bevor er unüberlegte Sachen macht. Was ist mit eurem Samurai?"
Jasmin zieht das Handy aus der Tasche. „Er hat eine ziemlich lange Schnittwunde am Oberschenkel. Scheint vom Schwert zu sein. Er wird gerade vom Doc behandelt. Für einen echten Krieger jammert er wenig heldenhaft." Jasmin streicht sich ihr Haar aus der feuchten Stirn.
Der Arztfahrer reckt seinen Hals. Er scheint Jasmin noch nie gesehen zu haben. Auch als sie Aramis anruft, kann er seinen Blick nicht von ihr wenden.
Ich stelle mich neben ihn. „Hübsch, oder?"
Er erschrickt, als ich ihn aus seinen Träumen reiße. „Der Wahnsinn. Die Frau ist wunderschön. Wie heißt sie?"
„Selbst ist der Mann. Da wirst du sie schon fragen müssen. Aber warte am besten, bis sie aufhört, mit ihrem Freund zu telefonieren."
Jetzt blickt er ein bisschen enttäuscht. „Schade! Aber … man weiß nie … Dinge ändern sich."
Ich grinse. „An ihr haben sich schon viele versucht und alle haben auf Granit gebissen."
„Dann muss ihr Freund ein toller Typ sein."
„Ja, das ist er!"
„Ihr hättet euch gerade einen Haufen Stress sparen können", schiebt er hinterher.
Ich drehe mich noch einmal um. „Wie denn das?"

„Einfach dieses ‚Geschoss' nach vorne schicken. Die hat absolut ‚Mannstoppwirkung'. Die beiden hätten sofort weiche Knie bekommen und zack – festgenommen!"
Ich grinse ihm zu. „Geschoss mit Mannstoppwirkung. Schöner hat das noch keiner formuliert. Ich werde es ihr ausrichten."

Ich wende mich an Jasmin, die gerade in den Streifenwagen steigt. „Hi, Action! Hast du deinen aufgeregten Edelmann beruhigen können?"
„Action?"
„Erkläre ich dir nachher auf der Wache. Ihr begleitet die Rettungswagen?"
„Zweimal ja. Nicole und Pit sitzen bereits auf dem Wagen. Die müssten jeden Moment starten." Sie zeigt auf die beiden Rettungsfahrzeuge, die sich durch die Absperrung tasten.

Mein Handy klingelt und ich gebe für die Leitstelle eine Lagemeldung ab. Von dort kündigt man mir den Nachtdienst der Kripo an, um weitere Maßnahmen zu treffen, eventuell sogar eine Mordkommission einzurichten.
Karl und ich bleiben vor Ort. Die beiden Wagen, die zur Unterstützung da sind, halten die Sperrung aufrecht. In Absprache mit den Kollegen von der Kripo bestelle ich bei der Feuerwehr ein Beleuchtungsfahrzeug. Das verfügt über einen großen Lichtmast, der den Tatort taghell ausleuchtet.

„Rüdiger, mein Freund. Du hast heute Kriminalwachdienst? Es ist mir eine Freude. Dann muss Susi diese Nacht alleine verbringen?"
Er schüttelt mir die Hand. „Nee, die sind doch zu zweit." Er fährt sich über einen imaginären Bauch.
Ich übergebe ihm den Tatort. Bei ihm ist Manfred. Mit Manfred hatte ich vor einiger Zeit sehr unschöne Zusammentreffen. Ich grüße ihn mit einem Nicken und ignoriere ihn sonst beflissentlich. Soll Karl sich doch mit ihm beschäftigen.
Tut er aber nicht, wie mir auffällt. Und so geistert Manfred über die Straße und sieht sich wichtig um. „Ich habe gehört, ihr Verrückten habt geschossen. Wo ist die Hülse?"
Karl antwortet ihm und zeigt mit dem Finger auf einen gelben

Kreis aus Sprühkreide. „Verrückt nein, Warnschuss ja. Sperr die Augen auf! Soll ich dir ein Foto davon machen oder bekommst du das selber hin?“

Manfred spart sich eine Erwiderung und geht zu seinem zivilen Einsatzwagen.

„Halt ihn mir vom Hals“, bitte ich Rüdiger.

„Kein Problem. Aber jetzt erzähl bitte genau, was passiert ist. Wer hat geschossen?“

Ich zeige auf Karl.

Rüdiger sieht mich erstaunt an. „Karl hat geschossen?“

„Ihr kennt euch?“

„Ja, schon eine Weile. Ist er jetzt bei dir?“

„Ist irgendwie passiert.“

„Soso, irgendwie passiert …“ Er wendet sich an Manfred. „Tüte bitte die Waffe von Karl ein und asserviere sie.“

Ich nicke Karl zu, der mich fragend ansieht. „Aber lass dir eine Sicherstellungsbescheinigung ausstellen.“

Manfred sieht wenig amüsiert aus, kehrt aber zu seinem Wagen zurück, um Tüte und Formulare zu holen.

„Und jetzt erzähl mal“, wendet er sich an mich.

Auf der warmen Motorhaube unseres Einsatzwagens sitzt es sich die nächste Viertelstunde ganz angenehm.

Kurz vor Dienstschluss sind wir wieder alle auf der Wache. Ich habe dem Dienstgruppenleiter des Frühdienstes viel zu übergeben und so dauert es ein paar Minuten länger, bis ich zu den anderen in den Aufenthaltsraum komme.

Aramis sitzt bei Jasmin und hält ihre Hand. Sie streichelt ihm über den Rücken. Pit grinst die beiden ungeniert an, was ihm böse Blicke einbringt. Nicole und Lukas diskutieren über den Einsatz. Karl raucht. Allerdings steht heute ein Untersetzer als Aschenbecherersatz vor ihm auf dem Tisch.

„Was war der Grund für die Auseinandersetzung“, frage ich in die Runde. „Weiß mittlerweile jemand etwas Genaueres?“

„Drogen“, sagt Nicole.

„Drogen?“

„Ja“, erklärt Lukas, „die beiden haben sich irgend so ein synthetisches Zeug reingezogen und sind völlig abgedreht. Sie haben ‚Schwertkampf gespielt‘. Ist nicht so gut ausgegangen.“

„Spielejunkies, die sich in der Realität verirrt haben", ergänzt Nicole.
„Weiß man schon, was sie genommen haben?"
„Nicht genau, aber im Krankenhaus tippen sie auf *Crystal.*"
Lukas wirft mir den Flaschenöffner zu, als ich mich mit einer Fassbrause in die Runde setze. „Ist ganz gut gelaufen. Obwohl, ohne Karl wäre es bestimmt nicht so glimpflich abgegangen. Vielen Dank für deine Unterstützung."
Ich sehe zu ihm und füge in Gedanken hinzu: *Da hast du dein „Danke". Und sicher früher, als du es erwartet hättest.*
Pit, der neben ihm sitzt, schlägt ihm freundschaftlich auf die Schulter. „Auch wenn ich erst dachte, dass du ihn abgeknallt hättest, war ich echt froh, als der Schuss gefallen ist. Willkommen im Team!"
„Willkommen im Team", murmeln nun auch die anderen und wir stoßen alle miteinander an.

An der Tür halte ich Aramis kurz auf. „So etwas wie heute möchte ich nicht mehr erleben!"
„Geht klar!"
Kurz darauf bollert sein schwarzer Achtzylinder-Mustang auf dem Parkplatz los. Jasmin alias „Action" sitzt neben ihm und winkt mir kurz zu, als ich auf meinen Wagen zugehe.

WOLFsKIND
(2006, 26 Jahre)

Nils' kleine Arme zappelten in der Luft. Seine Fingerchen griffen nach Silvis Haaren und dem großen Brillanten, den sie an einer goldenen Kette um den Hals trug.
„Was macht denn mein kleiner Wonneproppen? Möchtest du mit meinen Haaren spielen?" Silvi beugte sich weiter herunter und Nils griff vom Wickeltisch aus beherzt zu. Er brabbelte fröhlich und hatte seinen Spaß an ihren Locken.
„Aber jetzt musst du kurz loslassen, damit ich dich fertigmachen kann. Ich sehe es kommen, dass du mir in den Ausschnitt pinkelst, bevor ich dir die frische Windel angezogen hab."
Als würde er sie verstehen, grinste Nils noch etwas breiter und schob das Becken ein bisschen hoch. Silvi nutzte die Gelegenheit, schob schnell die Windel unter seinen Po und verschloss sie mit dem Klettverschluss.

Wie sich alles veränderte. Ihre Mutter hatte sie damals mit Leinenwindeln gewickelt, die sie dann in einem großen Topf auskochen musste.
Erst letzte Woche war ihre Mutter dagewesen, um ihren Enkel zu besuchen. Ihr Vater war leider nicht mitgekommen. Tief saßen die Verletzungen auf beiden Seiten. Der Streit war heftig gewesen. Ihre Eltern hatten ihr verboten, diesen „Schläger" und „Tunichtgut" zu heiraten, aber dieses eine Mal hatte sie sich durchgesetzt.
Hochzeitsgäste hatte es keine gegeben. Ihre Eltern wären sowieso nicht gekommen. Einige von Wolfs Freunden und „Geschäftspartnern" hätten es sicher einrichten können, auch ein paar ihrer Freunde und Arbeitskollegen aus der Bank … aber das wollte sie nicht. Mit Wolfs Freunden verband sie nichts außer Argwohn. Ihre Freundinnen hingegen machten keinen Hehl daraus, was sie von Wolf und der Hochzeit hielten.
Am Ende hatten sie sich für Las Vegas entschieden, wo sie sich im Schnellverfahren in einer kleinen Wedding-Chapel das Ja-Wort gegeben hatten. Auf die im Preis inbegriffene Elvis-Imitation hatten sie verzichtet.
„Was kümmern uns die anderen! Hauptsache, *wir* lieben uns!", hatte er ihr in der Hochzeitsnacht ins Ohr geflüstert.

Die Gedanken an seine Worte hatten sie damals lange nicht einschlafen lassen.

Erst jetzt, nach der Geburt des kleinen Nils, war es wieder zu ersten Annäherungen mit ihren Eltern gekommen. Selbst Wolfs Eltern, die sich ebenfalls zurückgezogen hatten, kamen regelmäßig vorbei und wollten Zeit mit ihrem Enkel verbringen.
„Ist er nicht süß?"
„So hübsch, ganz der Vater/ganz die Mutter!"
Das waren die mehr oder weniger einhelligen Meinungen. Silvi freute sich darüber, insbesondere der Kontakt zu ihrer Mutter war ihr all die Jahre sehr abgegangen.
Nils dagegen war nur wichtig, dass alle Omas und Opas reichlich Geschenke bei sich hatten. Dabei machte es keinen Unterschied, ob es sich um die kleineren Geschenke von Wolfs Eltern handelte oder um die größeren, die von Silvis Eltern stammten. Letztere, so schien es Silvi, waren offenbar bereit, ihr gesamtes Familienvermögen für den Kleinen zu opfern.

„So, mein Süßer, jetzt sagst du deinem Papa ‚Gute Nacht' und dann wird geschlafen." Sie kitzelte kurz seinen Bauch, was ihm ein fröhliches Lachen entlockte, nahm Nils auf den Arm und ging in Richtung Arbeitszimmer.
„Ah, da ist ja mein Kleiner." Wolfgang hob lächelnd den Kopf, drehte sich auf seinem Bürostuhl zu den beiden Ankömmlingen und hob die Arme. „Komm zu Papa!"
Nils streckte ihm beide Ärmchen entgegen und klammerte sich an seinen Hals. Er brabbelte und brabbelte, während ihm kleine Fäden aus dem Mund und auf Wolfgangs Hemd liefen.
„Hier", Silvi hielt ihm das Spucktuch hin, „sonst ist das Hemd gleich ganz voll."
„Ist nicht schlimm." Wolfgang legte das Tuch auf seiner Schulter unter Nils' Kopf und machte weiter Faxen mit ihm.
„Mach ihn bitte nicht wieder zu wach. Er soll jetzt eigentlich schlafen." Silvi machte Anstalten, Nils wieder an sich zu nehmen.
„Komm, sei nicht so. Ich verbringe so wenig Zeit mit dem Kleinen." Auch wenn seine Stimme ganz neutral klang, konnte Silvi in seinen Augen diesen Grauton entdecken, der ihr nur allzu bekannt war.

„Dann bring du ihn bitte ins Bett, wenn ihr mit Knuddeln fertig seid. Ich bin in der Küche und räume ein wenig auf.“ Sie lächelte ihn auf eine Art an, die er mochte. In den letzten Jahren hatte sie viel dazulernen müssen.

„Der Kleine ist im Bett und ich hätte jetzt ein wenig Zeit.“ Fordernd umfassten seine Hände ihre Brüste, während er, hinter ihr am Spülbecken stehend, seine Erektion an ihr Gesäß presste. Silvi hielt still. Sich zu wehren wäre sinnlos, dann sollte es wenigstens ohne Gewalt vonstattengehen.
Sie drehte den Kopf in den Nacken und drückte ihm einen Kuss auf die Wange. „Aber ich muss erst zu Ende spülen, sonst wird das Wasser kalt.“
„Oh, das ist kein Problem. Mach du nur – ich weiß mich schon zu beschäftigen.“ Lüstern grinsend küsste er sie auf den Mund und begann, mit seinen Händen ihren Körper zu erkunden.
Silvi ließ zu, dass er ihr den Reißverschluss ihres Hausanzuges öffnete, und reckte ihm ihren Po entgegen, als seine Finger unter den Bund der Hose krabbelten.
Sie formte ein leises „Ahhh“, als sich seine Finger weiter vorwagten, und hoffte dabei, dass sie schnell genug feucht werden würde.
Wenige Minuten später stand sie nackt vor ihm, nur das Spülwasser an den Fingern, und stützte sich an der Arbeitsplatte ab. Ihre milchschweren Brüste wippten schmerzhaft gegen den Stahl des Beckens, während er langsam seine Lust an ihr abarbeitete.
„Oh, Baby, du machst das so gut! Komm, beweg dich ein wenig mehr. Ich möchte spüren, wie geil du bist.“
Sie würde auch heute seinem atemlos vorgetragenen Wunsch erfüllen und erwiderte seine Stöße. Als er sie an den Haaren packte und so in seinen Takt zwang, mischte sich in ihren Widerwillen nicht zum ersten Mal eine Prise Schmerz.
Mit leichten Schlägen auf den Po trieb er sie weiter. Am Ende ließ er sie hart und schmerzhaft seinen Orgasmus spüren und Silvi dachte verzweifelt an die Zeiten, als sie dabei sogar Befriedigung hatte empfinden können.
Scham rötete ihr Gesicht, als sie kehlig aufstöhnte, sich gegen ihn presste und ihren Körper aufbäumte. Sie zog ihren Be-

ckenboden mehrfach zusammen, so wie sie es neulich in einer Zeitschrift gelesen hatte. Er war in seiner Eitelkeit so einfach zu täuschen.

***

Sein Atem strich durch ihr Haar, als er dicht hinter ihr lag und mit seinen Fingern über den nicht zugedeckten Arm strich. „Das war wunderschön. Ich bin so froh, dass du meine Frau bist." Er küsste sie auf den Hals. „Hoffentlich schläft der Kleine durch, damit du wieder zu Kräften kommst."
Wenige Minuten später konnte sie an seinen gleichmäßigen Atemzügen hören, dass er eingeschlafen war.
Silvia konnte sich für diesen Tag entspannen.

***

Ganz der Papa, dachte Silvi zärtlich, als sie Nils einige Stunden später anlegte. *Du weißt auch, was du willst.*
Fordernd saugte Nils erst an der einen, dann an der anderen Brust.
Sie hatte das Licht ausgelassen, damit er nicht unnötig wach wurde, und streichelte seinen Kopf, ohne weiterzusprechen. Überhaupt sprach sie kaum noch, ging es ihr durch den Kopf.
Ja, mein Kleiner, trink kräftig! Damit du groß und stark wirst … Aber bitte nicht zu groß und zu stark! Wir wissen beide, was daraus werden kann.

„Guten Morgen. Ich muss jetzt los, aber heute mache ich nicht so lange. Wir können nachmittags gerne mit dem kleinen Stinker spazieren gehen. Was hältst du davon?" Wolfgang hatte sich zu ihr gerollt. „Dann sehe ich dir zu, wie du ihn stillst, und wenn er schläft, machen wir da weiter, wo wir gestern aufgehört haben."
„Wolfgang, ich habe Kopfschmerzen und bin schrecklich müde! Lass uns sehen, wie es mir heute Nachmittag geht."
„Wie du willst." Ruckartig verließ Wolf das Bett, ging drumherum und kniete sich auf ihrer Seite ganz nah an ihr Gesicht. „Dann ruh dich schön aus, während ich für uns arbeiten gehe.

Wenn ich nach Hause komme, erwarte ich, dass du gesund bist!"
„Ja, das mache ich." Silvia mümmelte sich tiefer in die Decke. Ihre Stimme war darunter fast nicht mehr zu verstehen. „Hab einen schönen Tag."
Wolf stand auf, rumorte im Bad, zog sich polternd im Schlafzimmer an, ließ die Tür offen stehen und bereitete sich unten in der Küche sein Frühstück zu.
Fauchend und plätschernd machte sich die Kaffeemaschine an die Arbeit. Das Gummi schmatzte bei jedem Öffnen des Kühlschranks, Besteck klapperte auf einem Teller. Dann endlich warf er die Haustür hinter sich zu und Silvi war allein.
Allein mit sich und dem kleinen Nils, mit dem alles hätte besser werden sollen.

***

Silvi drückte den grünen Knopf am Telefon und wartete das Klingeln ab. „Hallo, Mama. Ich bin nachher mit deinem Enkel unterwegs. Darf ich bei euch vorbeikommen? … Ist Papa heute weg? … Schade, ich hätte ihn gerne gesehen … Dann ist es wahrscheinlich besser so. Darf ich trotzdem kommen? … Dann bis gleich. Ich freue mich!"

***

Wolfgang warf die Schlüssel auf das kleine Sideboard im Flur. „Ich bin wieder daheim. Wie weit seid ihr? Es ist so schön draußen."
Schnell entzog Silvi Nils die Brust und schob den BH darüber. Nils quittierte die unterbrochene Mahlzeit mit einem quengeligen Schrei. Sie schaffte es gerade noch, ihr Oberteil zu schließen, als Wolfgang die Treppe heraufgestürmt kam.
„Hallo, mein Schatz", begrüßte sie ihn und lächelte.
„Seid ihr fertig?" Enttäuscht verzog Wolf den Mund. „Ich hatte gehofft euch … na, egal. Dann können wir gleich starten. Komm, mein Kleiner! Jetzt geht es raus an die frische Luft."
Er streifte Silvi mit einem Blick, den sie nicht zu deuten wusste, und trug Nils in sein Zimmer, um ihn anzukleiden.
Freudige und juchzende Laute hatten Nils' Weinen abgelöst. Silvi wünschte sich sehnlichst mehr von diesen Momenten.

Sie zog sich an und hakte sich den ganzen Weg bei Wolfgang ein, der fröhlich und glücklich den Kinderwagen schob, mit Nils Grimassen schnitt, andere Spaziergänger grüßte und sich mit ihr über die Zukunft unterhielt.

„Wenn meine nächsten Geschäfte gut laufen, könnten wir uns ein eigenes, größeres Haus leisten." Er zeigte auf ihre kleine Doppelhaushälfte, die sie seit zwei Jahren zur Miete bewohnten. „Das hier ist für meine beiden Lieblinge viel zu klein."

Sie sah ihn von der Seite an, versuchte abzuschätzen, was er jetzt hören wollte. „Wolfgang, das Haus ist schön. Es reicht mir völlig. Selbst Nils gefällt es, sieh ihn dir an." Sie hakte sich etwas fester ein und steckte ihre Hand mit in seine Jackentasche.

„Ach ja, schön genug? Mehr traust du mir wohl nicht zu?"

Sie schloss ihre Hand fest um seine. „Aber nein, so meine ich das nicht. Ich bin glücklich und zufrieden!"

„Das will ich auch gemeint haben. Immerhin habe ich mein BWL-Studium gut genutzt. Ich habe schon einem Haufen Trotteln zu sehr lukrativen Investments geraten. Und für uns bleibt dabei mehr als genug hängen."

„Ich bin froh, dass du keine krummen Dinger mehr drehst. Du hast Verantwortung für uns übernommen. Ich denke, dass das selbst unsere Eltern auf Dauer nicht ignorieren können." Nach einer kurzen Pause fuhr sie fort: „Ich war übrigens heute bei meiner Mutter. Sie hat sich sehr über den Besuch von Nils gefreut. In meinem alten Kinderzimmer hat sie letzte Woche ein Kinderbettchen aufgestellt. Vielleicht können wir den alten Streit vergessen und uns bald alle wieder vertragen."

„Ich habe den Streit nicht begonnen." Wolfs Stimme klang so eisig, dass sie trotz der angenehmen Temperaturen glaubte, Atemwölkchen aus seinem Mund kommen zu sehen. „Deine Eltern sollten sich bei *mir* entschuldigen. Müssten sie sogar. Wahrscheinlich sogar bei dir."

„Fang bitte nicht wieder damit an. Ich bin so froh, dass ich zumindest wieder Kontakt zu meiner Mutter habe. Mach es mir bitte nicht kaputt!"

Er nahm seine Hand aus der Jacke und schüttelte ihren Arm ab. „Wir werden sehen! Apropos: Hatten wir nicht vereinbart, dass ich deine Brüste heute noch zu *sehen* bekomme? Wenn du so glücklich und zufrieden bist, könntest du mir das ruhig öfter zeigen!"

Kapitel 06
„Gelegenheiten" (Nachtdienst)

Das Telefon klingelt. Anja übergibt mir den Hörer. „Es ist Lukas."
„Hallo Lukas. Was gibt es?"
Beinahe glaube ich, dass er herumdruckst. „Ähm, die Drachenfelsbahn hat angerufen, ob ich heute Nacht fahren kann. Die haben eine Veranstaltung und der Fahrer ist krank geworden."
„Hast du schon bei Kai angerufen? Ich habe den Dienstplan nicht im Kopf."
„Kai ist doch noch auf dem Seminar."
„Ach ja. Hmmm. Ich meine aber, dass wir heute die gleiche Stärke haben wie gestern. Das sollte demnach klappen. Aber am besten rufst du auf der Wache an, der Wachdienstführer vom Spätdienst soll in unsere Liste schauen. Hast du noch einen wichtigen Bericht oder eine Anzeige zu schreiben?"
„Nee, habe ich alles fertig und im Ausgang. Du hast doch gestern noch alles gelesen und abgezeichnet."
Stimmt, hab ich. Gestern hatte ich einen Haufen Papier zu lesen. „Schick mir aber bitte eine Nachricht aufs Handy."
„Klar, mache ich."
Ich sehe Lukas förmlich vor mir, wie er sich auf den kleinen Hocker quält, der dem Triebwagenführer auf den Zügen der Drachenfelsbahn zur Verfügung steht. Wenn ich mich recht erinnere, gibt es dort noch zwei bis drei Schieberegler – und das war's. Alles analog und ohne Firlefanz.
„Fahr schön langsam und immer weit rechts", gebe ich ungefragt meinen Kommentar ab, bevor wir uns verabschieden.
Fünf Minuten später habe ich seine Meldung auf dem Telefon. Er wird heute Abend nicht kommen.

***

„Susi, was machst du denn hier?" Ich freue mich riesig und drücke sie auf dem Flur vor dem Aufenthaltsraum vorsichtig.
„Keine Sorge, du kannst nichts kaputt machen", beruhigt sie mich und drückt etwas fester. „Sieh mich an – jede Menge Schutz."

Sie tritt einen Schritt zurück. Ich muss ihr zustimmen. „Du hast seit dem letzten Mal etwas zugenommen, stimmt's?"
„Etwas? Seit Schwangerschaftsbeginn fast 15 Kilo. Ich passe in keinen Schuh mehr rein. Nur noch in meine Birkis." Fröhlich hebt sie einen Fuß, den man sonst unter ihrem luftigen Kleid nicht hätte sehen können. Ihr Bauch ist tatsächlich ziemlich mächtig geworden.
„Was verschafft uns die Ehre?"
„Rüdiger ist im Dienst und ich war allein zu Hause. Außerdem hat er berichtet, dass du dich bereits beschwert hättest, ich würde euch nicht mehr besuchen …"
„Na ja, so habe ich das nicht gesagt."
„Ach, papperlapapp! Jetzt bin ich ja da! Und schau mal, was ich euch mitgebracht habe." Stolz hebt sie den Deckel ihres kleinen mitgebrachten Speisecontainers, den sie auf einen der Tische gehoben hat, ohne mir die Chance zu geben, ihr zu helfen.
Plötzlich wird es voll um uns herum. Der Duft ihres Fingerfoods zieht durch die Gänge und lässt alle nach dessen Ursprung suchen. Sogar die Kollegen des Spätdiensts recken ihre Hälse, um zumindest einen Blick auf die vielen Leckereien zu werfen, für deren Herstellung Susi sicher den ganzen Tag benötigt hat.
Ein großes Hallo, Umarmungen, Küsschen hier und Küsschen dort. Wir freuen uns alle, Susi bei uns zu haben. Immerhin haben wir für eine sehr lange Zeit mit ihr zusammengearbeitet, bevor Rüdiger sie unbedingt schwängern musste.
„Wie sieht es denn hier aus? Ihr habt nicht einmal eine Tischdecke."
„Doch", widerspricht Pit, „aber die ist schmutzig."
„Wo ist sie?", will Susi wissen und Pit deutet auf einen achtlos dahingeworfenen Stoffhaufen, der in der kleinen Küche unter dem Heizkörper hervorlugt. Susi hievt ihren schweren Körper aus dem Stuhl und tastet nach der Tischdecke. Erst als sie das Knie beugt, gelingt es ihr, den Stoff zu angeln. Nicole steht auf.
„Susi, nimm meinen Stuhl. Der hat wenigstens Lehnen."
„Danke." Schwer lässt Susi sich in den Stuhl plumpsen und beginnt, die Tischdecke leidlich zusammenzulegen. Ich sehe sie fragend an.
„Was guckst du so? Die nehme ich mit nach Hause und werde sie waschen. Kann einer von euch später bei mir abholen, wenn

ihr zufällig in der Nähe seid. Aber frühestens übermorgen. Vorher komme ich nicht zum Bügeln."

Wir sehen uns gegenseitig an und müssen lächeln. *Unsere Susi.*

Da bisher keine Einsätze anstehen, sitzen wir ein halbes Stündchen zusammen, quatschen mit Susi und essen von ihrem vorzüglichem Fingerfood. Mir haben es die kleinen Hähnchenschenkel angetan.

Funk und Telefon haben wir in den Aufenthaltsraum umgeschaltet. So verpassen wir nichts und Aramis hat die Gelegenheit, bei uns zu sein und nicht allein im Wachraum sitzen zu müssen. Er hat heute wieder den Job von Kai.

Zu Dienstbeginn hat er mich zur Seite genommen und mir versprochen, dass sein Ausrutscher von gestern keine Gewohnheit werden wird. Gleich danach kam Jasmin zu mir und hat mir das gleiche Versprechen gegeben. Ich habe beide Male wohlwollend genickt, aber wahrscheinlich konnten sie mir meine Zweifel ansehen.

„Warum hast du mich gestern ‚Action' genannt?", will Jasmin wissen.

„Der Rettungssanitäter gestern war so von deinem Aussehen angetan, dass er dich als ‚Geschoss mit Mannstoppwirkung' bezeichnet hat."

Aramis droht aus Spaß mit der Faust. „Welcher war's?"

„Den kennst du nicht", beeile ich mich zu antworten. „Aber ‚Geschoss' gefällt mir nicht so gut. Da aber unsere neue ‚Action'-Munition mannstoppwirkend ausgelegt ist und man mit dir die schärfsten Einsätze erlebt, fand ich ‚Action' ganz passend."

„Für mich bleibst du ‚Schatz'!", witzelt Aramis.

„Dann fährt Schatz wie gestern mit Pumuckl und Olize mit dem Mufflon. Aramis passt auf die Wache und die leeren Zellen auf, während Giotto noch ein wenig mit Mutti plauscht. So gefällt mir das!"

Alle verteilen sich.

Karl nimmt mich mit fragender Miene zur Seite. „Mufflon?"

„Na ja, das ist der Name, der in der Behörde seit Jahren für dich verwendet wird. Mit dem wurdest du bei uns angekündigt und dem hast du, zumindest zu Anfang, alle Ehre gemacht. Was soll ich dir anderes sagen?"

„Das wusste ich nicht!"
„Was?", frage ich nach.
„Dass ich so unbeliebt bin. Von dem Namen hatte ich zwar schon gehört, aber dass er von allen benutzt wird ..."
„Ob er von *allen* benutzt wird, weiß ich natürlich nicht", versuche ich ihn zu beschwichtigen.
Karl schweigt.
„Vielleicht ist es an dir, ihn wieder zu tilgen."
„Einmal Mufflon – immer Mufflon!" Seine Miene wirkt resigniert.
„Probier's einfach aus. Uns würde es freuen." Dann füge ich hinzu: „Du bist heute mit Nicole unterwegs. Zeig ihr, wie gute Polizeiarbeit funktioniert. Wer könnte das besser als du mit deiner Erfahrung?"
Er lässt mich stehen, als sein Name durch den Flur hallt. „Karl! Nicole und du, ihr müsst bei Frau Henschel vorbei. Die wird wieder von Außerirdischen angegriffen".
„Wo wohnt die Dame?", fragt Karl nach. Nicole kann ihm mit der Adresse aushelfen. Sie war im letzten Jahr bereits ein paar Mal dort.
Pit und Action werden zu einem Häuserbrand gerufen. Sie müssen eine andere Wache unterstützen, die keinen Einsatzwagen mehr frei hat.
So sitze ich allein mit Susi im Aufenthaltsraum und lasse mir von Schwangerschaftswehwehchen, Vorfreude, Renovierungsarbeiten, Kinderzimmerfarben, Wandtattoos für Babys, den Vorzügen neuester Kindersportwagen und Sensormatten gegen den plötzlichen Kindstod berichten. Was es heute alles gibt! Wir hatten früher nicht einmal ein Babyfon.
„Hört sich an, als wäre bei euch alles gut geregelt. Wollt ihr irgendwann heiraten?"
„Och, das wissen wir noch nicht. Derzeit würde ich sowieso in kein Kleid passen. Aber ich möchte das schon ..." Sie macht eine kurze Gedankenpause, dann zwinkert sie mir zu. „Und meistens bekomme ich, was ich möchte!"
„Ich kann mich erinnern", gebe ich zwinkernd zurück.

„Willst du nicht deinen Container wieder mitnehmen?", fragt Aramis sie beim Abschied.

„Lasst ihn bei euch, aber spült ihn bitte, wenn ihr alles aufgegessen habt. Derjenige, der die Tischdecke holt, soll ihn mir wieder mitbringen."
„Geht klar!" Ich winke ihr noch einmal kurz zu, bevor sich die schwere Tür der Wache hinter ihr schließt.

Olize und das Mufflon kommen zurück auf die Wache.
„Das ging heute aber schnell. Sonst hält Frau Henschel euch doch immer stundenlang fest." Erfreut komme ich den beiden auf dem Flur entgegen.
„Karl hat offensichtlich einen besonderen Draht zu Frau Henschel." Olize bleibt vor mir stehen, während Karl weitergeht. „Als wir ankamen, trug sie wie immer ihren Helm aus Alufolie." Jetzt kommt auch Aramis auf den Flur, um mitzuhören.
„Sie sprach von Signalen und von Stimmen. Die könne sie aber in letzter Zeit nur noch ganz schwer verstehen. Dann hat Karl sich ihren Helm genauer angesehen und ihr erklärt, dass die beiden kleinen Hörner, die sie sich oben zusammengedreht hat, als Antennen auf keinen Fall reichen würden. Viel zu kurz!" Olize grinst bei der Erinnerung über das ganze Gesicht. „Ob sie Schrauben oder Ähnliches im Haushalt hätte."
„Hatte sie", erzählt Karl weiter, der zurückgekommen ist und tatsächlich einmal lächelt. „Zumindest so etwas Ähnliches. Ich habe ihr aus zwei alten Kugelschreiberminen Antennen gebaut. Rechts und links in die gezwirbelten Ecken eingedreht. Hat prima gehalten und sie schwört, dass die Signale jetzt wieder viel stärker bei ihr ankommen."
„Und dann hat er mit dem Funkgerät bei ihr nach Wanzen gesucht und alle elektronischen Geräte entstört. Ich hätte mir vor Vergnügen beinahe ins Höschen gemacht. Echt, Karl hat da eine Show abgezogen – mega!"
„Die nächste Woche sollten wir vor ihr Ruhe haben", kommentiert Karl. „Dann wird wieder einer zu ihr müssen, um den Helm und die Antennen neu zu justieren. Ist aber kein Problem. Ich mache das gerne – ist eine nette Frau."
„Völlig irre, aber nett!", bestätigt Nicole.

Das Telefon klingelt und Aramis eilt zurück in den Wachraum. „Wir haben einen Einbruchalarm bei einem Siegburger Bau-

stoffhandel. In dem angeschlossenen Außenlager soll sich eine Person befinden."
„Haben die einen Wachdienst?", frage ich nach.
„Ja, aber der ist noch in Bonn auf der anderen Rheinseite. Bis der kommt …"
„Na, dann …" Ich schiebe Nicole in Richtung Ausgang. „Nimm deinen Hochfrequenztechniker mit. Wir fahren gucken, ob es was zu gucken gibt."
Nicole winkt Karl hinter sich her.
Ich überlege. „Aramis, das Gelände ist ziemlich groß. Haben wir einen Hundeführer im Dienst? Ist der zweite Wagen mit Pit und Jasmin wieder frei?"
„Den Hund kläre ich ab. Action und Pumuckl sind schon unterwegs."

Als ich meinen Wagen erreiche, kann ich das Blaulicht von Karl und Nicole nur noch erahnen. Der Diesel startet knurrig. Ich schnappe mir meine Schutzweste, ziehe sie über und fahre ihnen nach.
„Frank?" Aramis hat gerade mit der Leitstelle telefoniert.
„Ja, bitte?"
„Du bekommst einen Hundeführer in deinen Einsatz. Er sollte ziemlich gleichzeitig mit euch eintreffen."

Es ist nicht weit bis zum Einsatzort. Ein etwas über zwei Meter hoher Zaun mit einer Krone aus Stacheldraht schützt das Außengelände. Auf dem Lagergebäude blinken rote Rundumleuchten. Wir haben uns auf alle Ecken des Geländes verteilt.
Über Funk frage ich die Infos ab. „Hat jemand Einbruchspuren am Zaun entdeckt?" Ich selbst stehe am Eingangstor, dessen Schloss keine Beschädigungen aufweist.
Jasmin meldet sich. „Auf halbem Weg zur Süd/Ost-Ecke liegt ein Parka über der Stacheldrahtkrone. Sieht aus wie draufgeworfen. Der oder die Täter sind anscheinend hierüber aufs Gelände gekommen. Auf der Innenseite des Zauns sind direkt unter dem Parka Paletten gestapelt, sodass sie vom Zaun aus nicht allzu tief springen mussten und einfach wieder zurück können."
„Meinst du, sie sind noch auf dem Gelände?", fragt mich Mattes, der Hundeführer. Er ist gerade dazugekommen.

„Ich weiß es nicht!", erwidere ich. „Seit wir angekommen sind, steht die Absperrung und es konnte zumindest niemand abhauen. Um die Frage zu beantworten, bist du hier."
Mattes hat einen belgischen Schäferhund an seiner Seite. Der Hund steht still und spitzt die Ohren. Ein schönes Tier, das ich gerne streicheln würde. Allerdings musste ich bereits vor Jahren lernen, dass man keinen Diensthund im Einsatz anfasst. Wenn sie scharf gemacht sind, so wie es der Hund neben mir zu sein scheint, können sie kaum zwischen Freund und Feind unterscheiden. Sie hören dann nur noch auf ihren Hundeführer. Die Zähne des Diensthundes damals hatten ganz knapp neben meinen Fingern zusammengeschnappt, bevor ihn sein „Chef" wieder beruhigen konnte.
Auf dem Gelände flammen Scheinwerfer auf. „Schau, Mattes, die Bewegungsmelder haben ausgelöst. Mit etwas Glück hast du gleich deine Antwort." Das Licht geht wieder aus.
Meine Taschenlampe zielt, genau wie die der anderen, auf die Stelle im Gelände, in der wir den Einbrecher vermuten. Der Drahtzaun nimmt aber leider viel Lichtenergie weg, sodass wir kaum etwas erkennen können. Ich klettere auf das Dach meines Wagens. Von dort kann ich zumindest über den Zaun leuchten. Nichts. Keine Person, kein Schatten, keine Geräusche.
„Haben wir einen Schlüssel für das Gelände?" Mattes sieht sich am Zaun um, während er mir die Frage stellt. Lässig hängt die Hundeleine um seinen Nacken.
„Noch nicht, aber ein Mitarbeiter der Sicherheitsfirma müsste gleich aus Bonn kommen."
„Du hast mich auf eine Idee gebracht." Er geht auf den Abschnitt am Zaun zu, über den der Parka geworfen ist. Der Hund folgt ihm, bleibt ständig neben seinem rechten Bein. Als er anhält, setzt sich „Rocco" bei Fuß.
„Hier spricht die Polizei!", tönt es aus dem Außenlautsprecher meines Fahrzeugs, als ich den Täter anspreche, der sich offenbar noch vor Ort befindet. „Wir haben das gesamte Gelände umstellt. Sie kommen nicht mehr raus. Ergeben Sie sich und ersparen Sie sich und uns weitere Mühe und Ärgernisse. Sollten Sie bewaffnet sein, halten Sie Ihre Waffe so hoch, dass wir sie sehen können!"
Als ich geendet habe, bittet Mattes mich über Funk: „Fahr mir deinen Streifenwagen her."

Ich steige vom Dach ins Auto und fahre die paar Meter zu ihm. „Was hast du vor?"
„Du kannst deine Ansage modifizieren. Droh ihm mit dem Hund." Ich sehe ihn fragend an. „Mach schon – vertrau mir. Fahr den Wagen ganz dicht an den Zaun, dann droh ihm mit dem Hund."
Ergeben nickend parke ich um und nehme das Sprechgerät wieder an den Mund. „Hier spricht die Polizei. Da Sie sich nicht freiwillig stellen, werden wir jetzt den Hund einsetzen."
„Da bin ich aber gespannt, Bulle", tönt es aus dem überdachten Teil des Geländes. Eine andere Stimme lacht leise.
„Mindestens zwei Täter. Ich bin auch gespannt", sage ich zu Mattes, als dieser seinen Diensthund auf den Arm nimmt. Er klettert erst auf die Motorhaube, dann auf das vordere Dachteil meines Streifenwagens. Einen kleinen Schritt über den Blaulichtbalken und er steht mittig neben der Antenne auf dem Dach. Noch immer hat er Rocco auf dem Arm, der aufgeregt die Ohren kreisen lässt.
„So, mein Kleiner. Fass!" Dann wirft er seinen Hund kurzerhand über den Zaun, sodass er auf den Paletten landet. Rocco springt von Palettenhaufen zu Palettenhaufen, und als er endlich auf dem Boden ankommt, spurtet er Vollgas zu der Stelle, an der wir die Täter vermuten und nun alle unsere Lichtkegel vereinen.
Er scheint einen erwischt zu haben. Sein „Ihr spinnt doch!" geht beinahe im Gebell Roccos unter, als er sich in seinem Arm verbeißt. Danach sind nur noch Schreie zu hören.
Mattes ist mittlerweile wieder vom Dach meines Wagens gestiegen und nimmt mir das Mikro aus der Hand. „Sie müssen aufhören, sich zu wehren. Der Hund lässt sofort von Ihnen ab, wenn Sie sich nicht mehr bewegen." Die Schmerzensschreie hören auf. „Bleiben Sie ruhig liegen und machen Sie nichts Unüberlegtes."
„Ich versuch's, aber nimm den Scheißköter weg." Die Stimme klingt mittlerweile eher weinerlich.
Mattes spricht weiter. „Zu Ihnen kommen wir gleich. Halten Sie einfach still. Jetzt zu Ihnen, ohne Hund am Arm. Kommen Sie ganz ruhig auf meine Stimme zu. Immer dem Schein der Taschenlampen nach."

Mittlerweile stehe ich wieder auf dem Dach meines Wagens und leuchte auf das Gelände. Ich habe einen privat angeschafften 12V-Scheinwerfer am Auto angeschlossen. Der Strahl zerschneidet die Dunkelheit. Hinter einigen Stahlrohren steht eine männliche Person auf. Dunkle Schuhe, dunkle Hose, dunkle Jacke, schwarze Sturmhaube. Die Täter von heute scheinen wirklich zu viele schlechte Krimis zu schauen. Ich rechne unter der Sturmhaube mit einem Dreitagebart. Langsam kommt er auf uns zu. Als er nah genug bei mir ist, kann ich ihm ohne Lautsprecher Anweisungen geben, die er zügig und ohne Widerstand erfüllt. Nicht zuletzt, weil ihn sein Partner fortwährend anschreit, er würde gerade verbluten. „Nehmen Sie die Gesichtshaube ab."
Da habe ich meinen erwarteten Bart.
„Drehen Sie sich mit erhobenen Händen einmal um sich selbst."
Er dreht sich.
„Jetzt nehmen Sie Ihre Jacke hoch und drehen sich noch einmal."
Keine Waffe zu sehen.
„Ziehen Sie Ihre Hosenbeine und Ärmel hoch." Auch dort findet sich keine Waffe.
„Jetzt drehen Sie alle Ihre Taschen nach außen." Es ist nur weißes Taschenfutter zu sehen.
„Beeil dich!", schreit ihn der andere erneut an. An uns gerichtet lautet seine Botschaft: „Drecksbullen - nehmt den Hund weg!" Dann heult er kurz und heftig auf. Ob Rocco ihn verstanden hat? Mir fängt die Sache an, Spaß zu machen.
„Kommen Sie weiter auf uns zu. Dann steigen Sie auf die Paletten."
Er krackselt auf die Paletten und steht mir oben am Zaun Auge in Auge gegenüber. „Jetzt halten Sie mir Ihre Hände so über den Zaun, dass ich Sie fesseln kann. Sie haben das sicher schon mal im Film gesehen."
Er schiebt mir seine Hände kommentarlos so über den Zaun, dass sich seine Handgelenke überkreuzen. „Und wie soll ich jetzt rüberkommen?"
„Müssen Sie nicht. Sie können auf Ihrer Seite bleiben, bis wir einen Schlüssel für das Gelände haben. Sie sind ja sicher, der Hund ist bei Ihnen."

Mein Scherz findet bei ihm keinen Zuspruch und so hebt er mir seine Hände weiter entgegen. „Bitte helfen Sie mir rüber!"
Vorsichtig helfe ich ihm, über den Parka auf das Dach des Streifenwagens zu gleiten. Er kommt zu Fall und landet mit dem Hosenboden auf dem Autodach. Rücklings rutscht er auf allen Vieren die Scheibe bis zu den Wischerblättern hinunter und wird unten von den Kollegen in Empfang genommen, die die Absperrung mittlerweile aufgelöst haben.
„Wie bekommen wir den Zweiten?", frage ich Mattes vom Dach aus. „Kann der Hund loslassen?"
„Das darfst du dir aussuchen. Entweder kommt er mit Hund durchs Tor oder auf dem gleichen Weg wie der andere."
Pit macht mir die Entscheidung einfach. „Da vorne kommt der Wagen der Sicherheitsfirma. Die werden einen Schlüssel haben."
Das mit einer Person besetzte Fahrzeug hält neben unseren Streifenwagen und ein beleibter älterer Herr steigt ächzend heraus. *Wie bitte hätte der mit den beiden fertig werden wollen?*, frage ich mich, bis mir einfällt, dass der Sicherheitsdienst am Ende auch wieder uns gerufen hätte. Allerdings, wie ich mit einem Blick auf die Uhr feststelle, beinahe eine Stunde später.
Ich springe von meinem Dach. „Schön, dass Sie da sind. Haben Sie einen Schlüssel für das Gelände?"
Er zieht wedelnd einen riesigen Schlüsselring aus seiner leichten Uniformjacke. Kaum vorstellbar, wie er aus diesem riesigen Wust den richtigen Schlüssel herauspicken will. „Klar, habe ich." Er lächelt freundlich in die Runde. „Ich sehe, Sie haben den Täter."
„Es ist aber noch ein zweiter drin, dafür brauchen wir den Schlüssel. Mein Hund ist bei ihm." Mattes tritt neben den Mann, als dieser, ohne suchen zu müssen, mit dem richtigen Schlüssel das Schloss öffnet und das Tor aufschwingen lässt.
Wir folgen den beiden aufs Gelände. Nach einigen Metern und um einige Lagerreihen herum finden wir den zweiten Einbrecher – und Rocco, der neben dem Mann sitzt und dessen Arm im Maul hält. Es sieht beinahe so aus, als wolle der Hund dem armen Mann helfen, seinen Arm hochzuhalten. Nicole und ich müssen beide lachen.
„Ja, lacht nur, Scheißbullen. Ohne Hund hättet ihr mich nicht bekommen."

„Rocco, bei Fuß!", befiehlt Mattes seinem Schäferhund. Zum Abschied packt Rocco noch einmal etwas fester zu, dann lässt er los und setzt sich neben Mattes.
„Au! Verdammte Töle." Der Mann ist genauso gekleidet wie sein Partner. Die Sturmhaube hat er abgenommen und auf seiner Glatze glänzt Schweiß im Licht unserer Lampen.
„Sie sind festgenommen", eröffne ich ihm überflüssigerweise. „Nehmen Sie die Arme hoch, damit wir Sie fesseln können."
„Der Hund hat mich verletzt."
„Wo?"
„Hier am Arm." Er nimmt den Arm hoch und zieht den Jackenärmel über den Unterarm zurück. Auf seiner Haut zeichnen sich kleine Abdrücke ab, aber es ist kein Blut zu sehen.
„Sie werden es überleben. Gut, dass sich mein Hund bei Ihnen nicht vergiftet hat. So, und jetzt stehen Sie auf." Mattes legt ihm Kabelbinder als Handfesseln an und hilft ihm, aufzustehen. Nicole und Karl durchsuchen ihn, dann nehmen sie ihn mit zur Wache.
Den anderen Täter kann ich nicht mehr sehen, vermutlich ist er bereits von Pit und Action weggebracht worden.
Rüdiger gesellt sich zu mir. „Sehen wir uns jetzt jede Nacht? Was hast du wieder angestellt?"
„Ich? Nichts! Das hat unser Rocco ganz alleine erledigt. Mattes hat uns einen Haufen Arbeit erspart. Mattes, ist dein Hund eigentlich wieder friedlich? Darf ich ihn anfassen?"
„Klar, alles gut. Der hatte eben seine Fleischeinlage für heute." Mattes gibt seinem Hund einen leichten Klaps auf den Po.
Während wir Rüdiger, der den Fall weiterbearbeiten muss, über die Festnahme berichten, lässt sich Rocco von mir kraulen und stupst mich an, als ich für einige Sekunden damit aufhöre.
Der Wachmann unterbricht uns: „Kann ich noch etwas tun?"
„Konnten Sie feststellen, ob etwas fehlt oder beschädigt ist?", will Rüdiger von ihm wissen.
Er schüttelt den Kopf. „Dazu kann ich beim besten Willen nichts sagen."
„Können Sie wenigstens die Alarmanlage wieder zurückstellen und neu aktivieren?"
Diesmal nickt er. „Hab ich schon."
„Dann richten Sie Ihrem Auftraggeber bitte aus, dass wir uns

morgen an ihn wenden und eine Liste über den Fehlbestand und die Beschädigungen von ihm brauchen."
„Mach ich. Ich schreibe das so in meinen Bericht. Noch einen schönen Abend." Er hebt zum Abschied die Hand, dann quält er seinen mächtigen Körper wieder in den silbernen Corsa, auf dessen Seite in polizeiblauer Beklebung „Security" steht.
„Dann gehen wir mal los und suchen den Wagen, mit dem die Täter hergekommen sind." Ich sehe auf den Schlüsselbund, den Karl bei der Durchsuchung gefunden hat. „Es sollte sich um einen Ford handeln."
Es dauert nicht lang, bis wir einen rostigen Mondeo gefunden haben, auf den der Schlüssel passt.
Anschließend fährt Rüdiger zurück zur Wache, um die ersten Vernehmungen durchzuführen. Mattes muss zum nächsten Einsatz, und so warte ich allein auf den Abschlepper, der das Tatfahrzeug für uns sicherstellt.

Alle Schreibräume sind besetzt, als ich wieder auf der Wache ankomme. Nicole sieht mich und fragt, was sie alles in die Festnahmeanzeige schreiben soll.
„Ich habe ihr gesagt, dass sie sich kurzfassen kann, weil du einen Einsatzbericht schreibst", mischt sich Karl ein.
„Ja genau. Fass dich kurz und beziehe dich auf meinen Bericht. Kannst du dem anderen Team bitte auch Bescheid sagen?"
„Ich habe mitgehört", sagt Jasmin hinter mir. „Geht klar!"
„Habt ihr die zwei schon eingeknastet?
„Erledigt. Die Papiere liegen bei Michael. Gewahrsamsfähigkeiten brauchen wir nicht. Den beiden geht es gut. Der Hund hat ihn bloß gezwickt. Der Arm ist nicht mal blau geworden." Sie wirkt beinahe ein wenig enttäuscht.

Im letzten Schreibraum sitzt Rüdiger und tippt wild auf der Tastatur rum. „Ich komme nicht mehr ins System. Eben hat es noch geklappt. Ich werde wahnsinnig! Immer, wenn du die Kiste brauchst, funktioniert sie nicht."
„Hast du versucht, ihn neu zu starten?", frage ich vorsichtig nach.
„Klar habe ich das! Meinst du, ich bin … So, jetzt aber. Es klappt wieder."

„Von uns bekommst du die beiden Festnahmeanzeigen und ich schreibe gleich den Einsatzbericht."
„Prima." Er tippt wieder auf den Tasten rum. „Ich werde jetzt beide kurz vernehmen. Erledigt ist erledigt."

Ich bin mit meinem Bericht fertig, als er seine zweite Vernehmung durchführt. Also habe ich ein paar Minuten Zeit, den Speisecontainer von Susi zu spülen.
Auf meinem Schreibtisch liegen die gesammelten Anzeigen und Berichte der Nacht. Aramis hat es sich auf seinem Stuhl bequem gemacht und schielt alle paar Minuten mit einem Auge auf seinen Einsatzmonitor.
Ich lese den Papierwust, zeichne ihn ab und packe den Haufen in die Schubladen für die Fachdienststellen. Die Anzeige für den Fall, den Rüdiger bearbeitet, lasse ich draußen und lege ihn als Erinnerung auf den Container.
„Aramis", ruft Rüdiger über den Flur nach vorne. „Kannst du den jungen Mann wieder in die Zelle bringen?"
Aramis rafft sich aus seinem Sessel auf und reckt sich kurz, wobei ich Angst habe, dass er die Platten aus der Zwischendecke aushebelt. „Ich komme." Dann schnappt er sich die Schlüssel und geht nach hinten.

Rüdiger verabschiedet sich. „Vielen Dank für eure Unterstützung. Dann haben wir ja doch noch alles in trockene Tücher bekommen. Ich übergebe den Vorgang gleich an die Kollegen. Die kümmern sich dann um die beiden Festgenommenen."
„Sag mal, was ist eigentlich aus unseren Schwertkämpfern von gestern geworden?"
„Um die kümmert sich der Haftrichter. So weit ich weiß, stehen beide unter ärztlicher Aufsicht. Es bleibt zu klären, inwieweit Drogenkonsum oder psychologisch-pathologische Defizite eine Rolle spielen."
„Und wo ist dein Spannmann Manfred?"
„Der hat sich krankgemeldet."
„Das ist aber doof. Jetzt musst du alles alleine machen."
„Nicht schlimm – ist mir sogar fast lieber."
„Nimm bitte Susis Container mit", erinnere ich ihn. „Wir kommen dann die Tage vorbei und holen die Tischdecke ab."

„Tischdecke?“ Rüdiger sieht uns verwirrt an.
Ich winke ab. „Geh nach Hause, sie wird es dir erklären.“
„Also dann – tschüss.“ Schon ist er zur Wache raus.

Etwa eine Stunde später gehen auch wir in unser wohlverdientes Wochenende, das eigentlich gar keins ist, weil es nicht auf ein Wochenende fällt. Aber wir haben bis übermorgen zum Spätdienst frei. Jetzt wird erstmal ausgeschlafen – wenn Anja mich lässt.

WOLFsELTERN
(2011, 31 Jahre)

„Was machst du heute?" Aus dem Bad war seine Stimme schwer zu verstehen.
„Was?", fragte Silvi nach.
„Was du heute vorhast?" Wolfgang stand jetzt in der Tür und schaute sie argwöhnisch an. „Du hast mich schon verstanden."
„Ich werde den Haushalt machen. Was bleibt mir sonst, wo du mir verboten hast, wieder zu arbeiten?" Sie schüttelte die Decken weiter auf und öffnete das Schlafzimmerfenster. „Wahrscheinlich muss ich heute noch einkaufen. Brauchst du etwas?"
„Willst du mir das jetzt ewig vorhalten? Nils braucht dich!"
Silvi klopfte die Kissen auf, etwas fester als notwendig. „Nils ist bis zum späten Nachmittag im Kindergarten. Der braucht mich nicht. Ich habe hoffentlich nicht umsonst studiert. Bald kann ich nicht mehr in meinen Job zurück."
Wolfs Miene wurde grimmig. „Du bist doch nur für ein paar Jahre beurlaubt. Schau, ich verdiene mehr als genug Geld für uns beide. Ich habe es geschafft, dass wir trotz des Börsencrashs kein Geld verloren haben. Das muss mir erstmal einer nachmachen. Die Schulden für das Haus sind überschaubar und ich genieße es sehr, wenn du abends auf mich wartest und ausgeruht bist. Alles ist sauber und geregelt. Wir können uns dann den angenehmen Dingen des Lebens widmen."
„Du denkst immer nur an das Eine!" Wütend stauchte sie das zweite Kissen in Form. „Was ist mit mir? Wo bleibe ich in deiner Rechnung?"
„Was soll denn mit dir sein?" Wolfs Augenbrauen waren kritisch zusammengezogen. „Du genießt die schönen Dinge des Lebens doch auch. Oder hast du mir all die Jahre etwas vorgemacht?"
Silvi hielt den Blick weiter abgewandt. „Nein, natürlich nicht. Und auf solche Gespräche lasse ich mich mit dir auch nicht mehr ein. Wir wissen beide sehr genau, wo das hinführt." Sie drehte sich um und sah ihm fest in die Augen. „Ich glaube, du musst jetzt zur Arbeit!"
„Du scheinst mir in letzter Zeit etwas zu forsch! Muss ich dir erst wieder den Hosenboden strammziehen?" Wolf grinste versöhnlich.

„Spar dir deine Sprüche. Wenn du mich noch einmal schlägst, bin ich weg! Ich hoffe, dass du das inzwischen begriffen hast."
Wolfs Augen hatten ihr besonderes Grau bekommen, aber dann hatte er sich umgedreht und das Schlafzimmer ohne ein weiteres Wort verlassen.
„Und Nils nehme ich mit!", hatte sie ihm in den Flur nachgerufen.
„Nur über meine Leiche!", war das letzte, was sie hörte, bevor er die Tür zuschlug. Sein „Verdammte Nutte!" verhallte ungehört im Eingangsbereich des schicken Einfamilienhauses, in dem sie seit ein paar Monaten wohnten.

***

„Hallo Karin." Die hübsche junge Frau drehte den Kopf und ein freudiges Lächeln zog über ihr Gesicht.
Sie stand von dem kleinen Bistrotisch auf und drehte sich zu Silvia. „Hallo, meine Süße. Schön, dass du es geschafft hast. Darf ich dir meinen neuen Kollegen vorstellen? Das ist Mark."
Silvia lächelte schüchtern zu Mark hinüber, der ihr strahlend seine Hand anbot. „Hallo Silvia. Ich darf Sie doch Silvia nennen?"
„Oh ja, sehr gerne, aber sagen Sie bitte ‚du', sonst komme ich mir so schrecklich alt vor." Sie erwiderte seinen festen Händedruck.
„Aber gerne. Ich bin Mark. Aber das sagte Karin bereits. Sehen Sie … siehst du, jetzt hast du mich ganz aus der Fassung gebracht."
„Komm, Silvi – setz dich." Karin holte einen Stuhl vom Nachbartisch, der um diese Uhrzeit im Einkaufszentrum noch nicht besetzt war. „Mark hat sich mir ganz kurzfristig angeschlossen. Wir hatten heute in der Bank eine Besprechung und kommen erst jetzt zu einer kleinen Pause.
„Und ich bin sehr froh, dass ich dich durch diesen Umstand kennenlernen durfte." Mark lächelte Silvi kurz mit seinen makellosen Zähnen an, bevor er an Karin gewandt weitersprach: „Das ist also die Silvia, von der alle in der Bank erzählen. Du hast mir aber nie gesagt, wie bezaubernd sie aussieht."
„Was soll ich sagen? Ich wollte sie vor dir schützen, du alter Charmeur!" Die beiden grinsten.
Silvi war leicht errötet. „Was erzählt man denn über mich?"

Die Bedienung brachte zwei Cappuccini. „Was darf es für Sie sein?", fragte sie an Silvia gewandt.
„Ich würde ebenfalls einen Cappuccino nehmen und einen von diesen leckeren Brownies." Sie zeigte in Richtung Auslage.
„Karin, möchtest du vielleicht auch einen?" Mark hob fragend die Brauen.
„Gerne. Bringen Sie uns bitte drei Brownies und einen weiteren Cappucino."
„Sehr gerne!" Die Bedienung verschwand und Silvi wiederholte ihre Frage: „Was erzählt man denn so über mich?"
Noch bevor Karin Anstalten machen konnte zu antworten, rasselte Mark Silvis Vorzüge herunter, beinahe ohne Luft zu holen. „Intelligent, eloquent, hat ein Händchen für die Kunden, sozial kompetent, clever bei Risikoeinschätzungen, eine Bereicherung für die Bank, aber - sehr zu meinem Leidwesen - nicht sehr gesellig, dafür verheiratet. Alle hoffen jedenfalls, dass du bald wiederkommst."
Silvi errötete erneut. „Vielen Dank, das ist sehr lieb." Sie drehte den Ring am Finger, ohne es zu bemerken.
„Dass du nicht gesellig sein sollst, kann ich nicht hinnehmen. Eine so schöne Frau muss ausgeführt werden."
Karin nickte zu Silvi. „Siehst du, das habe ich mit Charmeur gemeint. Keine ist vor ihm sicher."
Mit einem Gesicht, das ganz offensichtlich beleidigt wirken sollte, widersprach Mark: „So bin ich nicht. Ich bin eine ganz treue Seele." Ein spitzbübisches Grinsen erhellte seine Miene wieder. „Und um das beweisen zu können, musst du mir einfach die Gelegenheit geben. Bitte, Silvia, bereite mir die Ehre, dich zum Essen einladen zu dürfen."
„Oh je, das muss ich mir aber noch schwer überlegen", lachte Silvi.
Sie wurden von der Bedienung unterbrochen, die einen herrlich duftenden Kaffee und wunderbar aussehende Brownies an den Tisch brachte. „Lassen Sie es sich schmecken!"
Das taten sie. Silvia konnte sich nicht erinnern, wann sie sich das letzte Mal so gut unterhalten hatte. Mark war ein sehr humorvoller Erzähler, und beide Frauen hingen an seinen Lippen, bis sich die Pause ihrem Ende zuneigte.
„Es war mir ein wahres Vergnügen, dich kennenlernen zu

dürfen, meine liebe Silvia." Mark wirkte aufgekratzt, als er die Rechnung für alle beglich. „Die Einladung zum Essen steht. Ruf mich an, wenn du magst. Du magst doch, oder?"
Silvi lächelte ihn an, während sie sich die Hände schüttelten. „Wir werden sehen. Vielen Dank für die schöne Unterhaltung und natürlich für die Einladung! Und ja, es hat mich auch gefreut, dich kennengelernt zu haben."
Bei der Umarmung zur Verabschiedung flüsterte sie Karin ins Ohr: „Das hast du mit Absicht arrangiert."
„Natürlich, Silvi! Ich hoffe, wir sehen uns bald wieder!"
„Bestimmt, aber jetzt muss ich los. Wolfgang kann jeden Moment daheim sein und ich muss Nils noch vom Kindergarten abholen."
Mark drückte Silvi verstohlen eine Serviette mit seiner Handynummer in die Hand, dann winkten sie sich zum Abschied fröhlich zu und Silvi eilte davon.

Wolfgang hatte früher Schluss gemacht und einen schönen, als Ring gefassten Rubin gekauft. Ganz zu Anfang ihrer Liebe hatte er ihr nur Silberschmuck schenken können. Wenn er einen seiner „Deals" erfolgreich über die Bühne gebracht hatte, war auch schon mal ein Zirkonia drin gewesen.
Damals hatte sie sich noch über seine Geschenke gefreut. Heute, wo er Gold, Platin und Diamanten für sie kaufen konnte, die den Tresor im Keller füllten, schien es ihr nichts mehr zu bedeuten.
Wer verstand schon dieses verdammte Miststück? Immer wollten sie alles haben, aber wenn es darum ging, *seine* Bedürfnisse zu befriedigen, dann war sie sich zu schade dafür.

Er schloss die Eingangstüre auf. „Silvi, ich bin wieder da. Komm her, ich habe etwas für dich!"
Stille. Kein Klappern in der Küche, kein Saugen, nichts.
Wolf drehte sich um und sah, dass der Haustürschlüssel fehlte. *Verdammte Schlampe. Wo bist du?* Er schmiss das hübsch verpackte Kästchen achtlos auf das Sideboard, öffnete per Fernbedienung das Garagentor und sah, dass ihr kleiner neuer Mini weg war.

„Verflucht!“ Schnell tippte er ihre Nummer im Handy ein, dachte kurz nach und beendete den Anruf noch vor dem ersten Klingelzeichen.
Der Motor seines BMW M3 heulte auf, als er aus der Einfahrt raste.

Der Kindergarten lag an den Wald geschmiegt im Sonnenlicht. Wolf fuhr auf den hinteren der beiden Parkplätze, wo er den Eingang des Gebäudes gut im Blick hatte, selbst aber nicht auf den ersten Blick gesehen werden konnte. Er hatte nie wirklich geraucht, aber jetzt wünschte er sich sehnlichst eine Kippe; er platzte förmlich vor unverhohlenem Ärger.
Kurz vor sechzehn Uhr kam sie typisch flott um die Ecke gefahren. Sie parkte in einer der wenigen freien Parklücken auf dem vorderen Parkplatz und eilte durch das Tor des Kindergartens. Den anderen ankommenden oder bereits wieder gehenden Müttern nickte sie freundlich zu.
Keine fünf Minuten später stand sie wieder am Auto, nestelte an Nils' Jacke und verfrachtete ihn in auf die Rückbank.
Wolf schloss die Tür seines BMW und eilte leise zu ihr hinüber. Silvi schien noch immer mit dem Kindersitz beschäftigt zu sein.
„Wo warst du?“
Silvi erschrak und schlug sich den Kopf am Autodach an, als sie die Stimme in ihrem Rücken hörte. „Wie, wo soll ich gewesen sein?“
„Papa, Papa, du bist auch da“, krähte Nils aus dem Auto.
Wolf fasste sie mit einer Hand schmerzhaft am Arm, mit der anderen winkte er Nils im Auto fröhlich zu. „Keine Ausflüchte. Wo warst du?“
Silvi riss sich wütend los und zischte: „Nicht hier vor dem Kind!“ Sie ging ein paar Schritte vom Wagen weg und konnte kaum an sich halten: „Kontrollierst du mich? Ich war einkaufen. Wenn du mir nicht glaubst, sieh im Auto nach.“
Wolf öffnete den Kofferraum. „Hmm, das sieht alles sehr lecker aus. Hallo Nils, mein Kleiner. Mama hat ganz tolle Sachen eingekauft. Sie wird uns nachher sicher etwas Schönes kochen, was meinst du?“
„Oh ja!“ Nils jubelte von der Rückbank. „Pizza, ich will Pizza!“
„Wir werden sehen.“ Silvia lächelte ihren Sohn an und warf an-

schließend Wolf einen giftigen Blick zu, der den Kofferraum zugeworfen hatte und auf dem Weg zu seinem Auto war.
Dann knüddelte sie den verräterischen Einkaufsbon zusammen und warf ihn unter das Auto. *Nicht dass er am Ende noch die Kassenzeit darauf findet.*'

Sie startete den Wagen und fuhr gedankenverloren los.
Er verdächtigt und kontrolliert mich wieder. Hört das denn nie auf? Nils ist mein ganzes Glück, aber er ist erst fünf. Wie in Gottes Namen soll ich das denn noch all die Jahre ertragen? Ich hätte doch auf meine Eltern hören sollen.
Langsam fädelte sie den Mini in den fließenden Verkehr ein. Auf der Hauptstraße wurde sie von einem anderen Wagen hupend überholt.
Ich habe wirklich Angst vor ihm! Es lag jetzt glasklar vor ihr. All die Jahre hatte sie es nicht sehen können – nicht sehen wollen.

„Na, mein Kleiner, wie war dein Tag?" Ihr Versuch, Nils im Rückspiegel anzulächeln, misslang kläglich.
„Toll, Mama, wir hatten ganz viel Spaß. Aber Frau Nolte ist doof. Sie hat uns verboten, den Fliegen die Flügel auszureißen."

Kapitel 07

„Kein guter Tag" (Spät nach Freischicht)

Das schöne Wetter hat einen kleinen Hänger. Es regnet bereits den ganzen Tag. Na, immerhin konnten wir so im Haushalt das eine oder andere aufarbeiten. Auf meiner Schreibtischseite kann man die Tischplatte wieder erkennen und Anja hat ebenfalls neben ein paar kurzfristig eingeschobenen Mandanten ihren Papierberg abgearbeitet bekommen. Die Garage ist aufgeräumt, Kleidersäcke für die Nachbarschaftshilfe sind gepackt, das Haus glänzt.
Heute haben wir ausgeschlafen und Kathi ist schon lange aus dem Haus, als wir aufstehen. Eigentlich das richtige Wetter für ein ausgedehntes Sektfrühstück, aber ich muss noch zur Arbeit. So bleibt es bei Kaffee, Speck und Eiern.

Auf dem Weg zur Arbeit fehlt mir jegliche Lust. Meine Stimmung entspricht in etwa der aktuellen Wetterlage. Trüb und sinnig.
Auf der Wache ist ebenfalls niemand recht motiviert. Der Frühdienst kommt mit langen Gesichtern und nassen Regenjacken zurück. Keiner von uns hat den Ehrgeiz, seinen Einsatzwagen zu packen, weil man danach völlig durchnässt wäre. Daher haben wir unsere Einsatztaschen, Regenanzüge, Mützen, Klemmbretter und alles, was wir sonst so mit uns rumschleppen, in den Flur gleich neben die Eingangstür gelegt.
Der Frühdienst hatte einen Einsatz. „Hilferuf hinter verschlossener Tür". Eine alte Dame war hingefallen und konnte weder Tür noch Telefon erreichen. Ihren Notknopf hatte sie am Bett liegen lassen. So musste sie den halben Vormittag in ihrer Wohnung um Hilfe rufen, bevor sie ein Nachbar zufällig gehört hat. Feuerwehr und Polizei haben dann die Wohnung geöffnet und die Dame, die sich entweder den Oberschenkel oder die Hüfte – vielleicht auch beides – gebrochen hatte, mit dem Rettungsdienst ins Krankenhaus gebracht. Die Wohnung wurde mit einem neuen Schloss gesichert und die Tochter informiert.
Ein kleiner Parkplatzunfall, Ladendiebstahl, zwei Einbrüche, eine angezeigte Unfallflucht vom Vortag, ein Arbeitsunfall auf

einer Baustelle und ein glimpflicher Küchenbrand. So lautet das Resümee des Frühdiensts.

„Hoffentlich ist den Leuten das Wetter heute zu schlecht, um irgendwelchen Mist anzustellen". Kai steht hoffnungsvoll am Fenster und sieht in den Regen hinaus. „Ich glaube, unsere Regenrinne ist verstopft."
Ich sehe ebenfalls durchs Fenster. Tatsächlich schwappt das Wasser aus der übervollen Rinne und platscht vor uns rhythmisch auf das Pflaster des Innenhofs.
„Ich schreibe eine Notiz für den Hausmeister. Wenn er wieder da ist, kann er das reparieren oder in Auftrag geben."
„Wenn er sich mal wieder blicken lässt." Kai seufzt. „Ich habe ihn schon länger nicht mehr gesehen. Er ist mittlerweile für mehrere Liegenschaften verantwortlich und zerreißen kann er sich auch nicht."
„Ich muss sowieso zum Chef hoch und nach den neuesten Infos fragen. Möglicherweise kann ich ihn motivieren, etwas Druck zu machen, bevor uns der Keller vollläuft."
Kai dreht sich zu mir um. „Sag ihm einen schönen Gruß von mir. Ich war gestern beim Friseur." Er grinst breit.
„Und?", frage ich. „Bist du nicht drangekommen?"
Er hält seinen Pferdeschwanz hoch. „Das kann man doch hoffentlich sehen. Meine Haare sind um mindestens zwei Zentimeter kürzer."
„Dafür ist dein Ohrring mindestens zwei Zentimeter größer geworden." Ich bin zur Tür raus, bevor er mich mit Büroutensilien bewerfen kann.

Im Vorzimmer des Chefs begrüßt mich Elke, eine attraktive Mittvierzigerin mit offensichtlichen Vorzügen. Sie ist bei allen sehr beliebt, freundlich und hilfsbereit. Mit ihr ein Pläuschchen zu halten, ist immer ein Vergnügen.
„Hallo Frank. Alles gut? Ihr hattet wachfrei, oder?"
„Ja, hatten wir, aber das Wetter war nicht so dolle. Es darf gerne wieder schöner werden. Ich bin ein Freund sommerlicher Damenbekleidung."
Sie setzt sich in Positur. „Gefalle ich dir nicht?" Über ihrer Jeans trägt sie einen figurbetonten dünnen Pulli, der zwar keine Fra-

gen offenlässt, aber leider keinen Millimeter ausgeschnitten ist.
„Doch, doch, und wie." Ich lächele ihr anerkennend zu. „Aber das weißt du doch."
Sie errötet leicht. „Sag mal, du kennst dich doch ganz gut mit Computern aus ...?"
Bei solchen Fragen möchte ich immer mit „Nein" antworten. Auf ein „Ja" folgt in der Regel ein Rattenschwanz an Fragen.
„Ein bisschen", antworte ich ausweichend.
„Dann komm bitte kurz her. Du bekommst dafür auch einen Kaffee."
Ich gehe zu ihr rüber und stelle mich hinter sie, während sie mir ihr Problem erläutert. „Also, pass auf! Ich bekomme zwar regelmäßig E-Mails auf meinem Computer, bekomme aber irgendwie nie Antworten auf die Mails, die ich verschicke. Es ist mir unerklärlich."
Sie steht auf, um mir den versprochenen Kaffee zu holen und ich setze mich vor ihren PC. Konteneinstellungen, Sende-/Empfangseinstellungen, Netzwerkprotokolle ... alles in Ordnung. Outlook sendet und empfängt. „Guten Morgen, Chef", rufe ich ins Nachbarbüro. „Schick der Elke bitte eine Testmail."
„Sie haben Post", klingt es wenige Sekunden später aus ihren Lautsprechern. Das klappt also.
Elke stellt den Kaffee neben meine Maus und bleibt hinter mir stehen.
„Ich schicke dir jetzt eine Nachricht", rufe ich erneut zum Chef rüber. „Bitte darauf kurz antworten."
„Meinst du eigentlich, ich habe nichts anderes zu tun?", murrt der zurück.
„Möchtest du eine ehrliche Antwort?", witzele ich.
„Werd mal nicht frech!"
„Nachricht kommt."
„Stopp, stopp!", unterbricht mich Elke. Was hast du denn jetzt gemacht?"
Ich bin erstaunt, weil ich eigentlich nichts Außergewöhnliches gemacht habe. „Ich habe den Chef als Empfänger eingetragen, den Betreff ‚Test' und den Text ‚Lieber Chef, es wäre herzallerliebst, wenn du mir trotz deines immensen Arbeitsaufkommens antworten könntest. Mit herzlichen Grüßen, ein niederer Beamter und ergebener Diener'."

„Und dann hast du irgendetwas gedrückt und unten ist ein Balken erschienen. Den habe ich nie." Sie zeigt mit dem Finger auf den unteren Rand des Bildschirms, auf dem kein Balken mehr zu erkennen ist.
„Ich habe auf ‚Senden' gedrückt." Ich bin kurz ratlos, bis ich links auf das Ordnerverzeichnis sehe. Im Ordner „Archiv" stehen ein paar Dutzend Nachrichten, die nie versandt wurden.
„Die Nachricht, die du verschicken willst, nie mit dem ‚X' schließen! Immer erst auf ‚Senden' drücken", gebe ich ihr mit auf den Weg, bevor ich zum Chef gehe.
„Und?", fragt der mich, „alles wieder in Ordnung?"
„Alles prima", gebe ich zur Antwort. „Das sollte in Zukunft klappen."
Ich zwinkere Elke kurz zu, bevor ich auf ein Zeichen des Chefs seine Bürotür hinter mir schließe.
„Neulich hat sie statt nach Aktenzeichen nach Datum abgelegt." Er grinst mich unglücklich an.
„Fehler passieren", versuche ich abzuwiegeln.
„Apropos Fehler …" Er wird ernst. „Sieh bitte aus dem Fenster. Fällt dir etwas auf?"
Ich stehe auf und gehe zu seinem Fenster, das über der Wache im ersten Stock liegt. „Nö, erstmal nicht. Da müsstest du schon etwas genauer werden."
Er kommt zu mir ans Fenster. „Dann sieh bitte zu deinem Auto rüber."
Ich sehe zum Parkplatz, auf dem meine Karre steht, als der Chef langsam ungehalten wird. „Auf deinen Streifenwagen!" Er zeigt in Richtung des Innenhofs, wo der Wagen der Dienstgruppenleiter heute steht.
„Warum ist der drinnen geparkt?", will ich wissen.
„Sieh dir das Dach an!"
„Ups …", entfährt es mir, als ich auf das Dach sehe. Streifenwagen haben dort in großen schwarzen Lettern das Kennzeichen abgebildet, damit man im Einsatz mit einem Hubschrauber von oben das Fahrzeug über Funk ansprechen kann. Rund um diese Aufkleber und auf der Motorhaube kann man aus meiner Position leider auch sehr gut die Fußabdrücke und Beulen erkennen, die wir anscheinend im Nachtdienst mit unserer Hundeaktion verursacht haben.

„Findest du ‚ups' eine angemessene Antwort? Ein bisschen mehr erwarte ich schon! Schriftlich! Und zwar bis morgen früh auf meinem Schreibtisch! Comprende?"
„Hast du den Einsatzbericht gelesen?", versuche ich ihn zu beschwichtigen, „Es ging gar nicht anders!"
„Es geht immer anders. Lass dir bis morgen eine gute Begründung einfallen!"
Ich nicke. „War sonst noch was?"
Jetzt ist er wieder ganz der alte Chef. Freundlich, zugeneigt und sachlich. Er setzt sich und bietet mir per Handbewegung wieder meinen Platz von eben an.
„Die letzten Tage war viel zu tun, aber nichts, worüber ich mich jetzt auslassen müsste. Lies deine Mails, dann bist du auf Stand. Nächste Woche haben wir einen Sondereinsatz. Die Planung schicke ich euch wahrscheinlich heute im Laufe des Tages. Baut das bitte in euren Dienstplan ein."
Ich nicke.
„Für übermorgen, eventuell auch für den Tag danach, ist ein weiterer Einsatz geplant, aber da habe ich bisher keine genauen Einzelheiten. Es wird um eine Durchsuchung gehen und betrifft einen von euren zwei Frühdiensten. Wir unterstützen die Kripo in Köln. Ich gebe euch Bescheid, wenn ich was Genaueres weiß."
Wieder nicke ich.
Der Chef zieht seine Stirn kraus. „Was ist los? Habe ich dir mit den Beulen den Tag verhagelt? Geh halt in Zukunft etwas sorgsamer mit Landeseigentum um."
Ich nicke zum dritten Mal. Dann schüttele ich den Kopf. „Eher nicht. Ich mache immer, wovon ich glaube, dass es zur Aufgabenerfüllung notwendig ist. Das Auto ist ein Einsatzmittel. Da geht dann schon mal was kaputt."
„Junge, du machst mich fertig!" Aber er grinst, als er das sagt. Dann formt er mit den Fingern in der Luft ein DIN A4-Blatt. „Morgen früh – auf meinem Schreibtisch! Und lass die Tür offen."
Ich bin entlassen. Dieses Mal zwinkert Elke mir zu. Sie wird mitbekommen haben, was der Chef von mir wollte.
Auf der Treppe nach unten beginne ich im Kopf bereits zu formulieren. Wahrscheinlich sollte ich lieber ein Stündchen war-

ten, bis ich die Stellungnahme schreibe. Das, was ich aktuell im Kopf habe, würde an Unverschämtheiten locker reichen, alle Verantwortlichen derart zu verärgern, dass ich den Schaden am Ende selbst bezahlen müsste. Ich werde mich mit Kai beraten. Der zieht sich seit Jahren beim Chef immer wieder prima aus der Affäre.

Alle Wagen sind unterwegs im Einsatz und so habe ich ein paar Minuten Zeit, Kai die Infos vom Chef weiterzuleiten. „Wir sind in beiden Frühdiensten komplett", sagt er nach einem Blick in den Dienstplan. „Es ist egal, wann wir die Kölner unterstützen sollen."

„Na ja, ein bisschen Vorlauf wäre schon schön", gebe ich zu bedenken.

Wir sitzen vor seinem Einsatzrechner und ich sehe auf den gebrochenen Teppichschoner aus Kunststoff, der unter den Drehstuhlrollen knatscht und knistert. Bequem lehne ich mich zurück. „Den kannst du gleich mit auf den Zettel für den Hausmeister schreiben."

Kai nickt, macht auf dem Zettel vor sich eine Notiz und wendet sich dann an mich. „Du kannst dir nicht vorstellen, was mir gestern passiert ist."

„Stimmt!", stimme ich ihm grinsend zu. „Was ist dir denn passiert?"

„Ich liege im Bett, als das Telefon klingelt. Ein kurzer Blick auf die Uhr zeigt: Kurz vor 23 Uhr. Notgedrungen stehe ich auf, gehe in den Flur und was glaubst du, wer dran ist?"

„Wer?", frage ich.

„Einer meiner lieben Nachbarn."

„Ich kann mir denken, was jetzt kommt: Der liebe Nachbar weiß, wo du arbeitest, und bevor er 110 anruft, ruft er lieber bei dem netten Polizisten aus der Nachbarschaft an."

„Genau! Ich melde mich extra gähnend, als er mir tatsächlich berichtet, dass er nicht schlafen könne."

Ich hebe meine Augenbrauen. „Damit wart ihr dann schon zwei."

„Genau. Und er plappert drauflos. Da wären Jugendliche auf der Straße, die würden mit ihren Autos seit Stunden rauf und runter fahren, einen Heidenlärm machen und überhaupt – ich solle dringend nach dem Rechten sehen."

„Nicht schlecht“, lasse ich vernehmen. „Und dann?“
„Und dann? Dann habe ich Idiot mir den Schlaf aus den Augen gerieben, mich angezogen und bin mit einem Telefon und einer Taschenlampe bewaffnet zu dem Nachbarn rübergegangen. Den musste ich aber erst wieder rausklingeln. Für ihn war die Angelegenheit anscheinend mit seinem Anruf erledigt. Er beschrieb mir den Sachverhalt erneut und hat sich zumindest für meine Mühe bedankt, bevor er mir die Tür zu seinem Haus quasi vor der Nase zugeschlagen hat.“
„Sehr freundlich und zuvorkommend.“
„Es wird noch besser. Ich kann von dort, wo ich stehe, die Jugendlichen am Ende der Straße an einer Kreuzung sehen. Quer auf der Straße geparkt, Türen auf, Musik laut … Ich gehe zu ihnen, weise mich aus und mache mir ein Bild von der Lage: Die vorderen zwei wirken nüchtern, die auf der Rückbank hatten sicher das eine oder andere Bier. Alle drei Autos sind mit je vier Personen besetzt, darunter auch ein paar Mädchen. Ich lasse mir von allen den Ausweis geben und von den Fahrern zusätzlich den Führerschein. Sie folgen meinen Anweisungen anstandslos, machen allerdings leise Scherze über meine Frisur. Damit kann ich leben. So sieht man halt aus, wenn man aus dem Bett kommt. Besser, als wenn sie vor ihren Freundinnen den Dicken markieren und rumzicken. Da ich nichts zu schreiben hab, nehme ich mein Telefon und frage alle Personalien bei der Leitstelle ab. Alles gut, alles brave Jugendliche aus unserem Ort. Dann fragt mich der Kollege, ob ich die Personalien brauche. ‚Nö‘, sage ich, ‚die bekommen von mir jetzt einen Platzverweis, dann ist die Angelegenheit für mich erledigt.‘
Gesagt – getan. Ich erkläre ihnen, dass es untunlich ist, in einem Wohngebiet abends so laut zu stören, erkläre ihnen das Delikt der ‚übermäßigen Straßenbenutzung‘ und die Gefahren des Straßenverkehrs in Wohngebieten. Abschließend erteile ich ihnen einen Platzverweis, den sie prompt befolgen.“
„Ist doch super gelaufen“, kommentiere ich. „Du hast keinen auf die Nase bekommen, die Jugendlichen waren weg und du konntest wieder ins Bett. Dein Nachbar war sicher stolz auf dich.“
„Denkste. Ich gehe wieder zurück und bei meinem Nachbarn vorbei. Der steht ganz ‚mutig‘ wieder draußen, allerdings hinter seiner Garage in Deckung. Ich frage mich kurz, warum er so

hinter der Mauer steht, als er von mir wissen will, was mit den Waffen wäre."

Erstaunt sehe ich zu Kai. „Was für Waffen?"

„Na, die Waffen! Er hätte doch Schüsse gehört!"

„Der hat dich allen Ernstes rausgeschickt, weil er Schüsse gehört hat und dann ‚vergessen', dir das Wichtigste mitzuteilen?"

„Genau! Ich bin mit einem Telefon und einer Taschenlampe bewaffnet zu einer Schießerei gegangen."

„Alle Achtung. Und was lernen wir daraus?"

„Wenn jemand die Polizei braucht, dann soll er sie selbst rufen … und zwar unter der 110!"

Ich schüttle den Kopf und weiß nicht recht, ob ich einfach nur wütend oder resigniert über so viel Borniertheit sein soll.

***

Wolfs Laune war schon den ganzen Tag genauso mies wie das Wetter. Es regnete ohne Unterlass lange nasse Bindfäden. Bereits heute Morgen war er völlig durchgeweicht worden, nur weil ihn Silvia aufgehalten hatte.

„Tausch noch bitte mal eben die Lampe im Keller", hatte sie ihn gebeten. „Ich mag es nicht, wenn ich in die dunkle Waschküche muss. Ich sehe dann die Anzeigen der Waschmaschine nicht so gut, wenn ich bloß das Streiflicht aus dem Flur habe."

Er hatte die Birne schnell „mal eben" ausgetauscht, mit dem Ergebnis, dass es dann schauerte, als er zur Tür raus wollte. Die wenigen Meter zur Garage wurden für ihn kein wirkliches Vergnügen.

Mal sehen, was jetzt wieder ist, dachte er, als das Garagentor vor ihm elektrisch aufglitt und er den Wagen abstellte. Mit wenigen Schritten erreichte er die Haustür. Sie wurde bereits von innen geöffnet. Nils stand vor ihm und begrüßte ihn. „Hallo Papa! Komm schnell rein, bevor du nass wirst."

„Wo ist deine Mutter?", fragte er Nils statt einer Begrüßung. „Treibt sie sich wieder rum?"

Nils sah seinen Vater betreten an. „Ich weiß nicht, wo sie ist, ich habe den ganzen Nachmittag Hausaufgaben gemacht. Möchtest du die sehen?"

„Jetzt nicht." Wolf wuschelte seinem Sohn über den Kopf und schob ihn gleichzeitig aus dem Weg. „Ich bin beschäftigt."
Als er zum Computer im Arbeitszimmer ging, hatte er Nils bereits vergessen, der betreten die Treppe zu seinem Zimmer hochschlich.
„Wie lange dauert das denn?" Wolfs Finger klopften auf seinen Schreibtisch, während der Computer hochfuhr. „Wofür gebe ich so viel Geld aus, wenn dann trotzdem nichts funktioniert?"
Der gewohnte Windowssound sagte ihm, dass das Betriebssystem hochgefahren war und er nun Eingaben machen konnte. Er öffnete einige Ordner und Unterordner, in denen er den Startlink für das Programm, das er jetzt benötigte, versteckt hatte.
Die Oberfläche des Programms war aufgeräumt und hatte einige wenige Inhalte. Er drückte auf ‚Standort jetzt suchen' und wartete. Wenige Sekunden später ploppte ein Fenster auf, in dem Längen- und Breitengrade angegeben wurden. Daneben wurden diese Daten auf einer Karte als Ortsbezeichnung dargestellt. Ein weiteres Fenster gab an, zu welcher Uhrzeit das Handy dort zum letzten Mal geortet wurde. Wolf sah auf seine Uhr. Erst acht Minuten. Wenn er sich jetzt sofort auf den Weg machte …
Nils stand oben an der Treppe, als unten die Tür zuschlug und sein Vater durch den Regen zum Auto rannte.

Erst hatte sich Wolf geärgert, dass er den Scheibenwischer nicht benutzen konnte, ohne damit Aufmerksamkeit zu erregen. Dann aber hatte er schnell gemerkt, dass der Regen einen klaren Wasserfilm auf der Scheibe bildete, durch den man sehr gut sehen konnte, solange man nicht in Bewegung war. Den schicken schwarzen Boxster S hatte er mit Hilfe der Ortsangaben aus der Handyortung schnell gefunden. Jetzt stand er selbst so geparkt, dass er ihren Wagen und einen Großteil der Straße im Blick hatte. Sein einziges Problem war sein eigenes Auto. Seinen mattschwarzen BMW X6 konnte man nun wirklich nicht als unauffällig bezeichnen.
Wenn sie mich sieht, ist das auch kein Problem. Dann werde ich sie gleich jetzt zur Rede stellen. Ich bin auf ihre heutige Ausrede gespannt.

Seit Monaten hatte er den Verdacht, dass sie sich mit anderen Männern rumtrieb. Er wählte einen Sender mit aktueller Musik, blickte über die Straße, während sich seine Hände immer wieder zu Fäusten ballten.

***

„Frank?“, ruft Kai in mein Büro, aus dem ich mich heute noch keinen Millimeter rausbewegt habe. Ich nutze den Tag, um, wie zu Hause, Ordnung in das Chaos zu bringen. Ich habe sortiert, abgelegt, geplant, Berichte geschrieben und über meine Schadensmeldung wegen der Dellen auf dem Passat gegrübelt.
„Was?“
„Die Autobahnpolizei hat um Unterstützung gebeten. Aufgrund der witterungsbedingten Verkehrssituation haben wir selber alle Hände voll zu tun. Die Leitstelle fragt an, ob du frei bist.“
Ich raffe mich auf. „Gerne, trag mich ein. Wohin muss ich, was soll ich machen?“
„Sprich bitte direkt die Kollegen von der Autobahn an. Und denk daran, den Kanal zu wechseln.“
„Mache ich.“ Schon stehe ich im Regen. Und, weil ich vor dem Verlassen der Wache nicht ausreichend lange nachgedacht habe, sogar ziemlich lange. Komplett um den Parkplatz rum, durch das vordere Tor wieder rein, bis ans Ende des Innenhofs, wo mein Wagen geparkt ist. Ich sitze klatschnass im Auto. Trotz der nicht sehr kalten Temperaturen mache ich die Heizung an, bevor ich den Funk umstelle. Hoffentlich trockne ich noch ein bisschen, bevor ich rausfahre.
„Du sollst Absperrmaßnahmen vor Ort treffen. Fahr bitte zu Kilometer ‚22‘, da wirst du eingewiesen.“ Für die Leitstelle der Geradeaus-Polizei mag das eine korrekte Ortsangabe sein, für mich sind das nur Zahlen.
„Entschuldige bitte mein Unwissen, aber ich bin von der Landpolizei“, frotzele ich. „Sag mir bitte, wo ich hin muss, und bitte in ganzen Sätzen.“
„Oh je, die Bauernpolizei“, scherzt er zurück. „Fahr auf die Bundesautobahn Nummer 3, nutze dazu das Kreuz Bonn/Siegburg in Richtung Köln. Nach einigen Metern wirst du am rechten Fahrbahnrand weiße Zahlen finden, die auf blauen kleinen

Schildern gedruckt sind. Du wirst schnell erkennen, dass die Nummern fortlaufend gewählt sind und in deinem Fall ‚absteigen', somit ihr Zahlenwert kleiner wird. Bei dem Schildchen, auf dem eine ‚22' aufgemalt ist, bist du richtig."

Dafür, dass ich mich wie verrückt beeilen soll, hat er aber die Ruhe weg, denke ich bei mir. „Ich eile!", rufe ich in den Funk, schalte das Blaulicht und das Einsatzhorn ein und gebe dem Diesel die Sporen. Ich liebe es, zu eilen, und bei Regen gleich doppelt. Endlich kann ich wieder ein bisschen driften und Spaß haben. Ich muss aber aufpassen – wenn ich heute verunfalle, reißt mir der Chef endgültig den Kopf ab.

Ich biege von der A560 auf die A3. Was für eine geniale Rechtskurve! Ein Grinsen schleicht sich auf mein Gesicht, als ich den Wagen mit leichten Gasschüben fast ohne zu lenken ein wenig quer durch die Auffahrt zirkele. Leider hört der Spaß schon am Ende der Kurve auf, da sich dort ein Rückstau gebildet hat. Ich fahre auf dem Standstreifen an den wartenden Fahrzeugen vorbei. Rechts von mir entdecke ich das erste Kilometerschild: Ich bin in die richtige Richtung unterwegs.

Während ich mich in die Rettungsgasse einordne und wieder beschleunige, sehe ich in der Ferne das blaue Blinklicht der Einsatzkräfte. Da ist ganz schön was los. Erst kann ich die großen Feuerwehrwagen erkennen, dann die hohen Rettungswagen und die Polizei-Bullis mit Schilderbrücke. Zum Schluss erst sehe ich die normalen Streifenwagen. Die Fahrzeuge sind auf beiden Seiten der Mittelleitplanke im Einsatz.

Je näher ich komme, desto mehr Details kann ich erkennen. Es sind mehrere PKW an dem Unfall beteiligt. Einige Personen stehen mit Rettungsdecken bei den Sanitätern. Tragen werden eilig hin- und hergeschoben, und mindestens zwei Männer, auf deren Rücken „Notarzt" steht, sind im Einsatz. Es scheint, dass alle verfügbaren Rettungskräfte aus dem Umkreis herangezogen wurden. Ich lasse die Scheibe herunter, um mit den Kollegen der Autobahnpolizei Kontakt aufzunehmen. Noch immer kenne ich meinen genauen Auftrag nicht. Außerdem ist ab da, wo ich stehe, kein weiteres Durchkommen mehr.

Um mich herum herrscht gespenstische Stille. Natürlich hört man Motoren, hört das metallische Geräusch, wenn Dächer hydraulisch abgeschnitten werden, aber das alles passt irgendwie

nicht zu der Betriebsamkeit. Es müsste nach meinem Empfinden viel lauter sein. *Ob der Regen den Schall schluckt?*, geht es mir durch den Kopf, als mir auffällt, dass an einem Auto besondere Betriebsamkeit herrscht.
Es scheint durch die Leitplanke gebrochen und völlig zerstört zu sein. Die Feuerwehr ist mit schwerem Gerät dabei, die offensichtlich eingeklemmten Insassen zu befreien. Ich sehe genauer hin. Eine Familie, vielleicht auf der Urlaubsfahrt? Der Mann sitzt am Steuer, die Frau daneben. Ein Kind sitzt auf den hinteren Plätzen, falls man diese noch als solche bezeichnen kann. Das Fahrzeug ist vorne und hinten wie abgeschnitten. Nein, anders: Es sieht aus, als hätte ein Riese mit einem Vorschlaghammer den Motor- und Kofferraum ins Auto gestaucht. Die Fahrgastzelle ist zwar beinahe so lang, wie sie sein sollte, aber sie ist irgendwie falsch. Das Dach ist eingedrückt, alle Scheiben sind zersprungen. Der Wagen ist verdreht, beinahe wie ausgewrungen. Beide hinteren Türen sind samt Dach oben zusammengedrückt, sodass kaum Platz für das Kind bleibt. Es sitzt dort – stumm und regungslos.
Ich kann meinen Blick nicht abwenden, komme mir beinahe vor wie einer von diesen ekelhaften Gaffern; dabei will das doch alles gar nicht sehen.
Die Feuerwehr arbeitet von beiden Seiten in vier Teams am Fahrzeug. *Warum vier Teams?*, frage ich mich, als plötzlich die Frau hysterisch zu schreien beginnt. Sie schreit in einer Tonlage, die sich durch Mark und Bein frisst. Sofort sehe ich wieder meinen Unfall aus dem Vorjahr vor mir, wie ein schwerstverletzter Mann eingequetscht vor meinen Augen starb. Auch er hatte geschrien, bis ihn der Tod verstummen ließ.
Jetzt diese Frau – ich will mir die Ohren zuhalten und denke dabei gar nicht daran, das nach wie vor offene Fenster zu schließen. Der Regen strömt in mein Auto und durchnässt mich und die Sitze.
„Vorsicht!“, tönt es plötzlich überlaut von der Unfallstelle. „Sofort einen Schaumteppich!“
Hektisch werden Schläuche herangerollt und zusammengesteckt, Strahlrohre angeflanscht, Hebel gezogen und an Handrädern gedreht.
Noch während sich die Helfer durch den Regen quälen, schert

sich das Schicksal weder um den Regen noch um die Lebenden. Es nutzt seine Chance.
In einem riesigen Feuerball entzündet sich unter dem Fahrzeug ausgelaufenes Benzin.

Eine Lohe brennender Hitze weht über mich hinweg. Die Rettungskräfte der Feuerwehr fallen dem Feuerball nur deshalb nicht zum Opfer, weil sie Schutzkleidung tragen. Gott sei Dank hatten sich die Sanitäter zuvor eilig vom Fahrzeug zurückgezogen.
Erster Schaum fällt auf das schnell im Vollbrand stehende Auto. Aus der unglaublichen Hitze gellen nun weitere Schreie aus verschiedenen Kehlen. Es ist unerträglich. Das schmerzerfüllte Brüllen des Vaters, der gellende Schrei der Mutter, dann zwei Stimmen, die beinahe untergehen in ihrem Leid. Aber man kann sie beide hören.
Warum kann der Mensch seine Ohren nicht verschließen?, schießt es mir durch den Kopf. *Ich will hier nicht sein.*
Jetzt ist klar, warum es vier Teams waren, die am Auto gearbeitet haben. Es muss noch eine vierte Person im Auto gesessen haben, die ich zuvor nicht erkennen konnte.
Die vier Stimmen schreien ohne Unterlass.
Der Geruch von verbrannten Haare und verbranntem Fleisch weht mir ins Auto. Mir wird schlecht.
Der Schaumteppich bedeckt jetzt das gesamte Auto und dämpft die Schreie.
Nach und nach verebben sie ganz.
Nach und nach wird der Teppich immer dicker.
Es spielt keine Rolle mehr, ob der Schaum die Insassen zusammen mit dem Feuer ersticken wird.
Sie sind allesamt tot.

An der Brandstelle ist es noch immer so heiß, dass sich die Rettungskräfte dem Auto nicht nähern können.
Ich fahre alle Scheiben des Passats ganz runter, will den Gestank des Todes loswerden, aber der hat sich regelrecht eingebrannt – in meinem Auto, in meiner Nase, in meinem Gehirn. Ich kann mir nicht vorstellen, dass ich diese Dissonanz aus Todesgeschrei und verbrennendem Fleisch jemals werde vergessen können.

Wie in Trance helfe ich an der Unfallstelle mit, bevor ich dankend entlassen werde, ohne meinen eigentlichen Auftrag, den ich immer noch nicht kenne, erfüllt zu haben. Die Kollegen der Autobahn arbeiten routiniert und schnell. Ich sehe in starre Gesichter mit leeren Augen. Die Aufgabe hält sie aufrecht. Zusammen mit der Feuerwehr haben alle ihren Bereich schnell wieder im Griff; allerdings muss die eine Fahrspur gesperrt werden, weil die Hitze des Brandes die Fahrbahndecke beschädigt hat. Die letzten Wracks werden abtransportiert. Die Rettungswagen sind mit den restlichen Verletzten bereits vor einiger Zeit in den umliegenden Kliniken eingetroffen.
Immer wieder gehen mir die Bilder durch den Kopf. Der Brand, die Schreie, der Geruch. Als der verbrannte Wagen mitsamt den vier Leichen auf den Abschleppwagen gehoben wird, schickt der Wind den Geruch des Todes ein zweites Mal über die Szenerie, als habe er Sorge, dass wir das eben Erlebte schon vergessen hätten.

***

Beinahe hätte er sie nicht rechtzeitig gesehen, weil sie aus einer anderen Richtung kam, als er es vermutet hatte.
Mist, jetzt habe ich nicht erkennen können, aus welchem Eingang sie gekommen ist. Wolf fluchte leise vor sich hin.
Silvi ging beschwingt mit einem Schirm zu ihrem Auto, schüttelte ihn aus und setzte sich hinter das Steuer. Sie sah kurz in den Rückspiegel, richtete sich das etwas zerwühlte Haar und fuhr los.
Vier Autos dahinter folgte ihr Wolf.

***

„Du stinkst verbrannt!“, begrüßt mich Jasmin im Flur. „Wo hast du dich denn wieder rumgetrieben?“
„Ich habe keine Lust auf Scherze! Ich gehe duschen.“
„Warum erzählst du mir das? Soll ich dir den Rücken schrubben?“ Sie lacht über ihren Witz, während ich abwinke und mich in die Sanitärräume verdrücke.
Verwundert bleibt sie zurück.

Warmes Wasser überspült meinen Körper. Am liebsten würde ich das klare Wasser unter der Dusche einatmen, um den Geruch aus der Nase zu bekommen. Ich schnäuze, gurgele, pruste – nichts hilft.
Die neue Uniform riecht sauber, Schuhe und Jacke jedoch nicht.

***

Wolf fuhr auf die hübsch gepflasterte Einfahrt, als Silvi gerade im Begriff war, das Auto zu verschließen. Sie winkte ihm zu. Seine Beherrschung reichte nur für einen kurzen Gruß mit der Hand. *Ich muss mich zusammennehmen*, ermahnte er sich, bevor er sich ein Lächeln ins Gesicht zauberte und ebenfalls aus dem Auto stieg. „Hallo Schatz, wo kommst du her?"
„Ich war eben einkaufen." Sie zeigte auf den kleinen Kofferraum des Boxsters. „Du kannst mir helfen und die Sachen reintragen."
Soso – einkaufen. Wolf lockerte seine zu Fäusten geballten Hände, lächelte und öffnete das kleine Gepäckabteil. „Na, viel hast du ja nicht erstanden. Nils sagt, du seist den ganzen Nachmittag unterwegs gewesen."
Silvi lächelte ihn kokett an. „Sieh gerne etwas genauer hin, was da alles im Körbchen liegt. Eine Frau braucht für solche Dinge schon mal etwas länger."
Wolf musste einige Lebensmittel anheben, bevor ihm der rot glänzende, seidige Stoff auffiel.
„Extra für dich – deine Lieblingsfarbe. Soll ich es nachher für dich anziehen?" Sie zwinkerte ihm zu.
„Ich weiß nicht, ich bin von der Arbeit echt fertig. Wir werden sehen."
Du verfluchte Hure! Wahrscheinlich ist das Sperma deines Geliebten noch nicht trocken und du machst mir solche Angebote. Was bist du für ein verdorbenes Luder.
Wieder lächelte er seine Gedanken weg. Das wievielte Mal heute, das wievielte Mal in den letzten Monaten, Jahren?
Im Hausflur kam er ihr ganz nah, stellte den Korb mit den Einkäufen ab und berührte sie sanft an der Taille. „Bestimmt geht es mir heute Abend besser." Eigentlich würde er sie gerne quer

durch den Flur schleudern und den Namen des Liebhabers aus ihr herausprügeln. Dann würde er den Colt aus dem Tresor im Keller nehmen und dem Typen zeigen, wessen Frau er hier vögelt.

Silvi berührte seine Hand. „Das wäre schön". Sie konnte ihm nicht in die Augen sehen. „Ich hätte heute Lust auf dich."

„Du hast seit Jahren keinen Bock mehr auf mich, warum ausgerechnet heute?" Wolf konnte nicht anders, sein Zorn war zu groß. Es würde wieder Streit geben.

„Was erwartest du von mir? Dass ich mich danach verzehre, von meinem gewalttätigen Ehemann erniedrigt zu werden?" Sie stand auf der zweiten Stufe der Treppe und sah auf ihn hinab. Jede Freundlichkeit war mit einem Mal aus ihren Zügen gewichen.

„Warum hast du dann eben …?" Wolf schaute irritiert in ihre zornentflammten Augen.

„Hast du wirklich geglaubt, dass wir zwei jemals wieder etwas miteinander machen werden?" Sie lachte verächtlich.

„Und das rote Seidenteil?" Wolf bereute seine Frage, noch während er sie stellte.

„Das rote Seidenneglígé ist ganz sicher nicht für dich! Aber sei unbesorgt, es wird schon seine Bewunderer finden."

Wolf bekam seine verkrampften Finger nicht mehr auseinander und so traf er Silvi mit der Faust auf den Mund. Ihre Lippe sprang auf und Blut quoll aus der Wunde.

Ihre Zähne sind ganz rot, wunderte sich Wolf, als er in ihr grinsendes Gesicht sah. *Warum grinst sie immer noch?*

Sie kniff ihre Augen zu schmalen Schlitzen, drehte sich wortlos um und stieg die Treppe hoch, wo Nils weinend auf sie wartete. Ihre Hand wollte seine schmalen Schulter umfangen, ihn hochnehmen, als sie den Boden unter den Füßen verlor. Wolf schrie Unflätigkeiten, als er sie an ihren Beinen die Treppe herunterzerrte. Immer wieder schlug sie mit dem Kopf, den Armen, Brüsten und dem Oberkörper auf die Stufen, bevor sie am Fußende der Treppe zum Liegen kam.

„Sind dir deine Überheblichkeit und dein Spot vergangen?" Mit Schaum vor dem Mund drosch Wolf auf sie ein. „Ich kann deine Angst sehen! Ich bin gespannt, ob dich dein verfluchter Stecher noch will, wenn ich mit dir fertig bin." Ein letztes Mal schlug er

zu, dann ging er ins Wohnzimmer, schenkte sich einen Single Malt ein und kam noch einmal im Flur vorbei, um sich in der Küche Eis aus dem Eisbereiter zu nehmen. Sein Blick war leer, als er auf Silvi hinunterschaute, die blutend und benommen auf den kalten Fliesen lag. „Mach bloß keine Blutflecken in die Fugen. Das geht nie wieder raus“, war das Letzte, was sie von ihm hörte, bevor er im Wohnzimmer den Fernseher einschaltete.
Nils saß bei ihr und hielt weinend ihre Hand.
„Hol mir bitte aus der Küche ein Handtuch und mach es mit kaltem Wasser nass“, bat sie ihren Sohn. Sie konnte ihren Mund kaum öffnen und aufstehen erst recht nicht. Nils machte sich schluchzend auf den Weg und kam mit einem kalten Handtuch und zwei Kühlpacks aus der Küche zurück.
Wolf stellte den Fernseher lauter.
Als es ihr nach einigen Minuten etwas besser ging, krabbelte Silvia mit der Hilfe ihres Sohnes die Treppe rauf und verschloss hinter ihnen die Schlafzimmertür.
Sie nahm den Hörer ab und wählte die 112.

***

Ich muss mich zwingen, nach vorne zu den anderen zu gehen. Lust auf Gesellschaft habe ich im Moment keine.
Kai fängt mich auf dem Flur ab. „Ich habe eben in dem Einsatz auf der Autobahn gelesen. Das ist ja schrecklich! Warst du dabei?“
„Leider!“, erwidere ich und setze mich in den Aufenthaltsraum.
„Willst du einen Kaffee?“
Ich nicke.
Kai drückt zweimal auf den Knopf an der Maschine. „Bitte schön.“
Ich nicke dankend.
Kai fragt nicht weiter. Sitzt einfach still bei mir und trinkt seinen Kaffee. „Du weißt, wenn du reden möchtest …“
Wieder nicke ich, während ich gedankenverloren in meinen Kaffee puste. *Irgendwie riecht der komisch.*

Das Telefon im Wachraum klingelt und Kai flitzt an seinen Arbeitsplatz. Ein paar Minuten später kommt er wieder zurück.

„Darf ich dich stören?“
Ich blicke auf. Kein Nicken.
„Bei uns im Bereich ist es zu einer ‚Häuslichen Gewalt‘ gekommen. Im Moment ist kein Wagen frei. Jasmin und Aramis können dich aber in ein paar Minuten unterstützen.“
„Und warum muss ich alleine da hinfahren? Hat das keine Zeit?“
Kai setzt seine Kaffeetasse ab. „Schlecht, der Rettungswagen ist bereits angefordert. Die trauen sich jedoch nicht rein, weil der Typ sehr gewalttätig sein soll.“
Ergeben raffe ich mich auf. „Also, wo muss ich hin?“
„Nach Altenrath. Aber ich kann das gerne für dich übernehmen. Dann bleibst du einfach drin.“
„Lass gut sein. Dein Lappen ist weg, schon wieder vergessen? Schlechter kann mein Tag sowieso nicht mehr werden.“
Jetzt ist es an Kai, zu nicken. „Ich gebe es durch. Triff dich mit dem Rettungswagen vor der Tür.“

Ich nehme das schöne Wohnviertel nicht wirklich wahr, als ich durch die geschwungenen Straßen mit den schicken Häusern fahre. Nette Mittelstandsidylle.
Vor der angegebenen Adresse steht bereits der Rettungswagen. Die beiden Sanis stehen hinten am Tritt und warten rauchend auf mich. Mir fällt auf, dass es nicht mehr regnet.
„Jasmin, Aramis. Könnt ihr abschätzen, wann ihr vor Ort seid?“, frage ich in den Funk.
„Wir sind gleich fertig, dann noch ein paar Minuten Fahrt. Dauert nicht lange“, bekomme ich zur Antwort.
Das ist dehnbar. Na, wird schon schiefgehen.
Die beiden Sanis begrüßen mich. Der Händedruck der Frau ist bärenstark. Das macht Mut.
„Die Frau des Hauses wurde anscheinend ziemlich vermöbelt, konnte aber noch selbst bei uns anrufen. Der Sohn ist bei ihr im Schlafzimmer. Sie hat sich eingeschlossen.“
Die zierliche Sanitäterin mit den kräftigen Händen ergänzt: „Der Ehemann sitzt ihrer Aussage nach im Wohnzimmer und säuft.“
„Toll!“, erwidere ich und gehe vor, um zu klingeln.
Nach dem ersten Klingeln passiert nichts. Nach dem zweiten Klingeln geht oben ein Fenster auf und ein Frauenkopf wird im

Rahmen erkennbar. Sie sieht gotterbärmlich aus. „Er ist da, probieren Sie es bitte weiter."
Miss Händedruck klingelt Sturm und bollert mit der Faust gegen die Tür. *Nicht schlecht!*, denke ich und rufe, um nicht völlig nutzlos zu wirken: „Hier ist die Polizei, öffnen Sie die Tür!"
Wir lauschen einige Sekunden.
Ein schönes Haus. Einzelstehendes Staffelhaus, mit großen Fenstern. Schick, in hellem Putz mit dunkelgrauen Fensterrahmen. Daneben eine Doppelgarage, vor der ein Sportwagen und ein großer SUV stehen.
Die Tür wird aufgerissen und ein großer blonder Mann steht vor uns. Er wirkt bereits auf den ersten Blick angetrunken und aggressiv. „Was wollen Sie? Warum klingeln Sie Sturm?"
Er ist deutlich größer als ich und so muss ich mich recken und vor allem den Abstand zu ihm vergrößern. „Wir wurden angerufen, dass Sie Ihre Frau verletzt haben sollen." Gleichzeitig gehe ich unaufgefordert an ihm vorbei ins Haus, die beiden Sanis ebenfalls. So stehen wir alle in einem riesigen Flur mit großen Fliesen, einer geschwungenen Treppe und einem Luftraum über zwei Etagen.
Wenn man keine Sorgen hat, macht man sich welche, schwirrt es mir durch den Kopf. Da hilft nicht mal Geld.
Ich blicke mich um und versuche mir einen Eindruck zu verschaffen. Ich sehe ein schönes Sideboard, Bilder an der Wand und einen überdimensionalen Spiegel. Nichts, was als Waffe dienen könnte. Das Gefährlichste scheint der Schirmständer mit dem großen schwarzen Stockschirm zu sein. Ich entspanne mich etwas und deute auf die beiden Sanis, die mit ihren Rettungskoffern bewaffnet an der Treppe stehen. „Die beiden Kollegen gehen jetzt zu Ihrer Frau hoch und sehen nach ihr." Ich versuche, das so zu betonen, dass ich ihn nicht zum Widerspruch animiere.
Ohne eine Antwort abzuwarten, steigen die beiden schnellen Schrittes die Treppe hoch. Oben am Treppenabsatz kann ich einen struwweligen Jungenkopf erkennen.

***

Wolf hat die Whiskeys offensichtlich zu schnell getrunken. Wie sonst hatte es sein können, dass dieser halbgroße Polizist und die beiden Sanis plötzlich in seinem Flur standen und irgendwas von „verletzen“ faseln?
„Ich kann *dich* gerne verletzen“, hört er sich sagen, während die Sanis bereits auf dem Weg nach oben sind.
Der Polizist bleibt ruhig. „Das lassen Sie besser. Sie haben für heute schon genug Unfug angerichtet.“ Er sieht Wolf in die Augen und blickt sich dann im Haus um. „Schön haben Sie es. Hübsches kleines Familienidyll. So etwas sollte man nicht leichtfertig aufgeben!“ Er sieht Wolf erneut in die Augen. „Verstehen Sie, was ich meine?“
Wolf strafft seinen Körper und ballt nicht zum ersten Mal an diesem Tag seine Fäuste.
Er hat an so vielen Gewaltvermeidungsseminaren teilgenommen. Und, was hat es ihm gebracht? Nichts!
Mit leicht verwaschener Stimme presst er „Was wissen Sie schon von mir!?“ zwischen seinen Zähnen hervor.
„Nichts!“, bekommt er als Erwiderung. „Das macht aber auch nichts. Es ist immer irgendwie gleich. Zur Gewalt neigender Mann mit übergroßem oder sehr kleinem Ego verhaut seine Frau, seine Kinder und verbreitet Angst und Schrecken. Daraus bezieht er seine Lebensenergie.“ Der Polizist schaut fragend zu Wolf. „Was ist es bei Ihnen?“
„Ich habe meinen Sohn noch nie geschlagen! Was bilden Sie sich eigentlich ein? Kommen in mein Haus …“
„Das ist löblich, aber das meine ich nicht“, wird Wolf unterbrochen. „Was ist mit Ihrem Ego? Klein oder groß? Obwohl …“ Der Polizist macht eine kleine Pause und scheint nachzudenken. „Wenn ich mir Ihre Autos so ansehe, dann eher ein kleines Ego!“ Er grinst dazu und zeigt zwischen Daumen und Zeigefinger ein kleines Stück.
Wolf geht auf ihn los. *Dieser Arsch macht sich in meinem eigenen Haus über mich lustig.* „Ich zeige dir mein kleines Ego!“, schreit er, bevor er auf dem Boden liegt und röchelt.
„Ups, tut mir leid. Ehrlich!“ Der Bulle grinst immer noch, als er sich über den Liegenden beugt. „Hat das wehgetan?“
Wolf bekommt kaum noch Luft und muss tatenlos über sich ergehen lassen, wie dieser kleine uniformierte Mann seinen

Puls fühlt, ihn durchsucht, sich auf seiner Schulter abstützt und aufsteht. Von oben blickt er auf Wolf herab. Wolf glaubt, Geringschätzung in seinen Augen erkennen zu können. Innerlich rast er, kann sich jedoch nicht rühren. Noch immer ringt er um Luft, als wäre sein Kehlkopf eingedrückt.

„Schön liegenbleiben, sonst gibt es Nachschlag. Sie dürfen doch keinen Polizisten angreifen. Das sollte Ihnen aber wirklich klar sein. Ach, wissen Sie, ich glaube, Sie sind nachtragend!" Mit diesen Worten beugt er sich erneut über Wolf, dreht ihn auf die Seite und fesselt seine Hände auf den Rücken.

Noch nie hat sich Wolf derart gedemütigt gefühlt. Seine Adern im Hals zeichnen sich mehr als deutlich ab. Er versucht, die Handschellen zu zerreißen.

„Das haben schon Kräftigere als Sie versucht. Hat noch nie geklappt. Aber ...", Der Polizist macht erneut eine kleine Pause. „Ich glaube, dass ich vergessen habe, die Handschellen zu arretieren. Je mehr Sie ziehen, desto enger und schmerzhafter werden sie. Sie sollten kurz darüber nachdenken!"

„Tu nicht so mitleidig!", röchelt Wolf. „Verrecken sollst du!" Er spuckt dem Polizisten ins Gesicht.

„Ach guck, da fällt sie ab, die Sozialisation. So sind Sie also wirklich!" Grob packt er Wolf an der Schulter, dreht ihn und lehnt ihn an die Wand des Flures. Dann greift er in seine Uniform und wischt sich mit einem Taschentuch die Spucke aus dem Gesicht.

Wolf grinst. *Dir hab ich es gezeigt.* Hinter seinem Rücken macht er einen Stinkefinger. Dann grinst er noch breiter. „Na, schlag mich doch, Scheißbulle. Es ist eklig, angerotzt zu werden, oder? Na komm, trau dich! Ich bin wehrlos."

Der Polizist setzt sich auf die unterste Treppenstufe und blickt zu Wolf. „Sie tun mir schlicht leid. Für Sie habe ich heute noch nicht einmal mehr Zorn übrig."

***

Draußen quietschen Reifen, als Aramis und Jasmin am Einsatzort erscheinen.

„Na, den hast du offensichtlich ganz gut im Griff!" Aramis

schaut auf den großen blonden Mann, der sich in seinen Handschellen windet. „Hast du ihm gesagt, dass die Dinger immer enger werden, je mehr er sich wehrt?"
„Klar, habe ich. Er hört aber nicht. Und so wie er sich gebärdet, werde ich die auch nicht mehr lockern können. Übrigens – Vorsicht: Er sieht zwar wie ein Mann aus, aber er kämpft wie ein Mädchen. Eben hat er gespuckt. Fehlen noch Kratzen und Beißen."
Jasmin lacht auf. „Dann kümmere ich mich ab jetzt um ihn. Da kann ich mithalten. Dann gibt es jetzt ein bisschen ‚Action'." Sie hält ihre uniformblau-lackierten Fingernägel hoch und zeigt ihre Zähne.
Der Mann an der Wand blickt irritiert von einem zum anderen.
„Ich gehe hoch zu den beiden Sanis und bin gespannt, was die Frau des Hauses zu erzählen hat. Ihr könnt unseren Schläger belehren, befragen und auf eine Hausverweisung vorbereiten."
Die beiden nicken und Jasmin setzt ein schiefes Grinsen auf, als sie sich zu dem gefesselten Mann umdreht.
Als ich mich am Treppengeländer festhalten will, um die Stufen in die erste Etage zu erklimmen, spüre ich meine schmerzende Hand. Man bleibt nie ganz unverletzt.
Oben angekommen sitzen alle im Schlafzimmer des Hauses.
„Eine Frau Weber hat uns angerufen." Ich blicke zu der Frau auf dem Bett. „Sind Sie das?"
„Ja!" Ihre Stimme ist fest.
„Und das da unten ist Ihr Ehemann, Herr Weber?"
„Ja, Wolfgang Weber."
„Möchten Sie mir bitte erzählen, was vorgefallen ist?"
„Moment", unterbricht mich der männliche Sani. „Ich muss noch ein paar letzte Tests machen, dann gehört sie ganz dir."
„Dann warte ich."
Das Schlafzimmer ist sehr geschmackvoll und teuer eingerichtet. Ein Satz seidene Bettwäsche ohne Muster. Die zweite Betthälfte ist verwaist.
„Darf ich mich ein wenig umsehen?"
„Natürlich. Nils, zeig dem Polizisten das Haus."
Der etwa zehn Jahre alte Junge löst sich zögernd von der Hand seiner Mutter und kommt zu mir. „Das ist lieb von dir", sage ich zu ihm, bevor ich ihm meine Hand hinstrecke und mich aus dem Zimmer ziehen lasse.

Es gibt ein riesiges Bad mit Sauna, ein zweites Schlafzimmer, das ebenfalls nur zur Hälfte genutzt wird, ein Gäste- und Bügelzimmer und natürlich fehlt auch kein begehbarer Kleiderschrank. Nils führt mich durch alle Zimmer, öffnet und schließt die Türen. Er spricht nicht, sieht mich bloß mit seinen verwundeten Kinderaugen an. Als wir oben fertig sind, stockt er an der Treppe nach unten. „Keine Sorge, wir bleiben oben." Ich lächle ihn an, will über seine Haare streichen, überlege es mir aber anders. Wer weiß, was er in diesem Haus schon alles erleben musste.

„So, du kannst. Wir sind fertig." Miss Händedruck kommt auf den Flur und geht vor dem Jungen in die Hocke. „Bei dir ist alles klar?"
„Mir geht es gut!", antwortet Nils mit ebenfalls fester Stimme.
„Dann pass heute schön auf deine Mama auf. Sobald es ihr irgendwie nicht gut geht, rufst du uns bitte sofort wieder. Wähle einfach die 112. Kannst du das?"
Nils nickt entschlossen.
„Prima!" Sie steht auf und sieht zu mir. „Wir haben ihr nahegelegt, sich im Krankenhaus behandeln zu lassen. Sie will aber nicht. Ihre oberflächlichen Verletzungen haben wir versorgt. Frakturen oder Ähnliches scheint sie nicht zu haben. Vielleicht hört sie auf euch." Mit zwei Taschen bepackt geht sie die Treppe hinunter und ruft ein letztes Mal nach oben: „Und überlegen Sie sich bitte, ob Sie unseren Rat nicht doch annehmen wollen. Das Krankenhaus wäre eine gute Adresse. Gute Besserung!"
Der zweite Sani kommt ebenfalls aus der Tür. „Sie gehört dir." Sekunden später ist er seiner Kollegin die Treppe runter gefolgt.

„Hallo Frau Weber, ich schon wieder. Darf ich mich setzen?"
„Natürlich. Es tut mir leid, dass es hier so aussieht und dass wir uns oben unterhalten müssen." Sie stockt. „Darf ich Ihnen etwas zu trinken anbieten?"
„Das ist nett, aber nein, danke. Sie könnten mir erzählen, was aus Ihrer Sicht vorgefallen ist."
Frau Weber erzählt. Sie erzählt so lange, dass Jasmin hochkommt, um nach dem Rechten zu sehen. Sie setzt sich zu uns und hört ebenfalls schweigend zu. Hört einer Geschichte zu, die, so besonders sie auch sein mag, den immer gleichen Inhalt hat.

Gewalt, Schrecken, Verzweiflung, Reue, Hilflosigkeit, Selbstvorwürfe …
Jasmin und ich versuchen herauszufinden, wo Frau Weber steht. Welche Konsequenzen sie bereit ist, für sich zu ziehen.
„Ich will, dass er verschwindet!“ Ihre Aussage macht es uns ein wenig leichter, selbst wenn unsere Maßnahmen, auch ohne ihr Einverständnis, die gleichen gewesen wären.
„Frau Weber, ich habe ein wenig mitgeschrieben und werde Ihre Aussage nachher auf der Wache zu Papier bringen. Sie müssen in den nächsten Tagen aber noch einmal zur Fachdienststelle. Die Kollegen werden sich bei Ihnen melden. Jetzt bitte ich Sie vorrangig, diesen Strafantrag gegen Ihren Mann zu unterschreiben.“ Ich halte ihr meine Schreibmappe mit dem vorbereiteten Antrag entgegen. Sie nimmt den dargebotenen Stift und unterschreibt mit einer solchen Vehemenz, dass ich kurz Angst habe, sie würde das Blatt mit der Kulimiene zerschneiden.
„Wir werden Ihren Mann des Hauses verweisen. Das gilt für zehn Tage. Er darf in dieser Zeit nicht wieder zurückkehren. Dazu nehmen wir ihm seinen Haustürschlüssel weg. Den können Sie uns bitte gleich noch zeigen.“
„Das ist kein Problem!“
„Wenn er sich nicht an dieses Rückkehrverbot hält, rufen Sie uns an. Wir setzen es durch und entfernen ihn wieder. Außerdem wird ihm dafür ein ziemlich hohes Ordnungsgeld aufgebrummt. Sie dürfen ihn in dieser Zeit aber auch nicht wieder reinlassen. Das ist oft das größte Problem. Er wird ihnen ewige Liebe schwören, wird sich entschuldigen und versprechen, dass so etwas wie heute nie wieder vorkommt. Aber es wird wieder vorkommen, glauben Sie mir. Und es wird jedes Mal ein wenig schlimmer. Sie sind eine kluge Frau – lassen Sie sich von ihm nicht umstimmen.“
„Nein, nein! Bestimmt nicht!“
„Nehmen Sie den Vorfall nicht auf die leichte Schulter, Frau Weber.“ Jasmin sitzt auf der Bettkante und spricht sehr eindringlich. „Wir machen unseren Job schon eine ganze Zeit und es kommt viel zu häufig vor, dass geschlagene Ehefrauen einknicken. Nutzen Sie die Tage, die wir Ihnen verschaffen. Sprechen Sie mit Menschen, die Ihr Vertrauen genießen, nehmen Sie sich einen Anwalt, reichen Sie die Scheidung ein. Kämpfen

Sie um Ihren süßen Jungen.“ Sie atmet laut aus. „Machen Sie das Richtige!“
Ich nehme Frau Weber meine Schreibmappe wieder aus der Hand und ziehe ein Merkblatt daraus hervor. „In diesem Faltblatt sind Adressen und Erreichbarkeiten von Hilfsorganisationen vermerkt, die sich auf Gewalt in der Ehe spezialisiert haben. Nutzen Sie dieses Angebot!“
Sie greift nach dem Faltblatt und zieht Nils näher an sich.
Jasmin sieht ihr in die Augen, als sie aufsteht. „Versprechen Sie mir das?“, fragt sie.
„Wie konnte alles nur so weit kommen? Ja, ich verspreche es Ihnen. Schon ihm zuliebe.“ Sanft küsst sie ihren Jungen.
„Dann kümmern wir uns jetzt um Ihren Mann.“

Er sitzt noch immer unten im Flur und sagt kein Wort. Ich sehe Tränen in seinen Augen, als er die Treppe hochblickt, an dessen oberen Ende seine Frau steht.
„Ich liebe dich! Es tut mir so leid! Das kommt nie wieder vor! Ich verspreche es!“, ruft er plötzlich, von Weinkrämpfen geschüttelt, zu ihr hoch.
Ich blicke ebenfalls zu ihr nach oben. „Sehen Sie, es geht schon los.“
„Wir müssen jetzt gehen. Und Sie kommen mit.“ Aramis zieht den großen Mann auf die Füße.
„Silvia, lass das nicht zu! Ich liebe euch!“
Aber Silvia ist bereits wieder weg vom Treppenabsatz. Wir hören lediglich: „Es ist der Schlüssel mit den Bohrsenkungen.“ Dann knallt oben eine Tür zu.
„Hast du ihm alles erklärt?“, frage ich Aramis.
„Yes, Sir! Wohnungsverweisung, Rückkehrverbot, Platzverweis, Strafanzeige, Rechtsbeistand und er hat alles unterschrieben.“
Ich sehe zu Herrn Weber und frage mich, wie er mit den Händen auf dem Rücken so ordentlich unterschreiben konnte. „Ah, ihr habt die Handschellen nach vorne gemacht.“
„Natürlich, und gesperrt. Seine Hände wurden langsam blau. War so auch einfacher für den Alcotest.“
„Prima, dann ist ja alles geregelt.“
„Nehmen Sie sich Ihre Geldbörse, Ihr Telefon, ein Ladegerät und dann gehen wir. Ihre Frau wird Ihnen alles Notwendige

für die nächsten Tage packen. Das können Sie dann bei uns abholen. Sollen wir Ihnen ein Taxi bestellen, das Sie in ein Hotel fährt?“
Er schüttelt den Kopf. Seine Augen sind wieder trocken und haben einen raubtierhaften Ausdruck angenommen. Dennoch wirkt er sehr beherrscht.
„Wenn wir Ihnen jetzt die Handschellen abnehmen, werden Sie sich benehmen! Falls nicht, werden wir Ihnen wehtun müssen – sehr weh! Haben Sie das verstanden?“
Er nickt erneut.
„Gut!“ Ich nehme ihm die Handschellen ab, bin aber auf der Hut.
Er scheint sich weiterhin unter Kontrolle zu haben.
„Und denken Sie daran, nicht mit Ihrem Auto zu fahren. Ihr Alkoholspiegel ist deutlich zu hoch dafür“, gibt Aramis ihm noch mit auf den Weg.

***

Wolf zittert innerlich vor Anspannung, blickt aber den Polizisten lässig ins Gesicht. Für heute hat er ganz offensichtlich verloren.
Aber heute Nacht würde er sich Gedanken machen und einen Plan schmieden. Und morgen wäre er wieder obenauf. Silvia und Nils gehörten ihm, und daran würde niemand etwas ändern. Und auf keinen Fall diese beschissenen Bullen!
Grußlos dreht er sich um und entfernt sich vom Haus.
Im Gehen zückt er sein Handy, ruft seinen Compagnon an und teilt ihm mit, dass er ein paar Tage nicht zur Arbeit kommen würde. „Private Gründe! Und es geht dich einen Scheißdreck an. Sieh zu, dass du meine Termine wahrnimmst oder sie verlegst. Ich melde mich.“
Damit beendet er den Anruf.

Kapitel 08
„Flucht nach vorne“ (Spätdienst)

„Was für ein Mistkerl!“ Anja ist außer sich und knallt die leere Kaffeetasse neben ihren Frühstücksteller. „Über all die Jahre? Warum hat sie sich nicht gewehrt? Ich hätte mir das keinen Tag gefallen lassen.“ Wütend blitzen ihre dunklen Augen.
„Solche Dinge passieren. Abhängigkeiten, Gewohnheit, was weiß ich. Oft kann man das Verhalten nicht nachvollziehen, aber es kommt ganz häufig vor, dass Gewalt in der Ehe vom Opfer toleriert wird. Wahrscheinlich ist es am Anfang sogar sehr spannend, in der Beziehung dominiert zu werden.“ Ich zwinkere ihr zu. „Ihr Frauen steht doch auf die ‚harten Jungs‘!“
Sie knufft mich gegen die Schulter. „Jetzt scheint sie ja auf einem guten Weg zu sein!“
Ich lehne mich am Tisch zurück. „Das weiß man nie so genau. Möglicherweise war unsere Arbeit gestern letztlich umsonst. Er ruft sie an, schwört ihr ewige Liebe und schon sitzen sie wieder zusammen am Küchentisch und plaudern. So wie wir gerade. Gewalttäter können unglaublich charmant sein.“
Anja gießt uns Wasser nach und trinkt einen kühlen Schluck. „Ich verstehe es trotzdem nicht!“
„Das geht allen so, die nicht betroffen sind. Lass uns hoffen, dass sie ab jetzt den richtigen Weg wählt!“
Sie nickt und ich will gerade aufstehen, als mir etwas anderes einfällt. „Apropos ‚richtig‘. Der neue Freund von Kathi ist jetzt öfter bei uns. Meinst du, das ist was Ernstes? Muss ich mir am Ende noch seinen Namen merken?“
Anja lacht. „Der ist total nett – und tu nicht so, als wüsstest du seinen Namen nicht.“ Sie droht mir mit der Faust. „Sonst gibt es was auf die Nase!“
„Okay, okay. Stimmt, er ist freundlich, höflich und geht sehr liebevoll mit unserer Tochter um. Wie hieß er noch gleich?“
Ich hechte vom Tisch weg, um Anjas Serviette zu entgehen, die sie mir nachwirft. Sie wird alleine abräumen müssen. Gewalt ist halt keine Lösung. Ich grinse, als ich die Treppe hochsteige, um mich für den Dienst umzuziehen.

„Tag!“, begrüße ich Hans, der seinen Frühdienst beendet. „Na, mein Lieber, alles gut?“
„Alles super, außer dass wir bereits heute Morgen einen Einsatz wegen deiner ‚Häuslichen‘ von gestern hatten.“ Er schnaubt. „Was für ein ätzender Typ.“
„Stimmt!“ Ich hebe die Braue. „Was hat er heute angestellt? Er ist doch nicht zurück in die Wohnung?“
„Besser. Er hat bei den Eltern der Frau randaliert und ist in deren Haus eingedrungen. Als wir ihn da wieder rausholen wollten, hat er den Widerstand geprobt und wir mussten ihn mit auf die Wache nehmen, um den Platzverweis durchzusetzen.“
„Nicht schlecht … Hat er gestern nicht zugehört?“
„Doch, und sich offensichtlich auch alles gut gemerkt. Als er bei uns war, hat er die Zeit genutzt und dich zusammen mit deinen Jungs und Mädels angezeigt. Körperverletzung, Beleidigung, Freiheitsberaubung. Alles gemeinschaftlich, unter Waffen und als Amtsdelikte. Da kommt ganz schön was zusammen, teilweise sind das Verbrechenstatbestände. Ich hoffe, ihr habt die nächsten zwanzig Jahre nichts vor.“ Er grinst, aber ich kann mich eines schlechten Gefühls nicht erwehren. Der Rechtsstaat wird das alles überprüfen und am Ende als haltlos verwerfen – hoffe ich! Irgendwie steht man in unserem Beruf immer mit einem Bein selbst im Knast.
Ich versuche, ein positives Gesicht zu machen. „Damit kommt er nicht durch.“
Hans schlägt mir freundschaftlich auf die Schulter. „Genau! Sonst war nichts Wichtiges. Mach dir einen schönen Tag.“ Er schnappt sich seine Warnweste, die noch über der Lehne hängt, und ist zur Tür raus.
Kai sitzt an seinem Rechner und bittet Lukas, ihm einen Kaffee zu bringen. Als kleines Dankeschön klopft er ihm auf die Schulter. Ist heute Schulterklopftag? Ich werde zu Hause in den Mondkalender sehen müssen.
„Lukas, wo du gerade unterwegs bist …“
„Klar, Chef, ich bringe dir einen mit. Darf's noch ein Giotto dazu sein?“ Sein Lachen folgt ihm über den Flur.
Ich setze mich neben Kai. „Sehr witzig.“
Der grinst. „Finde ich schon.“

Nach einer kleinen Pause frage ich: „Hast du von der Anzeige gegen uns gehört?“
„Sogar schon gelesen.“ Er reicht mir einen Packen Papier. „Hier, eine Kopie für dich. Eine ist oben beim Chef und der Rest bereits bei der Sachbearbeitung. Herr Weber kann zumindest nicht behaupten, wir würden uns keine Mühe geben, euch schnellstmöglich einzukerkern.“
„Habt ihr heute alle einen Clown gefrühstückt? Das ist echt überflüssig. Auch, wenn nichts übrig bleibt und alles eingestellt wird, ist das ein Megaaufwand.“
„Und nicht nur für dich.“ Kai hat sein Grinsen abgelegt und ist wieder ernst. „Aramis und Jasmin haben den gleichen Quatsch am Hintern. Selbst die Rettungssanis sollen ihn drangsaliert haben. Er hat ein Riesenfass aufgemacht.“ Er tippt auf die Papiere in meiner Hand, in denen ich bereits blättere. „Lies es dir in Ruhe durch. Sind zusätzlich ein paar hübsche Fotos von seinem Hals dabei. Hast ihn nicht schlecht erwischt. Ich werde bei der Rettungsleitstelle eruieren, wie die beiden Sanis heißen. Denen müssen wir ebenfalls zeitnah Bescheid geben.“
Ich stehe auf und gehe in mein Büro. „Danke!“, sage ich noch auf der Schwelle, bin aber bereits in den Text vertieft. „So ein gewalttätiger Arsch!“ Dann schließe ich die Tür hinter mir.
Zehn Minuten später öffne ich die Tür zum Flur und rufe Michael und Jasmin zu mir. Heute gibt es kein „Aramis“ und kein „Action“. Für heute habe ich die Nase jetzt schon voll.
Ich schließe hinter ihnen die Tür. „Wir müssen reden. Setzt euch.“
„War der für dich?“ Jasmin stellt mir eine Tasse kalten Kaffee auf den Tisch. „Den hat Lukas in der Eile wohl stehengelassen.“
Heute klappt aber auch gar nichts!
„Schön, dass ihr noch da seid. Ich habe noch was für euch zum Lesen.“ Ich drücke beiden ihre Kopien in die Hand und lehne mich zurück. „Habt ihr schon davon gehört?“
Beide nicken und vertiefen sich in den Vorgang. Jasmin hebt die Blätter bis kurz unter die Nase und Michael hält sie am langen Arm. Jetzt gleitet mir doch ein Lächeln übers Gesicht. Sieht süß aus, wenn man die zwei so beobachtet.
„Ist unhaltbar.“ Michael legt die Blätter zurück auf meinen Tisch.

Jasmin nickt dazu. „Ich habe überhaupt keine Lust, mich dafür zu rechtfertigen, dass ich meine Arbeit mache."
Sie hat recht. Auch mir widerstrebt es, mich für das, was ich tu, immer wieder überprüfen zu lassen. „Aber so funktioniert der Rechtsstaat", gebe ich zu bedenken.
Michael rollt seine Kopie zusammen. „Kein Staatsanwalt wird wegen diesem Quatsch ein Verfahren einleiten."
„Das sehe ich genauso. Machen wir uns keinen Stress deswegen und lassen den Dingen ihren Lauf. Kai ermittelt gerade die beiden Sanis von gestern und den Rest bringt die Zukunft. Und jetzt raus. Geht Bösewichte fangen."
„Genau! Komm, mein großer edler Musketier, du darfst eine Jungfrau befreien und ein bisschen ‚Action' mit mir haben." Jasmin knufft ihn gegen die Schulter und zieht ihn dann von seinem Stuhl, der erlöst knatscht.
Was haben heute alle mit der Schulter?
„Ich will keine Flecken im Auto finden", rufe ich den beiden nach.
Jasmin wirft mir einen Kussmund zu. „Mal sehen!" Dann sind sie weg.
Ich melde mich an meinem PC an und öffne das Internet. Meine Suchanfrage bei Google lautet: „Mondkalender".

Mit dem kalten Kaffee in der Hand gehe ich zu Kai. „War dein Kaffee auch kalt?"
„Ziemlich!"
„Möchtest du einen neuen?"
„Gerne." Er liest auf seinem Monitor die Einsätze der letzten Stunden. „Dein Spezi von gestern hat ganz schön Tumult verursacht. Ich drucke es aus und lege es auf deinen Tisch."
„Danke."
„Gerne. Was ist jetzt mit dem Kaffee?"
Bevor er mir erneut auf die Schulter klopfen kann, gehe ich nach hinten. Im Aufenthaltsraum sitzt Karl mit einem kleinen Aschehäufchen auf dem Bauch und in die Lektüre der Polizei-Bravo vertieft. So nennen wir die Gewerkschaftszeitung liebevoll.
Ich sehe ihn fragend an. „Was machst du hier?"
Er wirkt irritiert. „Lesen ...?"

„Ich meine, warum genau bist du im Aufenthaltsraum und nicht in der großen weiten Welt, Bürger beschützen?“
Klimpernd hält er den Fahrzeugschlüssel hoch. „Wir stehen zusammen auf dem Plan. Das Auto ist fertig gepackt und ich habe den Schlüssel.“
Irgendwie bin ich heute nicht auf Zack. „Prima, danke! Wir können in ein paar Minuten rausfahren. Ich brauche frische Luft.“
Karl ist wieder in seine Zeitung vertieft. Ich glaube, ein Nicken zu erkennen.
Mit den beiden frischen Kaffee sitze ich kurz danach wieder bei Kai.
„Und?“ Ich reiche ihm eine Tasse.
Er kneift die Augen fragend zusammen. „Danke?“
„Entschuldige, ich habe doof gefragt. Hast du die Namen der Sanis, wollte ich wissen?“
Sein Gesicht hellt sich wieder auf. „Klar, liegen beim Vorgang.“
Bis der Kaffee leer ist, schweigen wir.

Das Telefon klingelt und ich gehe dran. Es ist Mike von der Leitstelle.
„Na, mein Lieber, was gibt es?“, frage ich, ohne mich mit Namen zu nennen.
„Ach, guck an, der gewalttätige Dienstgruppenleiter“, bekomme ich zur Antwort.
„Boah, jetzt nicht du auch noch. Woher weißt du überhaupt davon?“
„Och“, sagt er bloß, „ich habe so meine Quellen.“
Ich frage nicht weiter nach. „Was gibt es?“
„Wir haben in Lohmar eine Ruhestörung.“ Er stockt und gibt mir Zeit, seinen Satz auf mich wirken zu lassen.
Ich sehe auf meine Uhr. Kurz nach drei Uhr nachmittags.
„Eine Ruhestörung? Willst du mich auf den Arm nehmen?“
„Nein, ist aber echt laut. Ich kann den Lärm durchs Telefon hören.“
„Aber um diese Uhrzeit kann er doch machen, was er will.“
„Da gibt es sicher noch mehr Probleme. Der Ruhestörer soll ein gewalttätiger Knasti sein. Fahr einfach kurz vorbei und sieh nach dem Rechten.“

„Rechtsradikal ist er auch noch?“, versuche ich zur Abwechslung selbst einen Scherz, muss aber zugeben, dass mir „witzig“ heute nicht recht gelingt. „Also gut, wir fahren da hin. Ich wollte sowieso raus und frische Luft schnappen.“
„Na, davon gibt es in Lohmar genug.“ Mike nennt mir die Adresse.
„Karl!“, rufe ich in den Flur. „Schubs deine Asche vom Bauch. Wir fahren nach Lohmar!“

Unser Weg führt uns durch das schöne Naafbachtal, entlang kleiner Dörfer und Weiden. Ich habe das Fenster geöffnet und lasse die würzige Landluft durchs Auto wehen. Während der Fahrt hänge ich meinen Gedanken nach. Karl wählt eine landschaftlich schöne Strecke. Besonders eilig haben wir es ja nicht. Die Sonne glänzt über den Feldern und ich beginne, mich zu entspannen. Ab jetzt soll „Genieße den Tag“ mein Credo sein.

Als wir unseren Wagen parken, dringt ein ohrenbetäubender Lärm aus dem Haus. Ich muss meine Meinung revidieren: Das ist doch eindeutig eine Ruhestörung. Der Krach würde einer Großbaustelle zur Ehre gereichen. Das Haus für sechs Parteien steht nur wenige hundert Meter weg vom Waldrand, rechts und links Wiesen und Weiden. Sehr idyllisch – bis auf den Lärm.
„Wie hieß der Melder?“, frage ich bei Mike von der Leitstelle nach. Ich hatte mir den Namen dummerweise nicht notiert.
„Beusing, in der ersten Etage.“
„Danke!“
„Und hau ihm nicht vor den Hals!“ Mikes Kommentar kommt bei mir nicht sonderlich gut an.
„Karl, klingel du bitte. Mir fehlt die Lust.“
„Ja, sofort!“ Er schlägt laut die Hacken zusammen.
Ich sehe überrascht zu ihm. „Ich dachte, das hätten wir inzwischen hinter uns.“.
Er lacht mich an. „Alles gut. War ein Scherz.“
Sein dicker Zeigefinger drückt auf die Klingel. Mir fällt auf, wie gelb er ist. Würde sich Anja von mir anfassen lassen, wenn ich solche Finger hätte? Hat Karl überhaupt eine Partnerin? Etwas peinlich, dass ich im Grunde gar nichts über ihn weiß.
„Wer ist da?“, scharrt es aus der Sprechanlage.

„Die Polizei. Sie haben uns wegen einer Ruhestörung gerufen."
Summend öffnet sich die Tür. Karl keucht ein wenig, als wir im ersten Stock ankommen. Zu seiner Ehrenrettung sei gesagt, dass er eineinhalb Etagen steigen musste, da die Wohnungen erst im Hochparterre beginnen.
„Sie haben sich aber Zeit gelassen", werden wir begrüßt.
„Tut uns leid", antwortet Karl, „aber Sie sind nicht der Einzige, der unsere Hilfe benötigt. Außerdem wohnen Sie auch nicht gerade um die Ecke. Aber nun sind wir ja da. Wie können wir Ihnen helfen?"
Der Mann in den Fünfzigern, in einer Leinenhose und einem kurzärmligen Hemd, zeigt nach oben. „Das geht jetzt schon fast den ganzen Tag so. Und nur, weil ich ihm gesagt habe, dass er sein Auto nicht vor der Tür waschen darf. Aber das Ganze hat eine lange Vorgeschichte."
Ich blicke seinem Finger hinterher. „Was macht er da oben? Das ist infernalisch laut."
„Er hat alles in seiner Wohnung angestellt, was Krach macht. Der Typ ist irre. Der war sogar 'ne Zeit lang im Knast. Ich traue mich seit Monaten nicht mehr hoch. Als ich vorhin geklingelt habe, hatte er einen Bohrhammer in der Hand. Sah ein bisschen aus wie ein Actionheld mit einer Maschinenpistole."
Karl tritt an mir vorbei in Richtung Flur. „Wir schauen uns das mal an."
Ich folge ihm die Treppe hoch. Jetzt atmet er wirklich schwer.
Erneut drückt sein gelber Finger eine Klingel. Wieder und wieder. Nichts. Dann bollert er mit der Faust gegen die Tür. Die biegt sich bedenklich in der Zarge, hält aber.
Plötzlich aber wird sie aufgerissen und ein Mann Ende zwanzig steht vor uns. Shorts, ein ehemals weißes Unterhemd und Adiletten zieren seinen ausgemergelten Körper. Seine Haare sind strähnig und er wirkt ungepflegt. Mit uns hat er nicht gerechnet, das sieht man ihm deutlich an.
In der Hand hält er tatsächlich einen elektrischen Bohrhammer in der Akkuversion. Als würde er mit einer Maschinenpistole auf uns anhalten, bedient er in kurzen Intervallen den Abzug, sodass der Hammer vorne aus dem Gerät heraus- und hineinfährt. Direkt hinter ihm sehen wir zwei Pit Bulls.
Karl, der vor mir steht, weicht einen Schritt zurück und prallt

gegen mich. Der Bausoldat im Doppelripp folgt ihm mit einem triumphierenden Gesicht und gibt noch eine Salve auf uns ab. Würde Karl nicht auf meinem Fuß stehen, müsste ich grinsen. Ein Neffe von mir hatte früher eine Kinderbohrmaschine. Der hat damit auch immer Krieg gespielt – ganz so wie unser Unterhemdchen. Leider ist diese Maschine echt und tatsächlich geeignet, ernstzunehmende Verletzungen hervorzurufen.
Karl hat sich wieder gefasst, geht einen Schritt von meinem Fuß runter und nach vorne, greift dem Burschen von oben auf die Maschine, dreht sie ihm aus der Hand und haut ihm mit seiner Linken gegen die Backen. Er reicht mir den Bohrhammer nach hinten, drängt den Ruhestörer zurück in seine Wohnung und stellt uns vor. „Wir sind die Polizei, und du machst jetzt alles aus, was Krach macht. Klar?"
Der junge Mann stiert ihn an. Karl hebt seine linke Hand erneut und plötzlich kommt Leben in unseren Paramilitär. Er drückt mit dem Fuß auf den Staubsauger neben sich.
„Und als Erstes kommen die Hunde weg." Karls Ton lässt keinen Widerspruch zu. „Am besten raus auf den Balkon!"
Ich habe mittlerweile in der rechten Hand meine Automatik und in der linken das Pfefferspray plus Akkuschrauber. Auf Hunde bin ich dienstlich nicht besonders gut zu sprechen. Die sind unberechenbar, schützen ihr Herrchen und können ganze Einsätze kippen.
Mr. Maschinenpistole geht ins Wohnzimmer, um die Stereoanlage und den Fernseher auszuschalten, macht die Balkontür auf, ruft seine Hunde und schließt die Tür wieder hinter ihnen. Dann flitzt er weiter ins Schlafzimmer, um den Fernseher dort verstummen zulassen. Der im Leerlauf kreischenden Flex im Flur ziehe ich den Stecker. Karl geht in die Küche und stoppt den laufenden Mixer. Am Ende des Flurs stehen noch ein Fäustel und ein großes Blech, in das er offensichtlich eine Riesenmenge Dellen hineingeschlagen hat. Ich lasse meinen Blick wandern, nicht zuletzt, um eventuelle Waffen auszumachen. Unordnung, Wollmäuse auf dem Fliesenboden. Schmiere auf dem Garderobenspiegel. Der Wohnung würde eine ordentliche Grundreinigung ganz guttun. Außerdem fehlt im Flur ein Stück in der Wand, das er mit dem Bohrhammer malträtiert hat. Vorsicht scheint geboten. Solche Überreaktionen sind pathologisch.

Die Tür zum Schlafzimmer öffnet sich und eine Frau kommt heraus. Ihre vollen Brüste werden von einem untauglichen Trägerhemdchen verhüllt, das der Fantasie mehr Futter gibt, als es verdeckt. Ihre nackten schlanken Beine enden in einem Schlüpfer, dessen Farbe ich auf verfärbtes Rosa taufen würde. Die Oma-Pantoffeln, die wirren Haare und das völlig verbrauchte Gesicht heben den guten Eindruck ihrer Figur leider sofort wieder auf. Ihr Gesicht, dunkelbraun und ledern, zeugt von vielen Stunden im Solarium. Ihre Augen sind stumpf, die Pupillen groß. Fast hat man den Eindruck, als könne man durch diese leeren Augen bis an die Schädelrückwand blicken. Um ihren schmalen Hals hängt ein Gehörschutz.
„Was wollen die Bullen hier?“, sind ihre ersten Worte.
„Im Moment würden uns Ihre Ausweise reichen. Den Lärm haben wir bereits abgestellt.“ Karl geht langsam durch den Flur auf sie zu.
Ich räume das Werkzeug, den Baseballschläger an der Tür und das Küchenmesser auf dem Sideboard in die Küche, schließe die Tür und drehe den Schlüssel um. Man sollte sein Glück nicht herausfordern.
Karl hält der jungen Frau die offene Hand hin. „Den Ausweis bitte zu mir!“
„Das Gleiche gilt für Sie!“, wende ich mich an den Unterhemden-Rambo.
Er greift in eine Jacke an der Garderobe und gibt mir seinen Personalausweis. „Was haben wir denn angestellt?“
Noch während ich mir überlege, ob seine Frage eine Antwort wert ist, ergreift Karl schon das Wort. „Mein junger Freund. Wir sind nicht so weit gefahren, um uns unnütze Fragen stellen zu lassen. Tu, was man dir sagt, und dann sind wir schnell wieder weg.“ Er steht ganz dicht vor ihm. *An seiner Stelle würde ich tun, was Karl sagt.*
Rambo geht es offensichtlich nicht anders. Er zieht seine Mitbewohnerin neben sich auf die Couch. Ein Blick auf den Ausweis sagt mir, dass sie wahrscheinlich nicht verheiratet sind. Ich gebe ihn an Karl weiter.
Sie drängt sich lasziv an ihren Freund. Ihre Brüste schaffen es kaum, nicht aus dem Shirt zu hopsen. Provozierend fährt sie sich mit der Zunge über die Lippen. Er fasst ihr an die Nippel,

die sich unter ihrem dünnen Stoff abzeichnen, und grinst. Es gibt seltsame Menschen.
„Warum haben Sie solchen Lärm gemacht?", möchte ich von den beiden wissen.
„Dieser Spießer von unten ist mir auf den Sack gegangen." Er spricht und küsst Miss Solarium gleichzeitig.
„Weil Sie verbotswidrig Ihr Auto vor der Tür gewaschen haben?"
„Wenn Sie bereits alles wissen, brauchen Sie mich doch nicht mehr zu fragen."
Jetzt fängt er an, *mir* auf den Sack zu gehen.
„Also …", beginne ich erneut, als Karl mit dem Funkgerät aus dem Treppenhaus zurückkommt und mich zur Seite zieht.
„Ich habe beide gecheckt", flüstert er mir zu. „Er hat noch einen Haftbefehl offen. Achtzehn Monate. Wir sollten ihn mitnehmen, wo er schon so nett war, uns die Tür zu öffnen."
„Unbedingt!", stimme ich ihm zu. „Dann müssen wir dieses zarte Glück wohl auseinanderreißen. Es bricht mir das Herz."
Wir grinsen noch, als wir die beiden das nächste Mal ansehen. Ich könnte mir vorstellen, dass unsere Heiterkeit auf unser Liebespaar befremdlich wirkt, insbesondere als Karl ihnen eröffnet, dass Rambo verhaftet ist und für mehr als ein paar Tage nach Siegburg in die Justizvollzugsanstalt zieht.
„Sie mussten doch damit rechnen, dass wir irgendwann bei Ihnen vorbeikommen, um Sie mitzunehmen? Warum machen Sie vorher noch so eine Welle mit Ihrem Nachbarn?" Ich verstehe es nicht und blicke ihn fragend an.
Er bleibt mir eine Antwort schuldig, steht von der Couch auf, dreht sich um, zieht seine Shorts runter und zeigt mir seinen blanken Hintern. „Fickt euch!"
Mit zwei Schritten bin ich bei ihm, schubse ihn zurück auf die Couch, stütze mich mit meinem Knie auf ihm ab und drehe ihm den Arm auf den Rücken. Gleichzeitig zerrt Karl die Dame des Hauses von der Couch. Sie schreit, zetert und schlägt nach ihm. Als ihr auffällt, dass eine ihrer Brüste das Shirt verlassen hat, grinst sie dümmlich, lässt sie draußen und leckt sich wieder die Lippen.
Die Situation ist skurril und ich wünsche mich weg – zurück in meinen Streifenwagen und bei offenem Fenster durch das schöne Naafbachtal fahren, die würzige Luft einatmen …

„Lass meinen Freund los!“ Sie springt förmlich auf Karl. Der dreht sich im Kreis. Die Dame mit einer Brust hängt auf seinem Rücken. Sieht irgendwie witzig aus, aber mir ist nicht nach Lachen zumute. Karl zerrt an der Huckepack-Dame und hat am Ende ihr Shirt in der Hand.

Verdammt. Das gibt bestimmt wieder Ärger, geht es mir durch den Kopf. Noch auf meinem Verhafteten kniend, schnappe ich nach einem ihrer vorbeifliegenden Arme und ziehe daran. Sie landet mehr auf als neben mir auf der Couch.

Plastik. Die Brüste sind aus Plastik. Falscher Gedanke zur Unzeit.

Karl drückt sie nun ebenfalls auf die Couch und ein Kissen mit Häkelrand vor ihre Brüste. Dann wälzt er seinen schweren Körper von ihr. Ich mache es ihm nach. Uns geht die Luft aus.

„Ich muss noch ein paar Sachen zusammenpacken“, lässt sich unser Freund von der Couch vernehmen. „Ich werde bestimmt länger bleiben müssen.“

„Genau!“, ereifert sich die Plastikpuppe neben ihm.

„Packen Sie ein paar Kleinigkeiten zusammen, dann fahren wir.“ An Karl gerichtet fahre ich fort: „Ich bleibe bei ihm, du bei ihr. Schließ bitte vorne die Tür ab.“

Karl nickt, und ich höre ein paar Wimpernschläge später, wie sich der Schlüssel in der Wohnungstür dreht.

„Los hoch, wir wollen weiter!“, fahre ich den jungen Mann an, der schon wieder an seiner Freundin rumfummelt. Sie hat das Kissen weggelegt und bietet ihm ungeniert ihre Brüste dar. Ich bin geneigt, ihn am Ohr hochzuziehen, als er von allein aufsteht.

Wir gehen zusammen ins Schlafzimmer, wo er eine kleine Reisetasche aus dem Schrank holt und ein paar Sachen einpackt. Im Bad wirft er ebenfalls einige Dinge des täglichen Gebrauchs in die Tasche. *Ob er die wirklich täglich gebraucht?* Es schüttelt mich kurz, als ich ihm zurück ins Wohnzimmer folge.

Er wirft seiner Freundin auf der Couch einen langen Blick und einen Kussmund zu. Noch während ich mir überlege, dass das jetzt beinahe liebevoll gewirkt hat, schleudert er den Wäscheständer vor der Heizung in meine Richtung. Dann reißt er die Balkontüre auf. Beide Hunde stürmen ins Zimmer. Er rennt auf den Balkon, der von einer bauchhohen Betonbrüstung eingefasst ist, und springt.

Ich will ihm nach, verheddere mich aber im Wäscheständer. Die Hunde haben mich erreicht und knurren unheilvoll.
Rambo ist nicht mehr zu sehen, von der Tiefe verschluckt. Karl ist bereits auf dem Sprung in Richtung Treppenhaus. Wie schnell er sein kann, wenn er seine Masse mal in Bewegung gesetzt hat.
Die Frau mit den Plastikbrüsten schreit immer wieder: „Fasst! Fasst!"
Bisher knurren die Hunde nur. Ich reiße den Wohnungsschlüssel aus der Tür, werfe sie hinter mir zu und renne Karl nach, der bereits auf dem ersten Treppenabsatz ist.
Die Treppen sind so angeordnet, dass man eine halbe Etage mit einem Sprung überbrücken kann. An der Eingangstür habe ich Karl eingeholt. Ich will in den Garten, in dem ein schwerverletzter Mann liegen müsste. Zweieinhalb Etagen - plus Brüstungshöhe - kann er nicht unverletzt überstanden haben.
Nichts! Der Garten ist leer.
Ich fasse es nicht, sehe mich um.
„Der ist weg! Das gibt es doch nicht", keucht Karl hinter mir. „Wo kann der denn hin sein? Hier ist doch alles zu."
Tatsächlich ist der Garten von einem umlaufenden Maschendrahtzaun umgeben. Auf etwa zwei Metern Höhe hat man ihm sogar eine Stacheldrahtkrone aufgesetzt. Ich rüttele an dem Tor - verschlossen.
Karl geht ein Stück um den Zaun, um zu sehen, ob er sich möglicherweise am Haus versteckt hält - Fehlanzeige.
„Schau mal. Dort hängt Stoff am Stacheldraht!", ruft er mir zu.
„Und hier liegt eine Adilette!" Ich deute auf einen kleinen Erdhaufen vor dem Zaun, gleich unter der Stelle, auf die Karl zeigt. Noch während sich Karl über sein unrasiertes Kinn reibt, bin ich bereits an dem Zaun vorbei auf dem Weg in Richtung Wald, der kaum einhundert Meter hinter dem Haus beginnt.
Es ist nichts zu sehen. Kein dünner Mann im schmutzigen, zerrissenen Unterhemd. Nichts. Meine Augen suchen rechts und links des Weges die Gegend ab. Nur Wiese und kein Bewuchs, hinter dem er sich verstecken könnte.
Ich ziehe meine Pistole und rufe, so laut ich kann: „Bleiben Sie stehen, sonst werde ich von meiner Waffe Gebrauch machen!"
Keine Reaktion. Keuchend erreiche ich den Waldrand und ver-

suche, zu lauschen. Nichts – keine Geräusche, keine Blutspur. Hinter mir steht Karl mit hängenden Lefzen, die Hände schwer atmend auf seine Knie gestützt. „Und?"
„Nichts!", erwidere ich. „Es hat keinen Sinn, ihm nachzurennen. Das Waldstück ist riesig. Bis wir die Einsatzhundertschaft der Bereitschaftspolizei vor Ort haben, ist er sowieso über alle Berge. Wir lassen ihn laufen."
Karl sieht mich fragend an. „Hast du das jetzt echt gesagt? Wir lassen ihn laufen? Darf ich mir das aufschreiben, um es für die Nachwelt festzuhalten?"
„Ist doch kein Problem!" Innerlich könnte ich allerdings aus der Haut fahren, dass mir das eben passiert ist. „Er muss zurückkommen. Er hat kein Geld, keinen Ausweis, nur noch einen Schuh und ist nicht mal ansatzweise ordentlich angezogen. Wir kriegen ihn bestimmt."
Wer konnte denn damit rechnen, dass der Typ vom Balkon hüpft? Haben wir etwas falsch gemacht? Wir haben alle möglichen Waffen und die Hunde aus dem Verkehr gezogen, haben die Türen verschlossen, haben die Verhaftung ausgesprochen – und dann waren wir noch kurz nett. Das war das Problem – wir sind einfach zu nett gewesen.
„Aber jetzt ist es vorbei mit nett. Komm, wir gehen noch einmal hoch zu seiner Tussi. Hast du seinen Ausweis noch?"
Karl hält ihn hoch. „Und ihren auch."
„Na dann."
Als Karl die Tür mit dem von mir mitgenommenen Schlüssel öffnet, erscheint das verdörrte Gesicht der Frau im Türspalt. Karl scheint ebenso wütend zu sein wie ich, denn der Spalt weitet sich auf einen Schlag und die Frau taumelt nach innen.
Hoffentlich hat das Silikonkissen gehalten, geht es mir erneut unpassend durch den Kopf.
„Ist er wieder hier?" Karl drängt sie vor sich her. „Ob er wieder da ist, habe ich gefragt?"
Ich biege sofort ab in die Küche, ins Bad. Niemand da. Die Hunde sind mit Leinen an der Heizung im Wohnzimmer festgemacht und bellen kurz, als wir den Raum betreten. Wir kontrollieren alle Zimmer – nichts. Unter dem Bett und in den Schränken schauen wir so intensiv nach, dass sie ganz bestimmt einige Zeit benötigen wird, um alles wieder in Ordnung zu bringen. Wahr-

scheinlich ist es ihr sogar egal, dass nun alle Kleider samt Bügel auf dem Boden liegen.
„Karl, ich brauche den zweiten Autoschlüssel. Schau bitte, ob du ihn findest."
„Hab ihn. Hing vorne im Schlüsselkästchen. Was willst du damit?"
„Der wird beschlagnahmt. Die Schlüssel nehmen wir mit, dann kann er seinen Wagen nicht benutzen."
Ich drehe mich zu der Frau ohne Augenhintergrund. „Und jetzt zu Ihnen. Das wird ein Nachspiel haben. Besser, Sie sagen uns sofort, wo er ist. Sonst kommen wir ab jetzt alle paar Minuten vorbei und suchen nach ihm."
„Das können Sie nicht machen!", fährt sie mir in die Parade.
„Klar kann ich das – und werde es auch!" Ich wedele mit ihrem Schlüsselbund. „Ich habe den Schlüssel und einen guten Grund. Wo ist er?"
Ein wenig kleinlauter antwortet sie: „Ich weiß es nicht. Er hat kaum Freunde. Echt, ich weiß es wirklich nicht!"
Karl baut sich vor ihr auf. „Rufen Sie ihn an!"
Sie geht ins Wohnzimmer und wählt seine Nummer. Es klingelt in der Couch. Zwischen den Kissen lugt das obere Ende seines Telefons hervor. Das hat er also auch nicht dabei.
Ich nestele nach meiner letzten Visitenkarte. „Rufen Sie mich an, wenn er wieder auftaucht. Das ist zum Besten aller!"
Sie nickt.
„Die Beschlagnahmebescheinigung für die Schlüssel werfen wir Ihnen gleich in den Postkasten. Rufen Sie an!" Ich drehe mich um, als sie kurz den Mund öffnet und dann wieder schließt. „Nicht vergessen! Es wäre am Ende sehr unschön, wenn er sonst noch länger einsitzen müsste."
Ein bisschen Angst machen hat noch niemandem geschadet. Das findet auch Karl, als wir wieder im Auto sitzen.
Karl hat den Wagen so abgestellt, dass wir den gesamten Bereich um das Haus einsehen können. Über Funk gebe ich eine Fahndung durch. Seine Papiere liegen uns vor und eine Beschreibung fällt uns nicht schwer. Den einen oder anderen blöden Kommentar müssen wir uns allerdings gefallen lassen.
Der Dienstgruppenleiter der Leitstelle ruft mich auf dem Handy an. „Was hast du dir denn da geleistet? Hat Karl ihn laufen lassen?"

„Karl? Was, nein, der hat super gearbeitet. Wenn, dann war es meine Schuld. Ich habe einfach nicht damit gerechnet, dass der Spargeltarzan aus acht Metern Höhe vom Balkon springt, ohne mit der Wimper zu zucken."
„Acht Meter?", fragt er nach.
„Hochparterre, zwei Etagen plus Balkonbrüstung macht ziemlich genau acht Meter." Ich rechne mit den Fingern mit.
„Dann müsste er aber zerschmettert im Garten liegen."
„Das wäre auch meine Vermutung gewesen", stimme ich ihm zu.
„Liegt er aber nicht. Weicher Grasboden, vielleicht eine glückliche Rolle vorwärts … Was soll ich sagen, er ist weg. Nicht einmal der Zaun mit Stacheldraht hat ihn aufgehalten. Aber", ich mache eine kleine Kunstpause, „er hat nur noch einen Schuh und sich verletzt. Wir haben Blut gefunden."
Ich bekomme ein „Jaja" zu hören. „Ich werde euch einen Einsatztrupp in Zivil an die Anschrift schicken, bis dahin bleibt ihr da."
Mein „Danke" verhallt ungehört. Er hat bereits aufgelegt.

Bis wir vom Zivilwagen abgelöst werden, tut sich nichts. Wir kontrollieren schnell, ob der Wagen tatsächlich verschlossen ist, werfen das Beschlagnahmeprotokoll mit den restlichen Schlüsseln in den Briefkasten und sprechen uns über Funk mit den Kollegen ab.
Die Rückfahrt durch das schöne Naafbachtal kann ich nicht genießen, da ich im Kopf meinen Bericht formuliere.
Karl ist still und raucht. Eigentlich kann ich das nicht leiden, aber ich sage nichts, blicke nur versonnen zu dem kleinen Aschehäufchen auf seinem Bauch.
„Die kriegen ihn. Du hast recht, irgendwann muss er nach Hause", reißt er mich aus meinen Gedanken.
„Bestimmt!", stimme ich ihm zu, ohne dass es meine Stimmung wesentlich gehoben hätte. „Du, Karl …"
„Was?"
„Danke für deine Unterstützung. Obwohl das eben suboptimal gelaufen ist, bin ich froh, dass du da warst."
„Meinst du das ernst?"
„Auf jeden Fall!"
„Danke!"

Der Rest der Schicht wird für mich nicht so witzig. Jeder, ob gefragt oder nicht, gibt seinen Senf zu unserem Einsatz. Ich muss dauernd erklären, dass Karl keine Schuld hat. Kein Wunder, dass sich langsam der Eindruck aufdrängt, die Flucht des Kerls ginge eindeutig auf mein Konto. Das Ganze wird zur Gewissheit, als mir nach Dienstschluss ganz offiziell von der Dienstgruppe der „Horststein" verliehen wird.
Der Horststein, benannt nach unserem vom Pech verfolgten Bankräuber Horst aus dem letzten Jahr, ist von Lukas gestiftet worden. Dabei handelt es sich um einen ganz normalen Backstein. Seine einzigen Besonderheiten sind, dass er auf einem schönen Holzbrett prangt, das sicher tatsächlich einmal zu einem Pokal oder ähnlichem gehört hat. Darauf hat Lukas ein Messingschild geklebt, auf dem in geschwungenen Lettern ‚Horststein – für besondere Verdienste' eingraviert ist.
Letzte Inhaberin war Jasmin, die mit ihrem Streifenwagen – zum Glück ohne Verletzungen oder größere Schäden am Auto – unter einen Baum gefahren war. An sich kann so etwas ja mal passieren, wenn der Baum kurz vor einem über die Straße fällt. Blöd war nur, dass Jasmin genau wegen dieses Baums überhaupt erst in den Einsatz gefahren war. Sie sollte die Gefahrenstelle absichern und nicht mitten hineinfahren.
„Zumindest hat das Blaulicht danach ganz genau in der Mitte des Baumes geleuchtet und vor der Gefahrenstelle gewarnt", hatte sie erfolglos versucht, sich rauszureden.
Nun steht sie vor mir und händigt mir den Stein, nicht ohne ein süffisantes Grinsen, aus. „Hier! Den hast du dir ehrlich verdient."
Und wie immer klatschen alle Beifall und wollen einem mit Handschlag gratulieren. Ich lasse es über mich ergehen. Einzig die heimliche Freude von Karl tut etwas weh. Der ist froh, dass er ihn nicht bekommen hat, obwohl er ihn nach seiner „rauchenden Chlorgasaktion" mehr als verdient gehabt hätte. Wir haben uns allerdings gemeinschaftlich darauf geeinigt, ihm eine Schonfrist einzuräumen. Als Karl mir fest und fröhlich die Hand schüttelt, entscheide ich spontan, dass diese Frist nun vorbei ist.

WOLFsGEBÄRDEN
(2016)

„Ich will mit Silvi sprechen! Sofort!" Wolf brüllt seine Worte in die Sprechanlage des Mehrfamilienhauses und schlägt mit der Faust gegen die Drahtglasscheibe der Eingangstür. „Sie ist meine Frau!"

Eine verknarzte Stimme antwortet ihm. „Sieh zu, dass du verschwindest! Sie will nicht mit dir reden." Ohne sich von den weiteren Tiraden Wolfs aus der Ruhe bringen zu lassen, spricht der Mann auf der anderen Seite des Lautsprechers weiter. „Hör auf zu klingeln und belästige uns nicht weiter, sonst rufen wir die Polizei. Ich glaube nicht, dass du das willst. Wie man hört, sind die nicht so gut auf dich zu sprechen."

„Dann lasst mich wenigstens meinen Sohn sehen." Wolf rappelt heftig an dem großen quadratischen Griffteil der Tür und drückt auf alle Klingelknöpfe.

„Ja, bitte?"

„Wer ist da?"

„Wer spricht?"

Einige Stimmen rufen unverständlich durcheinander. Dennoch öffnet sich summend der Verriegelungsschnapper.

Nur eine Stimme dringt verständlich durch das Durcheinander zornig an Wolfs Ohr. „Verdammt, Wolfgang, du hast es so gewollt. Ich rufe jetzt die Polizei."

„Scheiß drauf. Ich komme hoch und hole mir meinen Jungen!"

Mit großen Schritten, immer zwei Stufen auf einmal nehmend, stürmt Wolf die drei Etagen nach oben zur Wohnung von Silvis Eltern.

„Silvi, was soll ich machen? Er geht nicht mehr weg. Gleich steht er bei uns an der Tür." Ihr Vater blickt sie erwartungsvoll an. Kein Ärger, keine Wut, keine Besserwisserei, kein „Ich habe es dir immer wieder gesagt" sind in seinem Blick – nur tiefe Besorgnis.

Polternd erreicht Wolf den Absatz vor der Tür und beginnt sofort, vehement dagegen zu hämmern. „Macht die verdammte Tür auf!"

„*Ich* werde die Polizei rufen!“ Sie fasst ihre Mutter beruhigend am Arm. „Alles wird gut.“ Aber daran glaubt Silvi selbst nicht, als sie den Notruf wählt.
„Können Sie das Pochen und Schreien vor der Tür hören?“, fragt sie den Beamten am Telefon. „Ich habe Angst, dass er die Tür aufbricht. Wenn er wütend ist, wird er rasend und unberechenbar. Sie haben ihn gestern des Hauses verwiesen, aber jetzt ist er hier bei meinen Eltern. Bitte helfen Sie uns!“
„Ich schicke Ihnen sofort eine Streife vorbei. Wo genau halten Sie sich derzeit auf?“ Der Beamte notiert sich Name und Anschrift. „Rufen Sie sofort wieder an, wenn sich etwas ändert. Wir sind gleich bei Ihnen.“

Als wenige Minuten später die Sirenen der Streifenwagen zu hören sind, hämmert Wolf noch lauter an die Tür. „Du Hure hast es also tatsächlich gewagt, schon wieder die Bullen zu rufen. Das wirst du bereuen! Ich habe alles nur für dich getan. Und so dankst du es mir jetzt? Für alles, was ab jetzt passiert, bist du ganz allein verantwortlich. Hörst du? Du ganz allein!“
Das Poltern bricht ab.
Silvi hält ihr Ohr an die Wohnungstür und lauscht. Als es klingelt, öffnet sie, ohne nachzufragen, die Hauseingangstür. Dann hört sie schnelle Schritte, die von Etage zu Etage hasten.
Eine männliche Stimme eröffnet das Gespräch. „Herr Weber. Sie schon wieder. Sie sollten doch ihre Frau in Ruhe lassen. Was genau haben Sie daran nicht verstanden?“
„Wer sind Sie überhaupt und was mischen Sie sich in unsere Familienangelegenheiten ein? Das geht Sie einen Scheiß an!“
“Ich bin der Dienstgruppenleiter der hiesigen Polizeiwache und das sind meine Kollegen. Korrigieren Sie mich, aber gegen Sie wurde gestern eine Wohnungsverweisung ausgesprochen.“
„Stimmt, aber nur für mein Haus. Und nicht einmal das durften Sie. Es ist mein Haus, nicht das von dieser Schlampe.“ Seine Faust donnert erneut gegen die Tür.
„Das spielt rechtlich keine Rolle!“
„Für mich schon!“ Wolfs Stimme wird jetzt nicht mehr lauter, nimmt aber an Schärfe zu.
Silvi würde den Polizisten gerne sagen, dass sie auf der Hut sein

sollen – so spricht er immer, kurz bevor er explodiert. Den Mut, die Tür zu öffnen, bringt sie allerdings nicht auf.
„Na ja, das ist Ihr Problem. Für uns spielt es keine Rolle und das ist wichtig für Sie, zu akzeptieren. Ich spreche jetzt einen Platzverweis aus. Das bedeutet für Sie …“
„Sie hat meinen Sohn entführt!“, fällt Wolf ihm ins Wort. „Öffnen Sie sofort die Tür und geben Sie mir meinen Sohn!“
„An welcher Stelle verstehen Sie den Sachverhalt nicht, Herr Weber? Sie können nicht erst ihre Frau brutal zusammenschlagen und dann anfangen, Forderungen zu stellen. Wir sorgen dafür, dass Ihre Frau vor Ihnen in Sicherheit ist. Und deshalb kommen Sie jetzt mit.“
„Das werden wir sehen!“
Silvi hört Gerangel auf dem Flur, Schreie und Flüche. Dann poltert jemand oder etwas so heftig an die Tür, dass sie erschrocken zurückweicht. Ihr Vater steht dicht neben ihr und horcht weiter. Laute Stimmen, dann ist Ruhe. Deutlich kann er das Keuchen mehrerer Männer hören und das Klicken von Handschellen.
Es klingelt an der Wohnungstür.
Silvi öffnet vorsichtig hinter der vorgelegten Kette.
Ein Uniformierter steht vor der Tür und lächelt verkniffen. „Hallo Frau Weber. Ihr Mann ist unter Kontrolle. Aber wir sollten uns dringend unterhalten.“
Sie öffnet die Kette und sieht in den Flur.
Sofort brüllt Wolf wieder los: „Ich kriege dich! Gib mir Nils zurück!“
Der uniformierte Beamte gibt seinen Kollegen ein Zeichen, worauf diese Wolf die Treppe runterzerren. Silvi fällt auf, dass er die Hände auf den Rücken gefesselt hat und seine sonst so gepflegte Kleidung sehr ramponiert aussieht.
Er schreit den gesamten Weg den Flur runter: „Du Hure! Ich finde dich, auch bei deinem Stecher, bei all deinen Stechern! Du gehörst mir! Wenn ich dich nicht haben kann, bekommt dich keiner. Ich will zu Nils.“
Unten im Flur sind erneut Kampfgeräusche zu hören.
„Ist alles in Ordnung?“, ruft der Polizist vor ihr die Treppe runter.
„Alles klar. Wir nehmen ihn jetzt mit auf die Wache.“

„So einfach wirst du mich nicht los!", ist das Letzte, was Silvi hört, bevor sich unten die Tür mit einem lauten Knall schließt.

„Junge, Junge. Ihr Mann ist ganz schön aufgeregt. Ist der immer so?" Der Polizist betritt die Wohnung und begrüßt alle freundlich mit Handschlag – auch Nils, der in der Schlafzimmertür steht. Er beugt sich zu ihm und reicht ihm die Hand. „Wie heißt du denn?"
„Nils."
„Hallo Nils. Hast du Angst?"
Nils streckt sich. „Nein! Ich bin doch schon groß. Ich muss auf meine Mama aufpassen!"
„So ist es richtig!", lobt der große Mann in der blauen Uniform.
Silvi hat eine Träne im Auge, die sie schnell wegblinzelt.
„Können wir uns setzen und in Ruhe reden?"
Silvis Vater zeigt auf die Couch im Wohnzimmer. „Hier – wenn Sie mögen. Dürfen wir Ihnen etwas zu trinken anbieten?"
„Gerne, Wasser." Der Polizist setzt sich, schlägt die Beine übereinander und beginnt.
Beinahe eine Stunde später verlässt er die Wohnung, setzt sich in seinen Wagen und fährt ebenfalls zur Polizeiwache.

„Was macht der denn noch hier?", will er von seinem Mitarbeiter wissen, als er Wolf in einem der Schreibräume entdeckt. „Seht zu, dass ihr den Arsch wieder loswerdet. Und macht ihm klar, dass beim nächsten Mal die Zelle auf ihn wartet."
„Haben wir gemacht."
„Und?"
„Im Moment nehmen wir seine Anzeige auf."
„Was für eine Anzeige?"
„Er zeigt die Kollegen von gestern an. Eine ewige Litanei an Straftaten, die sie begangen haben sollen. Selbst die Sanis hat er als Täter benannt."
Der Dienstgruppenleiter fährt sich mit der Hand durch Gesicht. „Ach, nee, jetzt auch noch so ein Mist. Ja gut, nehmt alles auf und gebt es weiter. Da müssen wir jetzt durch. Kommt ihr klar oder braucht ihr mich zur Unterstützung?"
„Wir kommen klar. Der Typ ist unglaublich unangenehm. Leider ist er dabei sehr intelligent, was die Sache nicht erleichtert."

„Wahrscheinlich zeigt er uns morgen auf einer anderen Wache an. Seht zu, dass ihr ihn zügig vor die Tür bugsiert, bevor er mir den Tag endgültig versaut!"
„Wird gemacht!"

Eine Stunde später sieht er Wolf, wie er die Wache verlässt. Er trägt seinen Kopf hoch erhoben, schlägt den Kragen seiner leichten Jacke hoch und bestellt sich ein Taxi.
„Und?"
„Fast sechs Seiten Text." Der Kollege dehnt am Schreibtisch seinen Rücken. „Vorher wollte der Wichtigfurz nicht unterschreiben. Ist zwar alles nicht haltbar, bedeutet aber für alle viel Aufwand. Ich glaube, dass es ihm genau darum ging."
„Bin gespannt, was Frank gleich sagt, wenn ich ihm davon erzähle. Mach bitte ein paar Kopien mehr, damit ich allen Betroffenen einen kompletten Vorgang geben kann."
„Machen wir!"

***

Wolf sitzt im Taxi und schweigt. Seine Hände sind ineinander verkrallt, seine Gedanken kommen nur langsam zur Ruhe.
Ab jetzt würde er analytisch vorgehen, sich nicht mehr vorführen lassen. Er muss seinen Zorn unter Kontrolle bringen, dann würde er weitersehen.
Immerhin, ein erster Schritt ist getan. Die Polizisten wissen nun, mit wem sie es zu tun haben. Er ist kein einfaches dummes Opfer, sondern ein ernstzunehmender Gegner, der ihnen das Leben schwer machen wird.
Er tippt dem Fahrer auf die Schulter. „Fahren Sie ins Industriegebiet und lassen Sie mich da raus."
Der junge Mann setzt bereits den Blinker, als er antwortet: „Natürlich. Wo genau?"
„Das ist mir egal, am besten am Wendehammer."
Ein unmerkliches Grinsen geht durch das Gesicht des Fahrers. Wie oft hat er schon Männer zum Wendehammer gefahren? Alle waren, gleich hinter der Hecke, am Zaun rechts abgebogen. Bei diesem Typen würde es nicht anders sein.
„So, wir sind da. Das macht … 16,30 Euro."
„Hier!" Wolf reicht ihm einen Zwanziger. „Stimmt so."

„Oh, danke!“ Der junge Fahrer wendet, nachdem Wolf die Tür des Fahrzeugs zugeworfen hat, und bleibt dann einige Meter weiter rechts am Straßenrand stehen. Sein Blick wandert zum Rückspiegel.
Habe ich es doch gewusst – und immer lockt das Weib! Grinsend setzt er seine Fahrt fort.

„Guten Tag, wer darf es heute sein? Laura, wie immer? Dann musst du aber ein paar Minuten warten. Die macht sich gerade frisch.“ Eine Dame Mitte vierzig beugt sich zu Wolf vor, sodass er in ihr üppiges Dekolletee sehen kann. „Und du wirst sie nicht wieder verletzen, sonst ist das heute dein letztes Mal.“ Ihre Stimme ist scharf und zwingend. Mit einem kurzen Wink bedeutet sie einem breit gebauten Mann mit krummer Nase und bösem Blick, sich zu zeigen. „Mein lieber Kurti setzt dich sonst ausgesucht schmerzhaft vor die Tür.“
„Mach dich nicht nass. Laura mag es gerne etwas härter. Gib mir lieber einen Schampus!“
Die Dame im Nietenkleid schenkt Wolf einen Crémant ein. „Ich warne dich! Kein Schaden an meinem Betriebskapital.“
„Ist ja gut!“ Wolf trinkt das erste Glas auf ex. Dann hält er es ihr erneut hin. „Komm, für einen lieben Stammkunden. Schenk bitte nach.“
Als er es gerade abstellen will, kommt Laura die Treppe herunter. *Was für eine Göttin*, schießt es Wolf durch den Kopf. *Hätte Silvi doch nur etwas von dieser Klasse …*
Er streckt der Chefin sein Glas erneut hin. „Ich muss auf jeden Fall mit dieser tollen Frau anstoßen, bevor wir uns ins Vergnügen stürzen.“ Er zeigt seine Zähne und blickt in Lauras grüne Augen. „Nicht wahr, meine Liebe?“
„Aber natürlich!“ Laura gleitet auf Wolf zu und fasst ihm hart in den Schritt, während ihre andere Hand eine seiner Brustwarzen unter dem Hemd zwirbelt. „Und wir werden uns vergnügen!“
Sein grausames Grinsen macht ihr dann doch ein wenig Angst, sodass sie Kurti später ein vorab vereinbartes Zeichen gibt. Dann schreitet sie, mit dem Kopf an seiner Schulter und der Hand an seinem Hintern, neben ihm die Treppe zu den Zimmern hoch.
Kurti würde sie im Auge behalten.

Kapitel 09

„Déjà-vu" (Frühdienst)

Anja rührt sich nicht, als ich aus dem Bett steige. Wie immer vor dem Frühdienst steht der Wecker auf 4:30 Uhr. Wie immer vergesse ich, mich zu rasieren und wie immer gähne ich auf dem gesamten Weg zur Arbeit.
Kai kommt gleichzeitig mit mir auf der Wache an. Auch er gähnt herzhaft. Einer seiner hinteren Backenzähne glänzt in dem gleichen Gold wie die aufgehende Sonne. „Bin ich kaputt."
Beinahe hätte ich nicht verstanden, was er gesagt hat, aber sein erneutes Gähnen lässt mich den Sinn erkennen. „Hör auf damit, sonst muss ich dir das den ganzen Vormittag nachmachen." Ich halte ihm die Tür auf.
Jasmin und Nicole flitzen an uns vorbei und drängen nach draußen. „Tschüss, wir sind spät dran." Dann schlagen Türen zu und ein Motor wird gestartet.
„Habe ich etwas verpasst?", frage ich Kai.
„Anscheinend, die beiden sind auf dem Weg zum Sondereinsatz. Die Kollegen aus Köln haben sich zur Unterstützung extra Frauen gewünscht."
„Ach ja, stimmt. War das heute? Wann werden sie zurückerwartet?"
„Laut Befehl: Ende offen. Hast du den gestern nicht mehr gelesen?"
„Muss mir durchgegangen sein. War am Ende etwas hektisch, als uns unsere Festnahme durch die Lappen gegangen ist."
Kai grinst. „Darüber wird man sich noch in einigen Jahren am Lagerfeuer Geschichten erzählen."
„Na, danke – das macht mir Mut!"

Auf der Wache herrscht rege Betriebsamkeit. Der Funk ist sehr aktiv. Sonst ist er meist zum Schichtwechsel etwas ruhiger. Das Telefon ist auf laut gestellt.
„Der Wagen hat ein amtliches Kennzeichen aus dem Rhein-Sieg-Kreis. Macht bitte eine Abfrage. Ich komme jetzt mit dem Kennzeichen."
„Langsam, ich tippe direkt in den Rechner. Ich hatte mich bereits abgemeldet. Jetzt kannst du!" Lars, der Wachdienstführer

des Nachtdienstes, gibt die Halterinformationen an den Anrufer weiter.
„Er hat schon wieder eine Verkehrsinsel gerammt. Noch ein bisschen schneller und er hätte abgehoben."
Ich sehe Lars an. „Ist das die Stimme von Lukas?"
Der nickt. „Ja! Er fährt gerade hinter einer Trunkenheitsfahrt her. Vor ihm im Auto sitzt eine männliche Person, die es kaum schafft, das Auto auf der Straße zu halten."
„Ist Lukas auf dem Weg zur Arbeit?", will ich überflüssigerweise wissen.
„Ja, in seinem Privatwagen. Deshalb hält er den Fahrer nicht selbst an." Lars ist wieder am Funk. „Wo seid ihr? Wann rechnet ihr damit, ihm über die Füße zu fahren?"
Eine Stimme, die zu den Kollegen des Nachtdienstes gehören muss, antwortet: „Vielleicht in drei, spätestens in vier Minuten. Er soll dranbleiben und Standortmeldungen durchgeben. Um den Rest kümmern wir uns."
„Das mache ich." Lukas konnte den Funk offensichtlich ebenfalls hören. „Wir biegen jetzt links auf die Zeithstraße ab. Und wieder eine Insel erwischt und direkt danach den gegenüberliegenden Bordstein. Du kannst notieren, dass ein ‚Zeichen 222 – vorgeschriebene Vorbeifahrt rechts' nicht mehr an seinem Platz steht."
„Der muss tierisch breit sein!", kommentiert Kai, der sich nebenbei bereits mit der Übergabe beschäftigt. Hans, der Dienstgruppenleiter der Vorschicht, hat mir zu Begrüßung nur kurz die Hand auf die Schulter gelegt. Heute keine Schulterklopfer; offensichtlich herrscht eine neue Mondphase.
„Alter, das hättet ihr sehen müssen: Zweimal durch den Kreisel und das in Schlangenlinien. Ich konnte von der Seite ins Auto sehen: kein Beifahrer. Wir sind weiter auf dem Weg in Richtung Zentrum."
Lars drückt den Funkknopf. „Wo seid ihr jetzt?"
Wieder die Stimme von eben: „Sind am Kreisverkehr Feuerwache, biegen jetzt in die Zeithstraße ein."
„Dann habt ihr ihn gleich. Schaut, dass ihr ihn von der Straße bekommt!" An Lukas gerichtet fährt Kai fort: „Und, hat er wieder etwas mitgenommen?"
„Einen Fußgänger am Überweg!" Lukas macht eine kurze Pau-

se. „Nein, war nur Spaß. Jetzt fährt er mit den rechten Rädern über den Fahrradweg. Die Jungs sollten sich beeilen. Sonst passiert wirklich noch was. Ich kann ihr Blaulicht sehen. Richte ihnen aus, dass sie kurz vor mir sind. Typ und Farbe wissen sie?"
„Ihr seid kurz vor Lukas. Er fährt den dunklen Kombi. Der rote Fiesta davor ist für euch."
„Alles klar. Sehen den Wagen. Wir melden uns, wenn wir fertig sind."
Kai legt den Hörer auf und lehnt sich zurück. „Dann heißt es jetzt abwarten."
„Aber nicht für euch!", werfe ich ein. „Zieht euch um, wir regeln alles Weitere."
„Na dann, bis gleich." Kai und Hans verschwinden im Flur.
Einige Minuten lang passiert nichts, dann kommt die Funkanfrage des Streifenwagens. „Könnt ihr uns bitte zwei Personen abfragen? Einmal männlich …" Er gibt die Personalien durch, die Kai ins System eingibt.
Kein Treffer.
„Und einmal weiblich …"
Kai und ich sehen uns an. „Ähm, kannst du die letzten Personalien wiederholen? Ich war unaufmerksam." Kai konzentriert sich diesmal; auch diese Abfrage ergibt keinen Fahndungstreffer. Wir sehen uns erneut an.
„Eine Frau?", frage ich. „War nicht eben die Rede von einem männlichen Einzelfahrer?" Wir beginnen zur gleichen Zeit zu grinsen und geben uns „High-Five".
„Alter Schwede, nix Alkoholfahrt. Der hat es faustdick hinter den Ohren."
Ich würde mir gerne mein Grinsen verkneifen, aber es gelingt mir nicht. „Gut, dass niemandem etwas passiert ist."
Kai macht meinen Versuch, wieder ernst zu werden, gleich wieder zunichte. „Weiß man's?"
„Dann hätten sie bereits einen Rettungswagen bestellt", kommentiert Lars, der inzwischen wieder bei uns steht. „Soll untenrum wie verrückt bluten."
Wir sehen ihn an.
„Habe ich irgendwo gehört!", schiebt er schnell nach.
Wir sehen alle auf den Funk und hängen unseren Fantasien nach.

Die Streifenbesatzung meldet, dass sie mit Lukas und dem entspannt wirkenden Herrn seine Strecke abfahren und nach Schäden sehen. Sie würden diese als Unfall aufnehmen. Bei beiden Insassen wurden Alkotests gemacht – negativ. Die Beifahrerin hätte sich allerdings auffallend geschickt dabei angestellt.
Lachend macht Hans jetzt doch Feierabend. „Das kriegen die beiden locker alleine hin. Schau nachher bitte kurz über den Vorgang. Komm, Lars, wir gehen. Ich bin müde."
Doch statt zur Tür raus trappeln die zwei nach hinten in den Aufenthaltsraum zu „Öttinger – alkoholfrei".
Seit Tagen wird auf der Wache gewitzelt, dass man das Zeug noch nicht mal einem Esel ins Ohr gießen kann. Aber aus monetären Gründen hatte offensichtlich einer der Jungs genau dieses Bier gekauft. Angeblich musste er zur Strafe dafür eine Schicht zu Fuß Streife laufen. Insgeheim wird das Bier allerdings gar nicht so ungern getrunken.
Karl trudelt ein und Aramis kommt aus der Umkleide.
„Ihr zwei Haudegen fahrt zusammen", gebe ich bekannt. „Lukas kommt später, den nehme ich dann zu mir auf's Auto."
„War was?", will Aramis wissen. „Was grinst ihr so?"
„Das wird Lukas gleich erzählen, wenn er kommt." Kai prustet los und ich muss schon wieder grinsen, als mir auffällt, was ich da eben gesagt habe.
„Voll der Kindergarten! Komm, wir gehen zu den Erwachsenen", sagt Karl und zieht Aramis mit sich.
Der ziert sich kurz, lässt es sich dann aber doch gefallen.

„Das müsst ihr euch vorstellen." Lukas prüft mit der Hand ungläubig die saubere Tischdecke, als er sein morgendliches Abenteuer noch einmal zum Besten gibt. „Ich fahre auf dem Weg zum Dienst einem hinterher und der rammt mit seiner Kiste überall gegen. Was denke ich also? Richtig, da muss Alkohol im Spiel sein. Als die Kollegen ihn dann endlich angehalten haben, was glaubst du, was da plötzlich aufgetaucht ist?"
Karl und Aramis schauen ihn auffordernd an.
„Ein kleiner süßer Rotschopf. Setzt sich auf, wuschelt sich durchs Haar und grinst uns frech an."
„Echt jetzt?", fragt Karl. „Dann stimmt es tatsächlich, was der Volksmund sagt. Rostiges Dach – feuchter Keller!"

„Dann hat die aber den Mund ganz schön voll genommen", wirft Aramis grinsend ein.
Lukas packt noch einen drauf: „Wir haben auf dem Sitz vier Batterien gefunden. Die großen Baby-Zellen – aber kein Gerät, in das sie gepasst hätten."
„Vielleicht ist sie ein Duracell-Blasehase!" Karl schlägt sich auf die Schenkel und wir fallen lachend mit ein.
Als ich wieder Luft bekomme, fällt mir wohlwollend auf, dass sich inzwischen niemand mehr von dem Mufflon distanziert.

Nach der allmorgendlichen Frühbesprechung hält mich der Chef auf. „Wegen deiner Festnahme von gestern ..."
„Welche Festnahme? Ich habe niemanden festgenommen." Ich lasse mein Grinsen möglichst breit ausfallen, damit der Chef sicher sein kann, dass ich einen Scherz mache.
„Genau die Festnahme meine ich. Die hat heute Nacht für dich der Hundeführer übernommen."
„Dann haben wir ihn?", frage ich nach.
„Ja, aber beinahe unter Verlusten."
Ich sehe den Chef fragend an.
„Der Typ ist, wie von dir vermutet, tatsächlich zurückgekommen. Allerdings hat er sich zuvor von einem Freund seinen verstauchten Fuß verbinden lassen – und von ihm eine Machete geliehen."
„Quatsch!", werfe ich ein.
„Doch, und zwar so ein richtiges scharfes Urwaldding. Damit ist er auf Mattes los, als der ihn festnehmen wollte."
„Und die Jungs vom Einsatztrupp, haben die nicht geholfen?"
„Die waren zwischenzeitlich abgezogen, um einen Drogendeal zu observieren."
„Verfluchter Mist! Und?"
„Sein Hund hat ihn gerettet. Rocco hat sich zwar eine kleine Schnittwunde zugezogen, die aber nicht so schlimm ist."
„Gott sei Dank!"
„Das kannst du laut sagen. Rocco hat sich aufs Gründlichste revanchiert. Der Typ liegt in der Krankenabteilung der JVA. Für die Zukunft würde ich dir dennoch empfehlen ..."
„... noch besser aufzupassen", bringe ich den Satz für ihn zu Ende. „Versprochen!"

Als er sich wieder in die Papiere auf seinem Schreibtisch vertieft, deute ich das als Gesprächsende und schließe die Tür hinter mir.
Für Rocco werde ich ein paar Leckerli besorgen müssen. Was Mattes wohl gerne trinkt?

„Lukas, wie sieht es aus, sollen wir rausfahren? Im Moment habe ich etwas Luft." Er sitzt vor mir an einem der Monitore und schreibt seinen Bericht von seinem vordienstlichen Einsatz.
„Bin gleich fertig. Ich hole dich vorne ab."
Ich drücke ihm bestätigend die Schulter und setze mich zu Kai.
„Hat sich unsere Hühnerstreife in letzter Zeit gemeldet?"
„Jasmin und Nicole?" Er schüttelt den Kopf. „Nö, soll ich bei ihnen anrufen?"
„Ach was, die sind schon groß und in guter Gesellschaft." Ich sehe an ihm vorbei auf den Monitor, sehe aber keinen Einsatz. „Was machen die anderen?"
„Ist nicht viel los heute, die lasern."
„Och, ganz alleine, ohne dazu von mir angehalten worden zu sein? Es geschehen noch Zeichen und Wunder. Den Chef wird es freuen und ich muss mich auf der nächsten Besprechung nicht wieder rausstruddeln. Sehr lobenswert!"
„Das war sogar Karls Idee. Der wächst langsam über sich hinaus. Macht mir irgendwie Angst." Kai bildet mit seinen Fingern das Zeichen gegen den bösen Blick. „Nicht, dass der sich morgen meldet und Parkraumüberwachung machen will."
Ich lache noch, als Lukas mich aus meinem Sessel zieht. „Auf geht's, alter Mann!"
„Vier Wochen!", erwidere ich. „Vier Wochen mehr Lebenserfahrung."
„Vier Wochen mehr körperlicher Verfall. Das ist, was ich sehe." Er grinst. „An dir geht der Schichtdienst auch nicht spurlos vorbei."
Ich muss ihm recht geben. Insbesondere die kurzen Dienstwechsel spürt man in den Knochen.
„Wann musst du wieder Bähnchen fahren?"
„Heute Abend, aber nur drei oder vier Stunden." Er reibt sich sein ebenfalls unrasiertes Kinn. „Das hoffe ich zumindest. Auf der Drachenburg ist ein Seminar und ich muss die Teilnehmer hinterher wieder runterfahren."

„Dann drücke ich dir die Daumen. Natürlich ganz uneigennützig."
„Natürlich!", grummelt er zurück.

„Frank, hast du Lust, einen ‚Ladendiebstahl' zu fahren?"
„Nein!", antworte ich Kai am Telefon und grinse Lukas an.
„Okay, dann fährst du nach Uckerath zu einem Verkehrsunfall."
„Hey, so war das nicht gemeint."
„Jetzt ist es zu spät. Auf der B8 kurz vor Uckerath ist einer mit seinem Transporter gegen einen Baum gefahren. Nach Angaben des Rettungsdienstes hat er schwerere Verletzungen."
Ich überlege kurz, ob ich intervenieren soll, aber ich habe mich ja mit meinem Scherz selbst reingeritten. „Wir übernehmen. Gib uns in den Einsatz!" An Lukas gerichtet fahre ich fort: „B8, kurz vor Uckerath ein ‚VU mit'."
Als ich das Blaulicht einschalte, gibt er Gas.
Rettungsdienst und Feuerwehr sind schon im Einsatz, als wir eintreffen. Der Verletzte wird bereits im Rettungswagen versorgt und die Feuerwehr rüstet sich, den kleinen Lieferwagen wieder vom Baum zu entfernen, um den er sich gewickelt hat. Gleich nach uns trifft der Notarzt ein.
„Was für Verletzungen hat er?", frage ich in der Hecktüre des mit allen Hilfsmitteln der modernen Medizin ausgerüsteten Wagens.
„Prellungen am Brustkorb, eine Platzwunde an der Stirn, wahrscheinlich eine Gehirnerschütterung. Blöd ist, dass ihm der Arm fehlt. Sauber abgetrennt"
„Ich habe mitgehört!" Der Notarzt drängt sich an mir vorbei in den Wagen und gibt weitere Anweisungen.
In mir kriecht die Panik hoch. *Ihm fehlt ein Arm!* Wie ein Déjà-vu läuft vor meinen Augen ein Film aus dem letzten Jahr ab, als ich bei einem verunglückten Motorradfahrer nach seinem abgetrennten Bein suchen musste. Sofort sind die Hilflosigkeit und die Enttäuschung wieder da, als ich daran denke, wie tragisch das Ganze geendet hatte. *Bitte, ich möchte nicht danach suchen müssen.*
„Du kannst uns einen Gefallen tun", spricht mich einer der Sanis an. „Bring uns bitte den fehlenden Arm aus dem Transporter! Wenn es geht, würden wir den gerne mit ins Krankenhaus

fliegen lassen." Er schiebt mit dem Fuß eine sterile Kiste zu mir rüber. „Das wäre nett!"
Wie in Trance, völlig unter dem Eindruck des Einsatzes aus dem Vorjahr, gehe ich zu dem Transporter. Die Fahrertür ist komplett verbogen. Die Feuerwehr hat sich mit Gewalt einen Zugang verschafft. Ich sehe ins Innere, als mich ein Feuerwehrmann zurückreißt. „Bist du irre? Wir ziehen das Wrack gerade vom Baum. Wenn der ruckt, liegst du drunter."
Ich nicke und steige trotzdem ins Auto. Wartet dort ein abgetrennter Arm auf mich? Finde ich ihn dieses Mal rechtzeitig?
Der Feuerwehrmann schreit Lukas an: „Was stimmt mit dem nicht? Sieh zu, dass der aus dem Auto rauskommt." Gleichzeitig gibt er den Kollegen ein Zeichen, die Winde abzustellen.
Lukas eilt auf mich zu. „Hey Frank, hör auf damit. Lass die Jungs ihre Arbeit machen." Er fasst mich am Arm, will mich wegziehen.
Ich reiße mich los und steige auf den Fahrersitz. „Kümmere du dich um die Unfallaufnahme, ich suche nach dem Bein, ich meine, nach dem Arm."
Lukas lässt los, stellt sich neben mich. „Was ist los mit dir?" Dann verstummt er. Wir sehen beide auf den blutüberströmten Airbag, der verschrumpelt am Lenkrad herunterhängt. Die Windschutzscheibe ist mit einem Gespinst aus Bruch überzogen – und dort, wo der Kopf eingeschlagen ist, bereits geborsten. In der Wölbung stecken Hautfetzen und Haare. Mir wird schlecht. Das gesamte Armaturenbrett ist über und über mit Blut bespritzt. Sitze, Verkleidungen, der Dachhimmel – alles!
Der Transporter ist ein geschlossener Dreieinhalb-Tonner-Kastenwagen, der die Ladefläche durch eine Trennwand abgeteilt hat. Lediglich in der Mitte zwischen den Sitzen ist eine Unterbrechung in der Trennwand, um von innen in den Laderaum zu gelangen.
Durch diese Lücke muss das Sägeblatt von hinten nach vorne geschossen sein, das wir nun in der Fahrzeugmitte sehen.
Es ist riesig, bestimmt einen Meter im Durchmesser, und es schaut nur kaum mehr als die Hälfte vorne aus dem Armaturenbrett heraus. Der Rest hat sich in den Fahrzeugrahmen geschnitten und durch den rechten Arm des Fahrers. Noch während ich würge, sehe ich nach dem Arm, kann ihn aber nicht entdecken. Nur Blut ist überall zu sehen.

„Lass mich raus!“, herrsche ich den verdutzten Lukas an. Ihn zur Seite drängend, renne ich um das Fahrzeug herum auf die andere Seite. Dabei verheddere ich mich in den Zugseilen und stürze. Ich rappele mich wieder auf, reiße an der Beifahrertür, bekomme sie aber nicht auf. Ich sehe durch die ebenfalls geborstene Scheibe.
„Der Arm – ich habe den Arm!“, rufe ich erleichtert. „Ich hab ihn gefunden!“
„Wo ist er?“, fragt eine Stimme zurück.
„Auf der Beifahrerseite. Ich komme aber nicht dran. Die Tür geht nicht auf.“
Der Feuerwehrmann von eben hat offensichtlich erkannt, dass er mich nicht stoppen kann und entscheidet sich, mir lieber zu helfen. Er drängt mich zur Seite, sodass ich die Klinke loslassen muss. „Wir machen das für dich. Geh bitte aus dem Weg.“
Er dreht sich zu Lukas, der neben mir steht. „Sieh zu, dass ihr ein paar Meter zur Seite verschwindet, falls Splitter fliegen.“
Lukas nickt, nimmt mich am Arm und zieht mich weg. Langsam kann ich meine Gedanken wieder sammeln, werde aus den Klauen meiner Panik entlassen.
Es ist nicht der gleiche Unfall. Es ist ein Arm, kein Bein. Und dieser Verletzte wird sicher nicht sterben. Die Feuerwehr wird den Arm bergen und dem Verletzten mitgeben. Alles wird gut laufen!
Ich bin bereit mir zu glauben, als ich das Knallen von Metall höre, während die hydraulischen Spreizer ihre Arbeit verrichten. Die Tür öffnet sich quälend langsam, Glas rieselt, dann kann ich ins Innere sehen: Der restliche Arm ist samt Hemdsärmel ins Armaturenbrett gequetscht. Der Feuerwehrmann zieht daran, kann ihn aber nicht bewegen. Wahrscheinlich wurde er durch die hohe Bewegungsenergie sowie dem Druck an Sägeblatt und Kunststoff verschweißt. Er ruckt noch einmal am Arm – ohne Erfolg. „Ich komme nicht weiter. Ich brauche einen Trennschleifer“, ruft er aus dem Fahrzeuginneren.
„Kommt sofort!“, bestätigt einer seiner Kollegen.
„Der wird doch nicht …“, sage ich ohne speziellen Adressaten. „Hey, du kannst den Arm doch nicht einfach abflexen!“ Ich bin neben dem Mann am Auto.
„Hast du eine bessere Idee?“
„Wir könnten das Sägeblatt rausziehen.“

„Im Ernst? Siehst du, wie tief das eingedrungen ist? Bei der Energie, die wir dafür benötigen, gäbe es ein Unglück."
Ich nicke. „Wenn es sich losreißt …"
„Genau. Jetzt geh bitte zur Seite."
Das Kreischen ist in meinen Ohren unerträglich. Endlich, nach einer gefühlten Ewigkeit, klettert der Feuerwehrmann mit den Resten des Arms aus dem Wrack.
Ich sehe weg, gehe zu unserem Streifenwagen, öffne die Heckklappe, nehme das Messrad und mein Klemmbrett. Dann beginne ich mit der Skizzierung der Unfallstelle.
Lukas sagt nichts, schnappt sich sein Notizheft und beginnt, die Daten für die Unfallanzeige aufzunehmen.
Alle sind weg – der Rettungswagen mit dem Verletzten und seinem Arm, der Notarzt, selbst die Feuerwehr, nachdem sie das Fahrzeug mittels Winden vom Baum gelöst und die Fahrbahn abgestreut hat.
Wir fegen letzte Krümel Sand und Fahrzeugteile in den Graben, dann warten wir auf den Abschlepper.
„Was war denn eben mit dir los?", fragt Lukas zaghaft.
„Kannst du dich an den Unfall mit dem Motorradfahrer im letzten Jahr erinnern?"
„Den ihr erst nicht gefunden habt, weil sich der Melder nicht auskannte?"
„Genau – es ist alles wieder hochgekommen. Dabei dachte ich, dass ich ganz gut verdrängen kann."
Erschöpft lehne ich mich auf meinen Besen, dessen Stiel abgebrochen worden ist, damit er ins Gepäckteil des Passats passt.
„Wir haben alle unsere Dämonen. Hin und wieder kommen sie halt raus. Morgen ist ein neuer Tag."
„Morgen ist ein neuer Tag", murmele ich ihm leise nach. „Mal sehen, was der bringt."

Zurück auf der Dienststelle sitzen Olize und Action im Wachraum. Olize ereifert sich: „Du glaubst nicht … Ach, hallo Frank, hallo Lukas … Ihr glaubt nicht, was uns heute passiert ist!"
Wir lassen uns auf der Fensterbank nieder. Eigentlich habe ich keine Lust, ihr zuzuhören, aber ich bin zu faul, wieder aufzustehen.

„Durchsuchung in einer Hehlerwohnung. Die Leute gehören zum reisenden Volk." Sie grinst. „Ist das politisch korrekt?"
Kai nickt. „Zumindest wissen wir alle, wen du meinst."
Wir waren mit großem Aufgebot dort. Vor der Wohnungstür, einem Penthouse in bester Lage, sind wir in Stellung gegangen. Mit der Ramme haben wir kurzerhand die Tür aufgestoßen und sind alle rein. Jetzt kommt's: Die Tür fliegt auf und was meint ihr, was passiert ist?" Sie sieht uns alle mit ihren großen Augen an.
Alle heben die Schultern. Lukas tippt ins Blaue: „Nichts?"
„Vergewaltigung! Vergewaltigung! Alle anwesenden vier Frauen haben lauthals ‚Vergewaltigung' geschrien und sich die T-Shirts zerrissen. Wir waren alle völlig schockiert. Selbst die alten Hasen von der Kripo haben gesagt, dass sie so etwas noch nicht erlebt haben."
„Die Männer haben sofort versucht, sich aus dem Staub zu machen", erzählt Jasmin weiter. „Aber wir waren zu viele. Überleg mal, ob dir das einfallen würde: Du schläfst selig und plötzlich erschrickst du wegen eines lauten Geräusches. Würde es dir einfallen, ‚Vergewaltigung' zu schreien und dir das T-Shirt zu zerreißen?"
„Das haben die garantiert dutzendfach geübt. Bis es in Fleisch und Blut übergeht." Kai schüttelt wie wir alle den Kopf. „Habt ihr wenigstens was gefunden?"
„Ewig viel. In den Rohren der Bettgestelle, in den Deckenverkleidungen, unter losen Dielenbrettern, in der Klimaanlage, im Revisionsschacht der Badewanne, sogar in der Regenrinne – Wahnsinn, wo die ihr Diebesgut überall versteckt hatten. Jetzt ist die Kriminaltechnik in der Wohnung, weil wir bestimmt etwas übersehen haben. Die nehmen die Bude Zentimeter für Zentimeter auseinander."
„Dann war das ein sehr schöner Fang. Das Diebesgut war Geld und Schmuck?"
Nicole nickt. „Ja, fast ausschließlich. Und was der Knüller ist – und das wusste ich gar nicht: Wenn wir das Diebesgut nicht zuordnen können, müssen wir es ihnen tatsächlich zurückgeben. Ich verstehe die Welt nicht mehr. So etwas macht mich echt wütend!"
„Das kann passieren. Der Schmuck kann irgendwo aus Deutschland oder den Anrainerstaaten kommen. Dass du für alle Teile

den Besitzer ermitteln kannst, ist sogar im Zeitalter der digitalen Datenverarbeitung mehr als unwahrscheinlich."
„Dann war die ganze Arbeit umsonst?" Olize wirkt echt sauer.
„Hast du dir den Namen des Einsatzleiters gemerkt?", frage ich sie.
„Klar."
„Dann bleib dran und frag von Zeit zu Zeit nach. Würde mich auch interessieren, was aus dem Fall geworden ist."
„Kann ich machen." Dann geht sie kopfschüttelnd aus dem Wachraum. „Vergewaltigung! Vergewaltigung! Hat man so etwas schon erlebt. Das hält man im Kopf nicht aus. Was den Leuten alles einfällt."

Der Spätdienst trudelt ein und wir übergeben die Wache. Einsätze stehen keine mehr an. Um die Geschwindigkeitsanzeigen von Karl und Aramis kümmere ich mich morgen. Mir reicht es und ich winke ein kurzes „Tschüss" in den Aufenthaltsraum, bevor ich mich auf den Weg mache. Mit einem Ohr höre ich, wie Lukas über mich spricht. „Der war heute sehr komisch drauf. Vorhin bei dem Unfall …"

Zuhause drücke ich Anja besonders fest und innig.
„Alles gut?", will sie wissen.
„Jetzt wieder!" Ich küsse sie. „Was für ein Tag!"
„Magst du erzählen?"
„Vielleicht nachher."
Sie geht in Richtung Küche. „Hunger?"
„Und wie!"
Den Rest des Nachmittags verbringen wir unter unserem Sonnenschirm im Garten. Und ich erzähle.

WOLFsRACHE
(2016)

Wolf war am gestrigen Tag sehr entspannt zurück ins Hotel gekommen. Laura hatte ihm viel Zeit und Zuwendung geschenkt. Als er nicht mehr konnte, hatten sie nur noch geredet.
Lange hatte ihm niemand mehr so richtig zugehört. Aber hier fühlte er sich verstanden und angenommen.
Zum Abschluss hatten sie sich noch einmal ganz zärtlich verwöhnt. Dabei hatte er immer gedacht, dass Laura härter rangenommen werden möchte. Hart und schonungslos. Ihr Körper und ihre lustvollen Schreie hatten ihn das glauben lassen. Und gestern – da war sie ruhig, zärtlich und anschmiegsam gewesen. *Seltsam*, geht es ihm heute Morgen durch den Kopf. *So, wie Silvi es immer gern gehabt hat.*
Als ihm klar wird, dass er sich Träumereien hingibt, ballt er die Fäuste. *Wer weiß, von wem sie sich jetzt hart rannehmen lässt. Vielleicht genauso, wie sie es mir all die Jahre verboten hat.*
Er erinnert sich an ihr lustvolles Gesicht aus den ersten Jahren. Später war in ihren Augen nur noch Traurigkeit. Harsch zieht er die Bettdecke von seinem Körper und steht auf. *Heute steht viel auf dem Programm.*
Nach einer ausgiebigen Dusche zieht er sich an, geht zum Frühstück in ein Café und ruft danach seine Eltern an.
„Hallo Mama."
Die dünne Stimme der älteren Dame klingt ganz überrascht. „Wolfi, bist du es? Was für eine Überraschung. Wie geht es dir, Junge?"
„Gut, Mama. Ich hätte aber eine Bitte. Ich habe mich ausgeschlossen und kann den Reserveschlüssel, den wir im Garten versteckt haben, nicht finden. Silvi geht nicht ans Telefon. Kann ich kurz vorbeikommen und euren Schlüssel abholen?"
„Aber natürlich. Ich taue schnell einen Kuchen auf."
„Mama, wir haben Vormittag und ich habe gerade gefrühstückt. Bitte tau keinen Kuchen auf."
„Aber einen Kaffee trinkst du mit deiner alten Mutter."
Wolf resigniert. „Gerne, Mama. Ist Papa auch da?"
„Der ist unterwegs zum Einkaufen. Vor heute Mittag ist er

kaum wieder zurück. Das ist schade. Er hätte dich sicher gerne gesehen." Ihre Stimme wirkt unterdrückt und weinerlich.
„Das glaube ich kaum." Und bevor ihm seine Mutter widersprechen kann, fügt er an: „Also, bis gleich!"
„Ich hab dich lieb."
Wolf will erst antworten, legt dann aber schnell auf.

Seine Mutter steht am Fenster und winkt ihm, als er mit dem Haustürschlüssel in der Hosentasche ins Taxi steigt. Die letzte halbe Stunde hat ihn Nerven und Kraft gekostet, und das, wo er heute noch so viel zu tun hat. Seine Mutter wollte alles von ihm wissen – wie es ihm geht, wie es dem kleinen Nils geht und was die bezaubernde Silvi macht.
Seine Eltern hatten Silvi immer gerne gemocht. Bei seinen Schwiegereltern war das anders. Die hatten aus ihrer Abneigung ihm gegenüber nie einen Hehl gemacht. Silvi aber wurde von allen geliebt und vertätschelt. Wenn die alle wüssten, wie seine Frau wirklich war.
Na ja, wenn alles klappt, würden bald alle die bittere Wahrheit über Silvi kennen. Und dann würden sie wissen, wie sehr er all die Jahre gelitten hat. Sie würden in Silvi eine Ehebrecherin erkennen. Dann wäre sie nicht mehr die ach so nette, ach so liebe Silvi. Dann wäre sie das, was er immer gewusst hat – eine Hure.

Er lässt das Taxi einige Meter entfernt von seinem Haus anhalten, bezahlt seine Rechnung und geht die letzten Meter zu Fuß. Vor dem Haus kann er weder ein coloriertes Polizeifahrzeug noch einen vermeintlich unauffälligen Zivilwagen erkennen. Silvi scheint nicht zu Hause zu sein, die Jalousien sind unten. Der Schlüssel gleitet ins Schloss und die Tür öffnet sich.
Kein Alarm – sie hat den Code nicht geändert. Wolf atmet auf. Andererseits hat er auch nicht wirklich damit gerechnet. Wie hätte sie den Code ändern sollen, wo sie die Anlage doch so schon kaum an- oder ausschalten kann? Was hat er nur all die Jahre an dieser Frau gefunden? Kopfschüttelnd schaltet er über das zentrale Bussystem überall im Haus das Licht an. Die Rollos lässt er unten. Für das, was er vorhat, braucht er keine Zuschauer.

Als Erstes führt ihn sein Weg in den Keller zum großen Standtresor. Die Mappen mit den Versicherungsunterlagen, das Testament und den geladenen Revolver nimmt er mit nach oben in sein Arbeitszimmer. Er startet sein Notebook und nimmt das mobile Telefon zur Hand.
„Showtime!", sagt er zu sich selbst und wählt die erste Nummer. Vor ihm huschen Aktiengrafiken über das Display. Er grinst diabolisch, als sich die Stimme am anderen Ende meldet.

***

Silvi kuschelt sich im Gästezimmer ihrer Eltern an Nils. Der drückt sie ganz fest, als wolle er ihr zeigen, wie doll er auf sie aufpasst.
„So, mein Süßer. Du bleibst heute schön bei OmPa."
„OmPa?", fragt Nils gähnend.
„Na, Oma und Opa. Das haben wir früher immer gesagt. Ich muss heute viele Dinge erledigen. Die beiden kümmern sich um dich."
„Aber ich soll doch auf dich aufpassen, hat der Polizist gesagt!"
Silvi streicht ihm zärtlich über den Kopf. „Ich nehme einen Freund mit. Der passt gut auf mich auf. Der ist groß und stark."
„Einen Freund?" Nils hat jetzt hellwache Augen.
„Ja, einen sehr guten Freund sogar. Möchtest du ihn kennenlernen?"
Nils denkt nach. „Weiß nicht. Kennt Papa den auch?"
„Nein, die beiden kennen sich nicht. Vielleicht bringe ich Mark irgendwann einmal mit."
Nils schüttelt den Kopf. „Das gibt bestimmt Ärger mit Papa. Dann schlägt er dich wieder."
Silvi nimmt Nils fest in den Arm und drückt ihr Kinn an seine Schulter. „Papa wird uns nie wieder etwas antun." Tränen laufen über ihre Wangen. „Das verspreche ich dir!" Sie sieht ihm in die Augen. „Und deshalb muss ich heute weg und verschiedene Dinge regeln. Warte bitte auf mich und sei nett zu Oma und Opa."
„OmaPa!" korrigiert er sie und wischt ihr die Tränen mit seinem Schlafanzugärmel aus den Augen.

Silvi lächelt wieder, als sie ins Bad geht und sich für den Tag fertigmacht.

Eine Stunde später winkt sie Nils und ihren Eltern zu, dann setzt sie sich zu Mark ins Auto. Sie haben einen Termin in der Stadt. Ein Bekannter von Mark ist Scheidungsanwalt. Er hat sich kurzfristig Zeit genommen.

***

Wolf klappt den Deckel des Rechners runter und reibt sich die Hände. Erledigt!
Und das in mehrerlei Hinsicht. Vor allem Silvi wäre erledigt – Geschichte. Er hat seine Finanzen geregelt. Verschoben, versteckt, auf Banken ohne deutschen Zugriff. Silvi würde keinen Cent sehen. Ihre Entscheidung. Er schiebt den Ausdruck mit den neuen Kontoverbindungen und zugehörigen Passwörtern grinsend in das leere CD-Fach seines Laptops. *Fürs Erste!*
Selbst das Haus wird er vor ihrem Zugriff schützen. Ein Notar, nicht weit weg, schuldet ihm noch mehr als einen Gefallen. Einen großen Gefallen. Sollten sich später die Gerichte streiten, was rechtens ist. Bis dahin wäre er weg.
An der Hausbar schenkt er sich einen doppelten Whiskey ein und sieht auf die Uhr. Vielleicht noch ein bisschen früh, aber was soll's. Er hat heute viel geschafft und eine Belohnung mehr als verdient.
Sein Weg führt ihn zum Kühlschrank. Viel Inhalt weist der nicht auf, aber es wird reichen, um seinen Hunger zu stillen. Er setzt sich vor den Fernseher und legt den schweren Revolver neben seinen Teller. Dann greift er zu einem neuen doppelten Whiskey.
Nach dem Essen legt er sich auf die Couch, den Revolver auf dem Bauch und lässt sich von den grenzdebilen Stimmen einer Gerichtsshow in den Schlaf langweilen.

***

„Machen Sie es gut, Frau Weber. Wir bekommen das Problem und ihren Mann bestimmt in den Griff. Suchen Sie bitte zeitnah alle Dokumente zusammen, die wir eben besprochen haben. Sie können sie mir schicken oder auch vorbeibringen.“ Der Anwalt schüttelt Silvis Hand, dann fasst er mit der anderen tröstend ihren Ellenbogen. „Das wird schon – versprochen!“
„Das übernehme ich gerne.“ Mark schüttelt nun ebenfalls die Hand des Anwalts. „Danke für deine Hilfe!“
„Kein Problem. Passt auf euch auf. Was ihr da eben alles erzählt habt … Der Typ ist gefährlich.“
„Machen wir! Bis bald!“
Mark umfasst Silvis Taille und genießt ihre Nähe. Sie entwindet sich ihm. „Bitte, Mark, mir ist im Moment nicht danach.“
„Ist gut!“ Mark küsst sie, dann nimmt er ihre Hand. Gemeinsam gehen sie durch die Fußgängerzone.
Für jeden anderen müssen wir wie ein unbeschwertes Liebespaar wirken, denkt sich Silvi, gibt sich einen Ruck und legt nun doch ihren Arm auf Marks Hüfte. Eng umschlungen erreichen sie sein Auto. In ihre beiden Gesichter hat sich ein Lächeln geschlichen.

***

Von der plötzlichen Lautstärke der Werbung aus dem Schlaf gerissen reibt sich Wolf die Augen. Er ist kurz desorientiert und lässt sich zurück auf die Couch fallen. Dann ist er wieder im Hier und Jetzt. Mit einem Blick auf seine Smart-Watch versichert er sich, dass er nicht zu lange geschlafen hat. Bis zu seinem Termin mit dem Notar ist noch etwas Zeit.
Den Tisch räumt er nicht ab. Heute Nacht wird er im Haus schlafen. Warum sich unnütz Arbeit machen? Kurz denkt er darüber nach, sich einen weiteren Drink einzuschenken, verwirft den Gedanken aber. Für den Termin gleich benötigt er einen klaren Kopf, danach könnte er weitersaufen. *Aber nicht zu heftig*, ermahnt er sich. *Ich muss vorbereitet sein, wenn Silvi nach Hause kommt.*
Bevor er das Haus wieder verlässt, bringt er die Unterlagen zurück in den Tresor, entnimmt ihm eine Großpackung Munition für den Revolver und schließt die schwere feuergeschützte Tür. *Wer weiß, wofür das noch gut ist.*

Das Taxi kam viel zu spät und so ist Wolf mehr als unpünktlich, als er seinen „Schuldner" begrüßt. Der bittet ihn förmlich in sein Büro und sieht ihn nicht nur aufgrund seiner Verspätung feindselig an. Als Wolf ihm seine Bitte vorgetragen hat, sagt er schlicht: „Nein! Das kann ich nicht."
„Ich akzeptiere kein ‚Nein'." Wolfs Stimme hat wieder die gewohnte Schärfe. Wie immer, wenn er seinen Willen durchsetzen will.
„Damit würde ich mich strafbar machen und wahrscheinlich am Ende meine Zulassung verlieren." Der Notar stützt sich auf seine Armlehnen und beugt sich ihm aufgebracht entgegen.
Wolf beugt sich ebenfalls, bis sich ihre Nasen beinahe berühren. „Wenn ich über unsere Geschäfte auspacke, bist du auf jeden Fall erledigt. Deine Zulassung ist dann dein geringstes Problem."
Der Notar wird kreideweiß vor Zorn. „Das ist Erpressung!"
Wolf lehnt sich wieder in seinem Stuhl zurück. „Wenn du es so nennen möchtest … " Dann grinst er. „Ich gebe dir Bedenkzeit bis morgen um die gleiche Zeit. Bis dahin lasse ich dir die Unterlagen hier. Du kannst sie schon vorbereiten." Er steht auf. Seine Hand klopft auf einen kleinen Ordner. „Also, bis morgen. Denk nicht so viel, tu einfach das Richtige!"
Wolf schließt die Bürotür hinter sich, nickt der Dame am Empfang freundlich zu und steigt wieder in das Taxi, das vor der Tür gewartet hat.
„Dahin zurück, wo Sie mich aufgelesen haben", befielt er dem Fahrer knapp.

Als er sein Haus erneut betritt, ist es so menschenleer wie zuvor. Er setzt sich wieder vor die Mattscheibe, schenkt sich nach und wartet.

Kapitel 10
„Tödliches Finale“ (Frühdienst)

„So ein Depp!“, regt sich Karl im Aufenthaltsraum auf. „Unglaublich, wie blöd Leute sein können.“
Er hat die ungeteilte Aufmerksamkeit aller. Leider fehlt mir der Anfang der Geschichte, weil ich vorher mit Kai und den Kollegen des Nachtdienstes die Übergabe machen musste. Es hat einen Großbrand gegeben, der aber jetzt unter Kontrolle ist. „Unter Kontrolle“ ist ein sehr dehnbarer Begriff der Feuerwehr, wenn die Brandlast so weit abgebrannt ist, dass das Feuer keine neue Nahrung mehr findet. Auch heute Nacht musste man sich damit zufriedengeben, die Nachbarhäuser zu retten. Es hat zum Glück keine Verletzten gegeben.
Ich versuche mir in Erinnerung zu rufen, welche Einsätze Karl gestern hatte. Erneut ist nicht zu übersehen, dass er in der Runde kein Fremdkörper mehr ist. Einziger Fremdkörper ist, wie immer, das kleine Aschehäufchen auf seinem Bauch.
„Da kommt dieser Bekloppte mit über 150 km/h in die Ortschaft gebrettert, bremst um keinen Millimeter und ist stinksauer, dass wir doofen Bullen ihn erwischt haben. ‚Ob wir nichts Besseres zu tun hätten‘, aber ihr kennt selbst die Sprüche, die dann immer kommen. Ich hätte ihn echt gerne von seiner Maschine gehauen, aber Aramis hat sich vorgedrängt.“
„Und du hast ihn dann vom Bock geholt?“, will Action von ihrem Freund wissen.
„Aber, Liebste, was denkst du von mir? Aber eingeschenkt habe ich ihm trotzdem eine!“ Aramis grinst übers ganze Gesicht. „Der Typ war so aufgeregt, so zornig, dass ihm vorneweg seine Maschine umgefallen ist.“
„Spiegel kaputt!“, wirft Karl ein.
„Genau, und seine Laune auf dem absoluten Tiefpunkt. Dann habe ich ihm eröffnet, dass wir ihn mit 158 km/h gelasert haben. Ich habe ihm die Hand gereicht und ihm zum Tagesrekord, ach, was sage ich, zum Monats-, wahrscheinlich sogar Jahresrekord gratuliert. Ich würde ihm seinen erfolgreichen Rekordversuch gerne dokumentieren, falls er sich damit im Guinnesbuch registrieren lassen will.“

„Das hättet ihr sehen müssen, der wäre beinahe geplatzt." Karl hat echte Begeisterung in der Stimme. „Hochroter Kopf und am ganzen Körper gezittert. Wollte nicht einmal den Wert auf dem Lasergerät kontrollieren. Wir haben dann vor uns hin philosophiert, dass wir nicht so genau wissen, wie hoch die Strafe bei dieser Übertretung ist. Vielleicht vierstellig? Außerdem müssten wir genauer nachschauen, ob das Fahrverbot länger als ein Jahr gilt, und ob der Idiotentest bei Menschen mit einem derartigen charakterlichen Mangel überhaupt noch angewendet wird."
Er holt Luft und grinst vor sich hin, als Aramis die Geschichte für ihn weitererzählt. „Na, auf jeden Fall war er rechtschaffen wütend, als er sich seinen Helm wieder aufgesetzt hat. Er ist grußlos, nur auf seinem Hinterrad, abgefahren. Und ehe ich mich versehe, verfrachtet mich Karl kurzerhand zur Seite. Er schultert das Lasergerät, hält erneut auf unseren Pechvogel des Tages an und … und … na, wer weiß es?"
Wir zucken alle mit den Schultern.
„Ich habe ihn schön im Visier und warte bis kurz vor der Kurve, wo es dann in den Wald geht. Was soll ich sagen … 164!"
„Hey ho", kommt es aus der Runde. „Was für ein Vollidiot."
„Neuer Tatentschluss, nachdem er angehalten wurde!"
„Bekommt er dafür die doppelte Strafe?", fragt Olize dazwischen.
„Na klar, zwei unabhängig voneinander begangene Geschwindigkeitsverstöße. Da kann der Anwalt sicher intervenieren, aber im Prinzip steht der Depp für den gestrigen Tag fest."
Ich gehe an den Dienstgruppenschrank und hole den Horststein hervor. „Dann bin ich den jetzt los?"
Alle lachen und schütteln den Kopf. Kai klopft mir auf die Schulter. „Leg den schön wieder zurück in dein Fach. Die Mehrheit entscheidet, ob du den weitergeben kannst. An dem Prozedere wird nicht eigenhändig rumgeschraubt."
Ich gebe mir alle Mühe, tatsächlich enttäuscht auszusehen, als ich den Stein in mein Fach zurücklege. „Dann schlage ich vor, dass jetzt alle an die Arbeit gehen. Es wird hoffentlich bald einer einen Lapsus landen."
„Du glaubst auch an das Christkind", lässt Lukas verlauten, als er lachend aus dem Raum tritt. „Ehre, wem Ehre gebührt."

Vorne bei Kai muss ich sein Dauergrinsen ertragen und setze mich deshalb lieber in mein Büro. Tatsächlich, da liegen die Anzeigen vom gestrigen Lasereinsatz. Der Junge bekommt Spaß. Ich blättere durch die Seiten. Achtundzwanzig Jahre. Eigentlich alt genug, um zumindest rudimentäre Denkprozesse in Gang setzen zu können. Kopfschüttelnd zeichne ich den Vorgang ab.

Die Schicht plätschert vor sich hin und ich habe Zeit, mich um den Papierkram zu kümmern. Da nicht viel zu tun ist, gebe ich Lukas frei, der nachmittags eine Fahrt auf dem Drachenfels übernehmen möchte. So rückt Pit zu mir aufs Auto. Er hat ein paar Anzeigen auf Halde liegen und ist ganz froh über die Entwicklung. Ich habe ihm bereits angedeutet, heute nicht mehr rausfahren zu wollen.
Bei dem guten Wetter scheinen nicht einmal die Einbrecher Lust aufs Arbeiten zu haben. Heute stand lediglich ein Einbruch in einen Kindergarten als Einsatz an. Es wurde das Milchgeld aus einer Kassette gestohlen. Wahrscheinlich ein Junkie für seinen nächsten Druck.
Um die Weihnachtszeit sieht das wieder ganz anders aus. Ich sage immer gerne: Einbrecher sind ganz normale Freiberufler. In den Ferien fahren sie, wie alle anderen auch, in den Urlaub und zu Weihnachten möchten sie ihren Lieben teure Geschenke machen.

***

Wolf erwacht völlig verkatert auf der Couch. Der Revolver ist ihm offensichtlich irgendwann in der Nacht aus der Hand geglitten. Stöhnend richtet er sich auf. Im ganzen Haus brennt noch immer Licht. Der Fernseher läuft und die Moderatoren des Frühstücksfernsehens spucken ihm gute Laune ins Gesicht. Er schaltet ab und kratzt sich am unrasierten Kinn.
Der Blick auf Telefon und Handy sagt ihm, dass niemand versucht hatte, ihn zu erreichen. Erschreckend wird ihm bewusst, dass er insgeheim noch immer hofft, Silvi würde zu ihm zurückkehren. Dann wäre alles wieder so wie früher. Er würde sich bessern. Da ist er sich ganz sicher. *Nein, dieses Miststück hat*

mich nicht verdient! Wütend, vor allem über sich selbst, steigt er die Treppe hoch ins Bad und macht sich fertig.

Einzig seinen Bart lässt er stehen, nachdem er sich im Spiegel prüfend angesehen hat. *Sieht ein bisschen verwegen aus. Darf bleiben.* Er wendet den Kopf und nickt. Dann löscht er das Licht und geht wieder runter ins Wohnzimmer.

Im Wohnzimmer stinkt es nach Alkohol und Schweiß. Eigentlich stinkt es im ganzen Erdgeschoss. Wolf überlegt, macht kurzerhand die Terrassentüre auf und lässt die eine Jalousie hochfahren. Frische Luft strömt ins Haus.

Im Kühlschrank findet er ein paar Eier, Schinken und Käse. *Fürs Erste wird's reichen.*

Mit seinem Frühstück setzt er sich vor den Fernseher. Vielleicht tut ihm ein wenig gute Laune gut. Sein Blick fällt auf die angebrochene Flasche von gestern. Für heute hat er keine wichtigen Termine. Erst am Nachmittag den Notar. Was soll's, bis dahin wird er wieder nüchtern sein.

Nach dem zweiten Glas werden die Witze der Moderatoren langsam besser. Beim dritten Glas allerdings kippt seine Stimmung wieder. Im Fernsehen läuft ein Beitrag über Treuetester. Er sieht sich um, sieht die unordentliche Wohnung, in die ein einziger Lichtstrahl fällt.

Ich muss mich in meinem eigenen Haus verstecken und diese untreue Hure treibt es gerade mit ihrem Stecher. Vielleicht hat sie sogar gleich mehrere im Bett. Zutrauen würde ich es ihr!

Das Glas mit dem letzten Rest Whiskey fliegt in den Fernseher und beendet den Treuetest abrupt.

***

Silvi hat Mark per SMS gebeten, sie nach dem Frühstück in der Wohnung ihrer Eltern abzuholen. *Was spricht dagegen, wenn er sich bei allen bekannt macht?*

„Guten Morgen, ich bin Mark", stellt sich der große, gutaussehende Mann vor und deutet bei der Dame des Hauses einen Handkuss an.

Silvi lächelt. So gewinnt man Herzen.

Bei Nils geht er in die Knie. „Du musst Nils sein. Ich habe schon

viel von dir gehört. Du bist der ganze Stolz deiner Mutter." Nils sieht verschämt zur Seite, aber seine Augen strahlen.
An Silvis Eltern gerichtet fährt er fort: „Ich würde Ihre Tochter heute gerne entführen. Wir haben ein paar Termine, bei denen ich sie gerne unterstützen möchte. Vor allem müssen wir noch einmal ins Haus und ein paar Sachen holen."
„Jaja, gehen Sie ruhig." Silvis Vater scheint von Marks Umgangsformen sehr angetan zu sein. Wolfgang hat sich immer einfach alles genommen und das für selbstverständlich erachtet.
„Es freut uns, dass unsere Tochter so einen netten Mann an ihrer Seite hat!"
„Mutter!", fährt Silvi ihr ins Wort. „Bitte!"
„Ich habe doch bloß gemeint …" Sie bricht ab.
Kurz herrscht Stille, dann antwortet Mark: „Ihre Tochter ist ein Juwel und es ist mir eine Ehre, ihr zur Seite zu stehen."
Jetzt übertreib nicht, sonst machst du alles wieder zunichte, denkt Silvi und zieht ihn in den Flur. „Warte bitte, ich bin gleich soweit."
Als sie wieder aus dem Zimmer kommt, steht Nils bei Mark. „Darf ich bei OmPa bleiben? Du passt jetzt auf sie auf, oder?"
„Klar darfst du! Oder?" Mark sieht Silvi fragend an. Sie nickt.
„Prima, ich bleibe bei euch! Darf ich an euren Rechner?"
Silvi winkt aus dem Flur zu ihren Eltern und zieht den ebenfalls winkenden Mark hinter sich her. „Tschüss", kann er noch rufen, dann fällt die Tür hinter ihnen ins Schloss.
„OmPa?"
„Also bitte, das steht für Oma und Opa."
„Aha." Mark nickt. „Wohin möchten gnädige Frau zuerst?"
„Zuerst fahren wir die Termine ab, dann zügig ins Haus. Ich brauche neue Klamotten und ein paar Unterlagen. Je früher wir das machen, desto geringer ist die Wahrscheinlichkeit, auf Wolf zu treffen."
Mark hält ihr die Tür auf. „Dann los."

***

Er muss wieder eingenickt sein. Von einem Geräusch aufgeschreckt, fährt er von der Couch hoch.

„Komisch, die Alarmanlage ist gar nicht aktiviert." Eine Frauenstimme.
„Hast du vergessen, sie einzuschalten?" Eine Männerstimme.
„Nein, die habe ich auf jeden Fall aktiviert. Da bin ich mir sicher."
„Meinst du, Wolf war hier?"
Wolf nimmt den Revolver in die rechte Hand und setzt sich langsam auf.
„Warum ist denn die eine Jalousie auf?" Die Frau kommt näher.
„Warte, ich bin sofort bei dir, ich schließe nur schnell die Haustür."
Die Haustür fällt ins Schloss und eilige Männerschritte folgen dem Tack-tack-tack von Silvis Pumps.
Mit einem Mal stehen die beiden im Wohnzimmer und schauen zur Terrassentür.
„Kommt ruhig rein. Zumindest einer von euch wohnt theoretisch hier." Wolf spricht ganz ruhig. Seine Waffe liegt offen sichtbar auf seinem Bein, fest umschlossen von seiner rechten Hand. Nur seine Augen stehen diesmal nicht still.
Diese Augen. Diese kalten zornigen Augen sind das erste, was Mark auffällt. Eine Gänsehaut schleicht sich über seinen Rücken. Silvi hat ihm natürlich von Wolf erzählt, aber ihm hier und jetzt gegenüberzustehen, mit einer Waffe in der Hand …
„Bitte legen Sie die Waffe weg. Wir können über alles reden."
Der Revolver in Wolfs Hand ruckt hoch. „Sie weglegen? Du willst reden? Worüber? Wie du meine Frau vögelst?"
„Nein, nein." Mark hält die Hände abwehrend vor den Körper.
„Darüber, warum Sie so wütend sind."
„Also doch darüber, wie du meine Frau bumst."
„Hör auf mit dem Scheiß!" Silvi geht einen Schritt auf Wolf zu, bleibt aber stehen, als der Revolver plötzlich in ihre Richtung zeigt. „Du machst doch alles nur schlimmer. Hast du noch immer nichts gelernt? Diese ewige Gewalt ist es, die uns auseinandergetrieben hat. Das musst du doch sehen!"
„Was muss ich sehen? Ich sehe bloß, dass du unserer Ehe keine Chance gegeben hast. Wer ist denn ausgebrochen?"
„Keine Chance?" Silvi packt die kalte Wut. „Du weißt genau, was ich alles ertragen habe! Wie viele Chancen habe ich dir gegeben? Wie oft habe ich blutend vor dir gelegen? Wie oft hast du

mich vergewaltigt? Reicht das nicht? Was soll ich noch aushalten? Wie viele Gelegenheiten, mich zu verletzten und zu demütigen, soll ich dir noch geben?“
Bei „vergewaltigt“ zuckt Wolf zusammen. Hat sie es denn nicht auch genossen?
„Du wolltest es doch auch!“ Wolf hat nun ebenfalls die Beherrschung verloren. „Du wolltest immer gerne härter angefasst werden.“
„Härter angefasst? Du hast mich geritten, dass ich geblutet habe, mir Haare ausgerissen, mich gewürgt! Ich konnte oft tagelang nicht laufen. Muss ich dir tatsächlich erklären, dass eine Frau vor dem Sex nicht zwingend mit der Faust ins Gesicht geschlagen werden will?“
Wolf zielt mit dem Revolver genau auf ihren Kopf. „Das habe ich doch …“
„Vielleicht sollten wir uns alle ein bisschen beruhigen.“
„Wenn du nicht die Schnauze hältst, beruhige *ich* dich und zwar endgültig!“ Der Lauf des Revolvers zeigt erneut auf Mark, der instinktiv einen Schritt zurückweicht. Dabei ist er doch hier, um Silvi zu beschützen. Langsam und vorsichtig nähert er sich ihr wieder, Millimeter um Millimeter.
„Bleib da stehen!“, wird er von Wolf angehalten. „Mach bloß keinen Mist!“
Wolf zielt weiter auf seine Gäste, während er sich dem Übergang zur Küche nähert. In einer der Schubladen liegt breites Gewebeband. Ohne die beiden aus den Augen zu lassen, kramt er blindlings in den Laden. Endlich erfühlt er das Gesuchte. Er hebt das Klebeband mit der Linken hoch und wirft es Mark zu.
„Hier, fesselt euch!“
Mark fängt das Band. „Aber …“
Wieder ruckt der Lauf der schweren Waffe. „Habe ich dich um einen Kommentar gebeten?“
Mark schüttelt den Kopf. Er fühlt sich furchtbar. Hilflos und erniedrigt. Wie gerne hätte er sich als furchtloser Ritter für seine Geliebte ins Gefecht gestürzt und jetzt steht er nur schockiert da und hält Klebeband in der Hand.
„Los jetzt!“
„Nein, das mache ich nicht! Du kannst uns selbst fesseln, wenn du den Mumm dazu hast“, widerspricht Mark leichtfertig.

„Du kleiner Ficker weißt überhaupt nicht, mit wem du dich da gerade anlegst." Wolf macht drei Schritte nach vorne und schlägt Mark mit einer einzigen harten Bewegung den Revolver gegen die Schläfe.
Mark fällt bewusstlos zu Boden. Er blutet.
„Du Monster!" Silvi ist bei Mark, drückt ein Stück ihrer Bluse gegen die Wunde an seinem Kopf. „Reicht dir das jetzt? Oder willst du mich auch noch verprügeln?" Sie hält ihm, weiter in der Hocke, die Wange hin. „Hier, tu dir keinen Zwang an. Du weißt doch, wie es geht."
Als er sie nicht schlägt, dreht sie den Kopf wieder weg und wendet sich an Mark. „Sag doch was!" Mark rührt sich nicht. „Du hast ihn umgebracht!" Sie schreit. „Du gewalttätiger Arsch hast ihn getötet!" Panisch tastet sie nach seinem Puls.
„Und?", fragt Wolf nach einigen Sekunden.
„Er … er lebt …"
Wolf reißt sie an den Haaren hoch. „Dann können wir uns jetzt endlich in Ruhe unterhalten."
Silvi presst die Lippen zusammen und unterdrückt einen Schmerzensschrei. Erst als der Zug an ihrer Kopfhaut etwas nachlässt, sieht sie ihm ins Gesicht, das nur wenige Zentimeter von ihrem entfernt ist. Sie riecht seine Fahne und spürt den Lauf der Waffe an ihrem Bauch. Dann spricht sie aus, was ihr all die Jahre mit Wolf gelehrt haben: „Es gibt nichts mehr zu reden. Wir sind fertig miteinander! Schieß einfach, dann ist es vorbei!"
Wolf spürt, wie Silvi ihre Spannung verliert. Sie hat aufgegeben. In diesem Moment würde sie den Tod von seiner Hand uneingeschränkt akzeptieren, vielleicht sogar herbeisehnen. Damit hat er nicht gerechnet.
Sie stehen dicht an dicht, kaum durch das kalte Metall und die gegenseitige Wut getrennt. Ihre Augen sind kalt wie Eis, seine heiß vor Zorn. Wie lange ist es her, dass sie sich so nah waren? Und dabei doch so fremd.
Wolf hält dem Blick Silvis nicht stand, reißt sich davon los. Dann würde er sie eben anders motivieren müssen. „Wenn dir *dein* Leben so wenig wert ist, dann versuche ich es am besten mit *seinem* …" Er blickt rüber zu dem Platz, wo Mark eben noch gelegen hat.
„Wo ist er hin? Wo bist du Scheißkerl?" Wolf rennt durchs Wohnzimmer in den Flur.

Dort steht Mark mit dem Hörer in der Hand. „Kommen Sie schnell! Er ist bewaffnet!"
Das Letzte, was der Polizist am anderen Ende der Leitung hört, ist ein Schuss.

***

„Bedrohungslage in Altenrath! Schusswaffengebrauch! Ihr müsst alle raus!" Kai brüllt durch den Flur. Ich lasse alles stehen und liegen und renne zu ihm. „Was gibt es?"
Er lässt seine Finger über die Tastatur fliegen. „Bei eurer ‚Häuslichen' von vorgestern ist die Lage offensichtlich eskaliert. Die Leitstelle hatte eben einen Anruf von einer unbekannten männlichen Person, die um Hilfe gerufen hat. Das Letzte, was der Kollege hören konnte, war ein Schuss. Mehr habe ich auch nicht. Du bist Einsatzleiter ‚Tatobjekt'. Die Gesamteinsatzleitung wird gleich von der Leitstelle übernommen. Die versuchen, den Polizeiführer vom Dienst zu erreichen. Da ist jetzt auch der Bär los."
„Was ist mit Spezialkräften?", will ich wissen.
„Keine Ahnung. Kläre ich sofort ab."
Meine Jungs und Mädels, die sich eigentlich schon auf den Dienstschluss vorbereitet hatten, stehen geschlossen hinter mir. „Sollen wir Maschinenpistolen mitnehmen?"
Statt einer Antwort schnappe ich mir den Schlüssel für den Waffenschrank und werfe jedem eine Maschinenpistole und zwei Magazine zu. „Habt ihr alles mitgehört?"
Alle nicken.
„Dann los. Wir treffen uns auf dem Parkplatz beim Jägerhof, gleich hinter dem Kreisverkehr. Und jetzt raus!" An Kai gewandt füge ich hinzu: „Sag der Leitstelle, dass ich von dort aus führe und wir genug Platz haben, die Kräftesammelstelle dahin platzieren können. So habe ich einfachen Zugriff auf die Kräfte."
„Köln und Bonn sind bereits informiert und schicken Verstärkungskräfte. Dir werden bis auf einen Wagen alle Kreiskräfte unterstellt."
„Okay."
Alles in mir ist verkrampft. Bei meinem Spurt zum Auto, das

mit laufendem Motor bereits vor der Tür steht, bekomme ich kaum Luft. Ich atme tief ein und setze mich neben Pit, der sofort hart anfährt. Ich schaffe es gerade noch, meinen Fuß ins Fahrzeug zu bringen, bevor die Tür von der Beschleunigung zugeschlagen wird.
Der Funk ist voll. Fahrzeuge, die sich für den Einsatz anmelden, Nachfragen an mich, die ich noch nicht beantworten kann, alle funken durcheinander. Chaos!
„Funkdisziplin!" Ausgerechnet ich, der sonst über Funk jeden unnützen Scherz macht, rufe das ins Funkgerät. „Wir treffen uns alle am vereinbarten Treffpunkt, dann wissen wir mehr. Wer von euch auf dem Weg an seiner Wache vorbeikommt, soll sich mit Maschinenpistolen und Schutzwesten ausrüsten. Leitstelle! Was habt ihr für mich? Was ist mit Verstärkung?"
„Kommt aus Bonn und Köln. Gummersbach steht auf Standby."
„Rettungsdienst?"
„Uns wurden drei Rettungswagen und der leitende Notarzt versprochen."
„Spezialkräfte?"
„Sind informiert. Alarmierung erfolgt über den Polizeiführer vom Dienst."
„Habt ihr den mittlerweile erreicht?"
„Nein."
„Dann alarmiert ihr die Jungs ohne ihn. Es sei denn, euer Dienstgruppenleiter hat damit Bauchschmerzen."
Es dauert ein paar Sekunden. „Hat er nicht."
„Teilt bitte die Dienstgruppenleiter der anderen Wachen für die Einsatzabschnitte ein und gebt mir über die Besetzung Bescheid."
„Wird erledigt!"
„Habe ich was Spannendes vergessen? Gibt es etwas Neues zum Sachverhalt?" Mein Kopf glüht.
„Nein, erstmal nicht. Wir melden uns."
Es rauscht am Funk, dann kommt die Leitstelle mit einer neuen Durchsage. „An alle Kräfte: Da wir bis auf einen Wagen alle in dem Einsatz gebunden sind, schalten wir nicht auf den Sondereinsatzkanal. Wir bleiben alle auf dem normalen Funkkanal. Nur der eine verbleibende Wagen schaltet um. Haben die Wachen das mitgehört?"

Eine Bestätigung nach der anderen kommt rein.
Mein Telefon klingelt. Mit Funk in der einen Hand, das Telefon und den Stift, mit dem ich mir gerade auf meinem Klemmbrett Notizen mache, in der anderen, versuche ich, allem und jedem gerecht zu werden. Ich bekomme Kopfschmerzen.
Pit schließt zum Einsatzwagen vor uns auf.
„Was ist da los?“
Pit zuckt die Schultern. „Keine Ahnung, kann nichts sehen.“
„Zieh bitte rüber auf die Gegenspur und guck!“
Pit macht, was ich ihm aufgetragen habe. Vor uns können wir fünf Einsatzfahrzeuge der Polizei sehen, die mit Blaulicht, teilweise mit Horn, hinter einem anderen Polizeiwagen herschleichen. Der fährt offensichtlich ziemlich genau fünfzig km/h.
„Wenn der noch langsamer fährt, bekommt er die Mücken hinten auf die Scheibe“, witzelt Pit.
Ich reiße das Funkgerät an den Mund. „Wer bitte spielt da vorne an der Spitze den ehrenamtlichen Stauführer? Fahr deine Seifenkiste an die Seite, die Erwachsenen haben es eilig!“
Während ich mir überlege, was ich noch Verächtliches sagen könnte, macht der kriechende Führungswagen tatsächlich sein Blaulicht aus und fährt in eine Bushaltebucht. Sofort beschleunigt die ganze Kolonne und gibt dem hell leuchtenden Blaulicht damit wieder einen Sinn. Ich sehe schnell rüber, wer im Auto sitzt. „Der Pressesprecher!“
Pit sieht zu mir. „Na, der will auf keinen Fall als Erster da sein. Zumindest kann er, wenn er bis zur hereinbrechenden Dunkelheit endlich da ist, seinen Einsatzabschnitt übernehmen.“
Wäre es nicht so traurig gewesen, hätte ich sicher lachen müssen. Überdies fehlt mir die Zeit, da neue Funkanfragen durch den Äther schwirren.

Pit schleudert auf dem Parkplatz über den Splitt, als wir ankommen.
„Such dir einen Schattenplatz. Wir bleiben am Auto.“
Pit nickt und setzt das Fahrzeug um. Ein guter Platz; von hier habe ich eine super Übersicht.
Ich drücke meinen Status „Im Einsatz“. Die Leitstelle weiß jetzt, dass wir eingetroffen sind. Die ersten Einsatzfahrzeuge haben neben uns geparkt. Ich telefoniere mit dem Dienstgruppenleiter

der Leitstelle, bevor ich mit der Karte aus dem Auto steige und diese auf der Motorhaube ausbreite. Alle scharen sich um mich. Der Dienstgruppenleiter einer anderen Wache tippt mir auf die Schulter. „Frank, ich bin auch da. Ich soll den Abschnitt ‚Kräftesammelstelle' übernehmen."

Ich nicke. „Brauchst du Infos von mir?"

„Nö, ich sammele mir die Infos, die ich brauche, zusammen. Mach du deinen Kram. Bin schon froh, dass du da stehst und nicht ich."

„Nimm dir eine Besatzung zur Unterstützung, der Rest bleibt bei mir." Er nimmt sich zwei Kollegen und geht zu seinem Streifenwagen auf die andere Seite des Parkplatzes.

Ein Kollege in Zivil winkt mir. „Frank, ich mache mit zwei Fahrzeugen den Abschnitt ‚Verfolgung'. Ich weiß, wo der Tatort ist. Wir haben das im Griff."

Ich recke meinen Daumen hoch. „Gib mir gleich durch, wo genau ihr euch postiert."

Sein Daumen geht ebenfalls nach oben.

Der Pressesprecher wühlt sich von hinten nach vorne. „Ich bin jetzt auch da."

Ich unterdrücke meinen ersten Impuls und sage: „Schön, dann übernimm bitte deinen Einsatzabschnitt. Ich sehe, du hast einen Kollegen dabei. Das muss reichen."

„Wenn du meinst." Er wirkt beleidigt und geht.

Als er gerade noch so in Hörweite ist, bekommt er von den anderen sein Fett weg. „Wäre er noch langsamer gefahren, wäre er in der Zeit zurückgereist."

Dann konzentrieren sie sich wieder auf mich.

„Ich brauche ein Team für den Notzugriff." Ich sehe Aramis an. „Du und Jasmin!"

„Auf keinen Fall! Ich gehe gerne, aber Jasmin bleibt hier!" Er klingt bestimmt und unbeugsam.

Alle Augen sind auf mich gerichtet. Ich trage die Verantwortung. Ich will gute Leute an einer so exponierten Stelle, aber ich bin auch der, der ihren Eltern am Ende des Tages sagen muss, wenn sie nicht mehr nach Hause kommen. Ich verstehe Michael, aber im Einsatz diskutieren wir keine Maßnahmen. „Es bleibt dabei! Ich kann mir kein besseres Team vorstellen als euch beide. Außerdem kennt ihr beide den Tatort!" Ohne auf eine Antwort zu

warten, gebe ich weitere Anweisungen. „Habt ihr Headsets für eure Telefone dabei?“
Jasmin nickt und zieht Aramis am Arm, der intervenieren will.
„Schaltet sie ein. Pit wird euch anrufen. Wir halten eine Standleitung zu euch. Den Funk ausschließlich im Notfall einschalten. Ich weiß nicht, wie lange es dauert, bis die Spezialkräfte vor Ort sind. Bis dahin organisiert ihr zwei den ‚Notzugriff‘. Orientiert euch, positioniert euch. Und – gefährdet euch nicht mehr als notwendig!“
Bei Jasmin habe ich keine Bedenken. Sorge macht mir eher, dass Aramis versuchen könnte, sich für Jasmin ins Feuer zu werfen.
„Noch einen ganz wichtigen Hinweis vorneweg: Der Polizeiführer vom Dienst hat den Einsatz immer noch nicht übernommen, somit bekommt ihr die Freigabe vorab von mir. Wenn unser Schütze, Geiselnehmer, Bedroher, was weiß ich, euch oder andere Personen gefährdet, dürft ihr als unabweisbare Reaktion den Notzugriff durchführen. Der tödlich wirkende Schuss ist hiermit, für diesen Notfall, autorisiert!“
Alle Augen sind auf mich gerichtet.
„Ich möchte, dass heute Abend alle gesund nach Hause gehen. Ist das klar?“
Aramis und Jasmin nicken. „Klar!“
„Pit, ruf sie an und schalte über die Telefone eine Konferenz.“
Aramis Telefon klingelt und er verstöpselt sein Headset. „Alles klar – funktioniert!“
„Weste, Waffen?“, frage ich. Beide nicken. „Dann los! Sagt Pit euren Standort durch und was ihr sehen könnt. Wir richten unsere Maßnahmen danach aus.“
Ich sehe den beiden kurz nach, bevor ich mich wieder den verbleibenden Kräften zuwende. „Ihr verteilt euch für die Absperrung mit je zwei Mann hier, hier, hier und hier.“ Ich zeige mit meinem Kugelschreiber auf die Stellen. Die Kräfte, die ich ansehe, nicken bestätigend. „Wie viele Teams sind noch übrig?“ Es gehen zwei Hände hoch. „Okay, ihr geht nach dort.“ Wiederum zeige ich auf einen Punkt in der Karte.
„Für alle: Bis etwas anderes kommuniziert wird, habt ihr die Freigabe zum Zugriff bei günstiger Gelegenheit. Für euch ist der ‚Finale Rettungsschuss‘ ebenfalls zugelassen. Prüft eure Möglichkeiten sorgfältig und wägt im Bedarfsfall ab. Auch euch

möchte ich heute Abend alle wieder bei euren Familien sehen. Habt ihr das verstanden?"
Ein „Ja!" grummelt aus vielen Kehlen, dann hört man nur noch den Kies unter ihren Füßen, als sie zum Einsatzort streben.
„Hoffentlich denken sie daran, nicht vor dem Haus entlangzulaufen, wenn sie auf die andere Seite müssen. Hätte ich das noch erwähnen müssen?", frage ich Pit, als ich neben ihm auf den Beifahrersitz rutsche.
„Die sind schon groß", antwortet er kurz. Dann lauscht er wieder seinem Telefon.
Für einige Sekunden hänge ich meinen Gedanken nach. Habe ich alles richtig gemacht? Ist alles so gut organisiert, wie es sein sollte? Was würde ich tun, wenn einem meiner Kollegen etwas passieren würde?
„Gibt es Infos zu dem Opfer?", frage ich erneut bei Pit nach.
Der leitende Notarzt neben mir klinkt sich ein. „Das ist genau die Frage, die sich auch mir stellt. Wie geht es dem Opfer, und mit was für Verletzungen müssen wir rechnen?"
„Ich habe keine Ahnung." Ich steige kurz aus und reiche ihm die Hand. „Über die Bewaffnung des Täters wissen wir nichts. Allerdings ist im Tatobjekt mindestens ein Schuss gefallen. Den konnte der Kollege hören, der den Notruf angenommen hat. Wir selbst haben alle 9mm Action-Munition mit hoher Mannstoppwirkung, weil der Geschosskopf beim Auftreffen auf das Ziel aufpilzt. Das bedeutet mit Sicherheit einen fetten Wundkanal. Sie müssen mit der Schussenergie aus Handfeuerwaffen und Maschinenpistolen rechnen."
„Dann werde ich alles vorbereiten. Bitte sagen Sie mir Bescheid, wenn es Neuigkeiten gibt." Er verschwindet zu den Rettungsfahrzeugen, die sich ebenfalls auf dem Parkplatz gesammelt haben.

Pit wedelt mit der Hand. „Ich habe erste Infos von Jasmin. Sie sind jetzt am Tatobjekt. Die Jalousien sind alle runter. Man kann nichts sehen oder hören. Sie werden jetzt versuchen, in den Garten zu gelangen."
„Die sollen um Himmels Willen vorsichtig sein!"
„Ich richte es aus!" Dann hört er weiter konzentriert der Stimme aus dem Telefon zu.

Mein Telefon klingelt ebenfalls – die Leitstelle. „Frank, wir haben den Polizeiführer erreicht; er übernimmt bei Eintreffen die Lage von uns aus. Dazu will er mit dir noch telefonieren. Halte deine Infos bereit."
„Er kann mich jederzeit erreichen. Ich gebe dir jetzt den aktuellen Stand. Wir müssen nicht alles doppelt kommunizieren, dafür habe ich keine Zeit."
Einige Minuten später trennen wir die Verbindung.

***

„Mark!" Silvi rennt an Wolf vorbei zu der Stelle, an der Mark steht. „Mark!", schreit sie, ohne ihre eigenen Worte zu hören. Auch nicht die von Mark, der seine Lippen bewegt und sie in den Arm nimmt. Nicht die von Wolf, der sie von hinten anschreit, um sie von dem verhassten Mark zu trennen.
Taub, ich bin taub, trifft sie die Erkenntnis, als Wolf sie gegen die Wand schleudert. Sie knallt gegen den großen Flurspiegel. Scherben rieseln zu Boden. Nicht einmal das kann sie hören. Dieser Knall aus dem großen Revolver eben muss sie taub gemacht haben. Lediglich die Schmerzen an ihrem Arm und am Kopf sind präsent.
Die beiden anderen hören aber ebenfalls nichts. Der Knall des Schusses hat sich in dem Flur mehrfach gebrochen und auch ihre Ohren betäubt. Nur noch ein Klingeln dröhnt in ihren Köpfen.

Mark hat sekundenlang nicht gewusst, was passiert ist. Eben noch hat er den Hörer in der Hand gehalten und mit dem Polizisten gesprochen, dann war er taub – aber nicht tot. Das verwundert ihn am meisten. Er ist nicht tot, obwohl Wolf auf ihn geschossen hat. Er fühlt keinen Schmerz, außer den an seinem Kopf, wo ihn Wolfs Schlag mit dem Revolver getroffen hat. Als er an sich runtersieht und nach Blut sucht, kommt Silvi auf ihn zugeflogen. Sie umarmt und küsst ihn.

Wolf hört nur noch Klingeln. Die Außenwelt ist hinter Watte gefangen. Wie kann es sein, dass er diesen Arsch verfehlt hat?

Der Typ blutet ein bisschen am Kopf, aber das kommt von dem Schlag, der ihn offensichtlich nicht so bewusstlos wie vermutet zurückgelassen hat. Im gleichen Moment, in dem Wolf sich noch fragt, wohin er getroffen hat, rennt Silvi an ihm vorbei und wirft sich dem Kerl an den Hals.
Wolf rennt die wenigen Schritte hinter ihr her und schlägt sie von ihm weg. Spiegelglas splittert. Silvi ist verletzt, robbt aber vor ihm am Boden wieder zu dem Typen, der sich zu ihr beugt. Langsam beginnt Wolfs Gehör wieder, seine Arbeit aufzunehmen. Noch immer wie durch Watte, aber er kann zumindest hören, wie Silvi immer wieder und wieder „Mark" ruft.
Wolf hebt erneut die Waffe. „Mark, mein neuer Freund, ein zweites Mal verfehle ich dich nicht."
Klingelt da nicht irgendwo ein Telefon? Das Telefon, das neben der Tür liegt, ist mit Sicherheit kaputt. Es sieht nicht aus, als würde es jemals wieder klingeln. Vielleicht das Mobilteil in der Küche?
Als Wolf wieder zu Mark sieht, steht Silvi schwankend zwischen ihnen.
„Dann musst du zuerst auf mich schießen!"
„Wenn du es so willst …"

***

„Wir versuchen noch immer, den Melder zurückzurufen. Wir wissen, dass der Anruf vom Festnetzanschluss des Hauses kam. Es geht aber niemand ans Telefon. Das kann alles und nichts bedeuten." Mike von der Leitstelle gibt mir gerade die aktuellen Lageinfos. „Hast du etwas Neues?"
Das muss ich verneinen.
Dann habe ich den Polizeiführer am Draht. Er ist gut instruiert und hat kaum noch Fragen. Vorerst bestätigt er meine Zugriffsfreigaben.
Dann meldet sich Pit neben mir. „Jasmin und Aramis haben auf der Rückseite eine offene Terrassentür gefunden. Sie werden jetzt versuchen, von dort ins Haus einzudringen. Es gibt aber Streit darüber, wie es ablaufen soll. Aramis lässt Jasmin nicht mitgehen. Das geht so nicht, der vermasselt den ganzen Einsatz. Was soll ich ihm sagen?"

„Gib mir das Telefon!“ Ich strecke Pit meine Hand entgegen. Er nimmt den Kopfhörer aus seinem Ohr und reicht mir das Telefon. „Aramis, bist du dran?“, frage ich in das Headset.
„Ja!“, rauscht eine geflüsterte Stimme.
„Ich auch“, sagt Jasmin.
„Aramis, du versaust den Einsatz und gefährdest euch und die Menschen in dem Haus. Du musst damit aufhören. Jasmin kennt die Gefahr. Wenn du das jetzt nicht professionell zu Ende bringst, werde ich euch dienstlich trennen. Reiß dich zusammen. Ihr seid ein gutes Team – zerstör es nicht!“
Sekundenlang Pause.
„Gut! Aber wenn ihr etwas passiert, werde ich dich ganz persönlich zur Verantwortung ziehen.“
Muss ich mir das jetzt bei jedem Einsatz anhören? Ich kann und will darauf nicht antworten. „Haltet uns auf dem Laufenden. Ich übergebe jetzt wieder an Pit. Passt auf euch auf!“ Damit schiebe ich das Telefon zurück zu Pit.
Langsam treffen die ersten Medienvertreter und Verstärkungskräfte ein. Mit dem Gros der neuen Kräfte ziehe ich die Absperrung um den Tatort etwas engmaschiger. Der Rest hält sich weiter bereit. Die Infos an alle Kräfte werden über Funk verteilt.
Zurück am Fahrzeug hat Pit das Headset ausgestöpselt, sodass ich mithören kann. „Wir stehen jetzt an beiden Seiten der offenen Terrassentür.“ Aramis’ Stimme ist immer noch ein gehauchtes Flüstern. „Es riecht ein wenig wie auf dem Schießstand. Hier scheint tatsächlich geschossen worden zu sein. Ich werde jetzt vorsichtig meinen Kopf reinstecken.“
Rund um unser Fahrzeug herum stehen einige Einsatzkräfte, die immer zeitnah über den Einsatz informiert sein wollen. Es ist mucksmäuschenstill. Niemand rührt oder räuspert sich. Nur das Rascheln der Uniformen hört man. Ich stelle mir vor, wie sie auf unterschiedlichen Höhen ihren Kopf in die Tür stecken. Je einer von jeder Seite.
„Ich erkenne drei Personen im vorderen Flur, direkt an der Eingangstür. Ein Mann ganz hinten, eine Frau steht vor ihm. Ein zweiter Mann zielt mit einem Revolver auf sie. Das Telefon im Haus klingelt.“
„Habt ihr freies Schussfeld auf den zweiten Mann?“
„Negativ. Wir würden mit Sicherheit die beiden anderen gefährden.“

„Könnt ihr rein?"
„Negativ. Keinerlei Deckung oder Sichtschutz."
„Könnt ihr außer dem Telefon etwas hören?"
„Jedes Wort. Die schreien da drin. Wahrscheinlich war der Schuss vorhin etwas zu laut."
„Kann einer von euch in eine Position kommen, in der er freies Schussfeld hat, falls sich die Personen bewegen?"
„Das kriege ich hin. Aber wenn er sich umdreht, entdeckt er mich. Ich sitze direkt im Licht der Terrassentür. Meine einzige Deckung ist die heruntergelassene Jalousie der Scheibe neben mir. Die bietet aber nur Sichtschutz. Der Revolver sieht ziemlich groß aus. Ich müsste mich unter Beschuss sofort zurückziehen."
„Probier, was geht, aber geh kein Risiko ein!" Das ist einfach gesagt von dem Platz aus, wo ich sitze. Mein Streifenwagen steht am Rand eines Parkplatzes, der voller Polizisten ist. Mein Risiko geht gegen null.
Meine Gedanken schweifen ab, weg vom Einsatz – hin zu Aramis und Jasmin. Was hatte ich mir dabei gedacht, die beiden mitten in die Gefahr zu schicken? *Hätte ich nicht lieber Karl schicken sollen?*
Der Gedanke ist grausam und ich schüttele ihn ab.

„Er hat ihn im Visier, aber kein freies Schussfeld." Jasmin spricht, damit sich Aramis konzentrieren kann.
Mit dem anderen Telefon gebe ich die Info an die Leitstelle mit dem Polizeiführer weiter, als im Telefon erneut ein Schuss zu hören ist.

***

„Das tust du nicht. Du liebst mich, selbst wenn du eine ziemlich kranke Art hast, es zu zeigen." Silvi gibt keinen Millimeter nach, während Mark hinter ihr versucht, in Deckung zu bleiben.
„Bleib stehen!" Wolf hält die Pistole an ihr vorbei auf Mark. „Ich treffe dich sowieso. Und zu dir …" Wolf wendet sich wieder an Silvi. „Wenn *ich* dich nicht haben kann, *der* bekommt dich auf keinen Fall. Deine Entscheidung!"
Wolf versucht in ihren Augen abzulesen, was sie denkt. Aber

ihre Augen irren umher, sehen durch ihn durch – nein, sehen hinter ihn!
Wolf reißt die Waffe herum und feuert auf den Schatten im Licht.

***

„Alles okay, aber wir mussten uns zurückziehen!“ Jasmin flüstert nun nicht mehr. Man hört, wie sie rennt. „Es ist niemand getroffen, aber wir mussten uns um die Hausecke herum in Deckung bringen. Er hat uns erkannt und sofort geschossen.“
„Ich konnte nicht zurückschießen, ich hatte kein freies Schussfeld!“, versucht sich Aramis zu rechtfertigen.

***

Taub, wieder taub. Wolf rennt zur Terrassentür und sieht nach draußen. Rechts kann er gerade noch einen Fuß erkennen, bevor der hinter der Hausecke verschwindet. Er grinst freudlos, dann schließt er die Tür und lässt die Jalousie runter.
Ich habe mich ablenken lassen, mich vertendelt. Ab jetzt muss ich mich besser konzentrieren!
Er dreht sich um und erkennt die offene Haustür.
Verdammt, verdammt! Wo verflucht sind die hin?
Einen Wimpernschlag später ist er auch an der Tür, sieht in den Vorgarten. Da laufen sie. Er schießt. Kies spritzt auf. „Sofort zurück! Kommt sofort zurück!“
Mark hält an und Silvi prallt gegen ihn. Silvi kommt zu Fall. Mark bückt sich, um ihr zu helfen, als ein zweiter Schuss neben ihm ins Kiesbett spritzt.
„Aufstehen und herkommen!“ Wolf setzt den beiden nach und erreicht Silvi, als diese sich wieder aufgerappelt hat. Er stellt sich hinter sie, verdreht ihr den Arm und hält ihr den Revolver so fest an den Kopf, dass sich die Haut darunter weiß verfärbt. „Ich töte sie, wenn ihr euch nicht zurückzieht!“ Wolfs Stimme gellt zwischen den Häusern. „Und du kommst mit!“, schreit er Mark an, der sichtlich nicht weiß, was er hier tun kann.
Silvi wehrt sich, aber Wolf kann sie weiter zurück in Richtung

Haus zerren. Aus den Augenwinkeln sieht er Polizisten mit Maschinenpistolen in Deckung um das Gebäude postiert. „Verpisst euch, oder ich knalle die beiden ab!"
Mit Silvi im Schlepptau hat er die Eingangstür wieder erreicht. „Mark, mein Freund. Entweder du kommst jetzt wieder mit rein, oder dein Leben endet in meinem Vorgarten." Wolf stößt Silvi ins Haus, hebt die Waffe und zielt. Einen weiteren Fehlschuss würde es nicht geben.
Wieder bricht ein Schuss.

***

Über Funk und Telefon bekommen wir alles mit, können aber nicht eingreifen.
„Sie sind jetzt alle vor der Tür. Der Schütze hält ihr eine Waffe an den Kopf. Ich kann keinen Schuss riskieren." Jasmin ist live. Aramis steht auf der anderen Hausseite und hat durch die Garage nur eingeschränkte Sicht. Wahrscheinlich hasst er mich gerade aus ganzem Herzen, weil ich Jasmin so in Gefahr gebracht habe.
„Der Dritte bleibt einfach stehen. Er scheint nicht zu wissen, was er tun soll. Der Schütze zieht die Frau zum Haus zurück. Sie sind jetzt an der Tür!"
„Kannst du irgendwie eingreifen, die Sache beenden?", will ich voller Verzweiflung wissen.
„Nein, aber vielleicht habe ich eine …"
Wieder bricht ein Schuss und mir bleibt das Herz stehen. „Jasmin!", brüllen Aramis und ich gleichzeitig. „Jasmin!"
„Kommen Sie hierher! Schnell! Nun machen Sie schon!" Jasmin schreit jemanden an. „Gut gemacht! Bleiben Sie bei mir. Wie ist Ihr Name?"
„Mark."
„Gut, Mark, dann machen Sie jetzt ganz genau, was ich Ihnen sage. Hinter uns auf der Hausseite haben Sie Deckung. Sie rennen auf mein Zeichen sofort in Richtung des gelben Hauses, dass Sie dahinten sehen. Dort werden Sie von Kollegen in Sicherheit gebracht." Es dauert einige Sekunden, bis sie ruft: „Jetzt! Los, rennen Sie!" Dann wendet sie sich wieder an mich. „Frank?"

„Ja?"
„Ich habe auf den Geiselnehmer geschossen, konnte ihn aber lediglich ablenken, weil ich die Frau nicht treffen wollte. Aber es hat funktioniert. Der Mann ist in Sicherheit. Lass ihn bei mir abholen. Aramis und ich bleiben am Haus."
„Süße, ich komme zu dir rüber!"
„Aramis, bleib, wo du bist. Wie ist die Lage am Haus?"
„Ruhig. Ich glaube, hinten ist inzwischen alles verriegelt, vorne kann ich von meinem Standort aus nicht sehen."
Ich wende mich über Funk an die Absperrkräfte. „Hat jemand Sicht auf die Haustür?"
„Ja, sie ist wieder geschlossen", rauscht es aus dem Funk. Die Stimme kann ich nicht zuordnen.
„Wir haben Sicht auf die Rückseite. Die hintere Türe ist wieder verschlossen und die Jalousie runtergelassen." Olizes Stimme erkenne ich sofort.
„Dann haben wir also keine Sicht mehr ins Objekt." Resigniert lehne ich mich in meinem Sitz zurück. „Ich brauche Kräfte aus dem Abschnitt ‚Ermittlungen', die die Geisel abholen, betreuen und vernehmen."
„Das habe ich bereits veranlasst." Der Abschnittsführer steht neben meiner Tür und schiebt gerade sein Telefon zurück in die Tasche.
„Danke!"
Mein Telefon liegt auf dem Armaturenbrett, wohin ich es vor einigen Minuten geworfen habe. Ich beuge mich vor, angele danach und rufe den Polizeiführer an.

***

Noch immer klingelt dieses beschissene Telefon. Wolf fesselt Silvi mit dem Klebeband und verschließt ihr damit zusätzlich den Mund. Sie hat ihn minutenlang beschimpft. Und verhöhnt, weil ihm Mark entkommen ist.
Er schleudert sie auf die Couch, dann sucht er das Telefon. „Was wollt ihr, verdammt?"
„Mein Name ist Belling. Schön, dass wir uns endlich kennenlernen. Wie darf ich Sie nennen?"

„Wolfgang Weber. Was soll die Frage?"
„Guten Tag, Herr Weber. Ich werde ab jetzt die Gespräche mit Ihnen führen. Wie geht es Ihrer Geisel? Was möchten Sie uns mitteilen?"
Wolf legt auf.
Ich Vollidiot habe meinen Namen genannt!

***

Die Spezialeinheiten sind eingetroffen und werden nun direkt vom Polizeiführer eingesetzt. Für mich sind jetzt nur noch die Aufgaben am Tatobjekt relevant. Ich erlaube mir, das Fahrzeug und den Funk zu verlassen, um mich neben dem Auto zu strecken. In meinem Rücken kracht und rappelt es. Hals und Nacken sind total verspannt.
Pit hat Aramis und Jasmin bereits mitgeteilt, dass sie zeitnah durch das Spezialeinsatzkommando abgelöst werden. Sie verbleiben aber dennoch vor Ort, um dem Kommandoführer mit Infos zur Seite zu stehen. Der Erstkontakt zum Geiselnehmer durch die Verhandlungsgruppe hat, wenn auch wenig ergiebig, bereits stattgefunden.
Ich lächle, als ich daran denke, dass Jasmin ihrem neuen Spitznamen heute wieder alle Ehre gemacht hat. Aber noch ist der Einsatz nicht vorbei, selbst wenn die Aufgaben jetzt an alle Spezialkräfte verteilt sind.
Ein Blick auf meine Uhr sagt mir, dass wir plötzlich mitten im Nachmittag stecken. Über Funk frage ich meinen Abschnitt ab, ob es noch etwas zu regeln gibt, aber es scheint alles gut zu funktionieren. Je nachdem, wie lange sich der Einsatz zieht, müssten wir uns zu gegebener Zeit über Ablösung und Verpflegung kümmern.
Auf Nachfrage teilt mir die Leitstelle mit, dass der Spätdienst auf den Wachen eingetroffen ist, die meisten aber nicht rauskönnten, da alle Streifenwagen bei uns im Einsatz sind. Der Spätdienst würde bis zu unserem Einsatzende in Notbesetzung laufen.
An unserem Parkplatz rauschen mehrere stark motorisierte Zivilfahrzeuge vorbei. Also ist das Mobile Einsatzkomman-

do ebenfalls eingetroffen. Diese Jungs würden sich kümmern, wenn die Lage plötzlich mobil wird.
Aber fürs Erste ist hier alles statisch. Ich gehe die verschiedenen Abschnittsführer ab. Bei ihnen ist alles in guten Händen. Beim Abschnitt ‚Ermittlungen' bleibe ich stehen. Die befreite Geisel wird gerade vernommen. Er erzählt bruchstückhaft, dennoch schließen sich bei mir einige Lücken.
Wie geht es jetzt wohl im Haus weiter?

***

Wolf sitzt auf einem Sessel und sieht auf Silvi, die ihm gefesselt und geknebelt auf der Couch gegenübersitzt.
Er schüttelt den Kopf. „Was mache ich bloß mit dir?" Statt einer Antwort erntet er hasserfüllte Blicke.
Er schenkt sich einen Drink ein. Dann noch einen. Er muss den Kopf freibekommen. Ihm sind heute so viele Fehler unterlaufen wie nie zuvor in seinem Leben.
Obwohl …
Wenn ich ehrlich bin, habe ich in meinem Leben schon unglaublich viele falsche Entscheidungen getroffen. So viel Wut, so viel Gewalt in all den Jahren.
Ihm fällt sein zorniger Vater ein. Wollte er nicht immer anders sein als er? Alles ganz anders machen? Sein Blick fällt auf Silvi, seine zarte, schwache Silvi. Hatte er sie ausgesucht, weil sie ein Ebenbild seiner Mutter war? Was war nur schiefgegangen?
Wolf schließt für einige Augenblicke die Augen.
Silvi hat sich verändert, ist über die Jahre stärker geworden, ihm entglitten.
Schöne, starke Silvi.
Was hat er ihr und Nils bloß angetan?
Er nimmt noch einen Drink, lehrt ihn in einem Zug und lehnt sich entspannt zurück. Dann lächelt er Silvi an. „Ich habe dich immer geliebt."
Sie zeigt keine Regung.
„Ich weiß, dass sich das für dich falsch anhört, aber so ist es und so war es immer. Ich möchte, dass du das weißt, jetzt, wo es zu Ende geht."

Panik flackert kurz in ihren Augen, dann hat sie sich wieder unter Kontrolle.
Das Telefon klingelt noch immer. Es scheint nicht mehr aufhören zu wollen.
„Ja?“
„Herr Weber?“
„Wer sonst?“
„Herr Weber, ich muss Ihnen die Frage nach Ihrer Geisel noch einmal stellen. Geht es ihr gut? Falls ja, würde das unser Gespräch wirklich erleichtern.“
„Natürlich geht es ihr gut!“
Der Beamte der Verhandlungsgruppe spricht freundlich, aber bestimmt. „Das glaube ich Ihnen gerne, aber wir bräuchten natürlich einen Beweis dafür.“
„Wenn ich Sie Ihnen zeige, würde Ihnen das reichen?“
„Das wäre ein sehr guter Anfang. Ich sehe, wir haben einen guten Draht zueinander.“
„Dann kommen wir jetzt raus!“ Wolf drückt auf die rote Taste und spricht leise weiter: „Und bringen es zu Ende.“
„Los, hoch!“ Ihr mit der Waffe zu drohen, hat er aufgegeben. Wolf zerrt Silvi grob von der Couch und schubst sie in Richtung Eingangstür.

***

„Achtung! Er kommt jetzt raus.“ Der Funkspruch wabert durch den Äther. Die Verhandlungsgruppe scheint gute Arbeit geleistet zu haben. Wir stehen alle um unsere Fahrzeuge herum und lauschen dem Funk. Die Spezialeinheiten funken leider auf einer eigenen Frequenz. Ein Absperrposten aus meinem Einsatzabschnitt, mit guter Sicht auf den Eingang, schildert die Szene live: „Die Jungs vom SEK sind in Stellung, der Typ von der Verhandlungsgruppe ist offen auf die Straße getreten. Die Tür öffnet sich. Eine gefesselte Frau wird vor die Tür geschoben. Sie hat Klebeband vor dem Mund. Jetzt kann ich einen Revolver an ihrem Kopf erkennen. Der Bewaffnete bleibt hinter ihr. Kein freies Schussfeld. Jetzt steht auch der Bewaffnete vor der Tür. Er schreit etwas zu dem Kollegen von der Verhandlungsgruppe. Jetzt schubst er die Frau von sich weg.“

Wieder knallt ein Schuss durch Funk und Realität. Wieder nur ein einziger Schuss.

***

Wolf öffnet die Tür und schiebt Silvi vor sich her. Auf der anderen Straßenseite kann er einen zivil gekleideten Mann sehen, der ihm seine offenen Hände zeigt. Wahrscheinlich sein Gesprächspartner vom Telefon. Er schiebt Silvi weiter und hält ihr den Revolver an die Schläfe. In der Waffe ist noch eine letzte Patrone. Er hat darauf verzichtet, nachzuladen. Für das, was jetzt passieren wird, benötigt er nur diese eine Patrone.
„Ich bin Belling", ruft der Mann von der Straße. „Ist das Ihre einzige Geisel?"
„Ja, das ist meine Frau. Ihr Stecher hat sich offensichtlich verdrückt. So, reicht Ihnen das als Beweis?"
Belling nickt. „Natürlich. Aber jetzt kommen Sie hinter Ihrer Frau vor und lassen Sie uns reden wie erwachsene Männer."
Wolf drückt seinen Mund an Silvis Ohr: „Ich liebe dich! Pass gut auf meinen Jungen auf!" Dann stößt er sie von sich weg.
„Lassen Sie sofort die Waffe fallen!" Von überall dröhnt ihm der Befehl entgegen. Vereinzelte „Polizei"-Rufe.
Was kümmert es ihn? Erst seit ein paar Minuten hat er einen Plan, den ersten guten für heute. Ach was – den ersten guten seit Jahren. Und jetzt ist es an der Zeit, ihn umzusetzen. Er ist bereit.
Wolf dreht die Hand mit dem Revolver, drückt den Lauf von unten gegen sein Kinn.
„Nein! Lassen Sie die Waffe fallen."
Er sieht ein letztes Mal zu Silvi. Würde sie seine Liebe am Ende doch noch spüren können?
Lächelnd drückt er ab.

Nachwort

Meine neuen Kapitel werden immer zuerst von meiner Frau gelesen. Fast immer kennt sie die Geschichten dahinter schon. Dieses Mal nicht. Eine der Geschichten hatte ich ihr nicht in dieser Ausführlichkeit erzählt.
Vielleicht kommen Sie darauf, um welches Kapitel es sich wohl handelt.

Bei einem kann ich Ihnen zumindest helfen, es auszuschließen: der Brand auf der Autobahn.
Davon habe ich meiner Familie und einigen guten Freunden erzählt.
Ich hatte dabei immer die Hoffnung, dass mir beim Erzählen die Details wieder einfallen und nicht nur dieses schreckliche Bauchgefühl in mir zurückbleibt.
Bis heute ist es mir nicht gelungen.
Außer den Schreien der verbrennenden Familie, dem Geruch und diesem unsäglichen Gefühl der Hilflosigkeit in Anbetracht dieses furchtbaren Geschehens habe ich an diesen Einsatz keine Erinnerungen mehr.
Ich weiß nicht, ob ich allein war – und wenn nicht, mit wem –, wie ich zur Einsatzstelle gekommen bin, wann und wie ich die Unfallstelle wieder verlassen habe.
Alles weg!
Um bei meinem Bild aus dem letzten Buch zu bleiben: Die Glaskugel mit diesem Erlebnis scheint für immer satiniert zu bleiben. Klar sind nur die Stellen, die ich eigentlich gerne übertünchen würde.

Beim Schreiben dieses Buches musste ich öfters innehalten, weil mir klar wurde, wie diese Erlebnisse auch anders hätten ausgehen können. Oft ist es nur ein Quäntchen Glück, das den Unterschied macht.
Vielen Dank an dieses Quäntchen und die vielen Kollegen und Kolleginnen, die all die Jahre auf mich aufgepasst haben.

So sehr ich den Dienst bei der Polizei geliebt habe (mit all seinen Schatten-, aber auch Sonnenseiten), so froh bin ich heute, von außen und mit Abstand darüber berichten zu dürfen.
Jeden Tag in den Nachrichten und bei Gesprächen mit den alten Kollegen kann ich verfolgen, unter welchen Bedingungen und Erschwernissen unsere Polizei derzeit ihre Arbeit versehen muss.
Dafür muss und möchte ich meinen tiefsten Respekt aussprechen!

Im Laufe meiner Dienstjahre habe ich viel Licht, aber noch mehr Schatten gesehen. Ich habe diese Erlebnisse in gedankliche Glaskugeln verpackt.
Hat man zu viele dieser Glaskugeln vor Augen, so durchsichtig sie auch scheinen mögen, kann man irgendwann nicht mehr klar sehen.
Deshalb habe ich sie, die kleinen und die großen Kugeln, die bunten und die dunklen, die klaren und die trüben, in einen Wandschrank gepackt.
Dieser Wandschrank steht ganz hinten in einer Ecke meines Bewusstseins, so dass man gerade noch an ihn herankommt.

Für Sie, liebe Leserinnen und Leser, habe ich diesen Wandschrank ein zweites Mal geöffnet und alle Glaskugeln herauskullern lassen.
Nun liegen sie vor mir verstreut und ich habe in die meisten von ihnen noch einmal hineingesehen.
Einige der, wie ich finde, besonders farbintensiven Kugeln habe ich ausgewählt und in diesem neuen, zweiten Buch verarbeitet.
Dazu habe ich sie ein wenig sortiert und zusammengefasst, zeitlich neu geordnet, Protagonisten und Schauplätze verändert und vielleicht auch hier und da, bei der einen oder anderen, die Oberfläche ein wenig poliert.

In meinem Wandschrank sind noch viele facettenreiche Glaskugeln übrig. Sie dürfen gespannt sein, in welche Glaskugeln ich für Sie in meinem nächsten Buch schauen werde.

Danksagung

Ich danke als Erstes meiner Frau und meiner Tochter, die mir auch dieses Mal wieder mit Rat und Tat zur Seite gestanden haben.
Sie waren und sind meine strengsten Kritiker.
Ohne eure Zustimmung und Unterstützung hätte es diese Fortsetzung nicht gegeben.

Weiterhin danke ich meinen Testlesern für ihre Mühe und Geduld mit meinen Manuskripten.
Das Buch ist nicht zuletzt dank euch zu dem geworden, was es ist!
Ich fand es sehr schmeichelhaft, dass sich für dieses Buch ganz viele bei mir als Testleser angeboten haben.
Ein tolles Kompliment – vielen Dank!

Und am Ende ist es wieder mein Verlag, dem ich danken möchte. Ohne euch, euer Vertrauen, eure Hilfe und eure Mühe wäre es zu diesem Buch, dieser Fortsetzung, nicht gekommen.

Dirk Breitenbach